NOVELA FOCA

4

Diseño de cubierta
Sergio Ramírez

Título original
Nur ein toter Mann ist ein guter Mann

Sector Foresta, 1
28760 Tres Cantos
Madrid - España
Tel.: 91 806 19 96
Fax: 91 804 40 28
ISBN: 84-95440-03-2
Depósito legal: M. 12.593-2000
Impreso en MaterPrint, S. L.
Colmenar Viejo (Madrid)

Gaby Hauptmann

NO HAY MEJOR HOMBRE QUE EL HOMBRE MUERTO

Traducción

Agustín González Ruiz

FOCA

Defunción

Ella presta atención a ese sonido. Es precisamente lo que más teme de la muerte: la crepitación sorda de la tierra sobre el ataúd. Se agacha y coge un puñado más.

Después Úrsula da un paso atrás. Así que ahí está. Eso es todo lo que ha quedado de su marido. La negra tapa de un ataúd y debajo unos despojos sin vida. ¿Dónde están ahora su fuerte personalidad, su voluntad, su capacidad de imponerse?

Ludwig es el más próximo a la fosa descubierta. Inclina la cabeza y permanece unos minutos inmóvil. Úrsula lo observa a través del negro velo de su pequeño tocado y vuelve a pensar en lo que sintió en la sala mortuoria cuando se encontraba ante el féretro. Eso de ahí adentro ya no tiene nada que ver con su Walter. Se ha esfumado aquello que lo constituía. Así que se podía cerrar la caja sin más.

Ludwig se ha vuelto hacia ella, se le aproxima poco a poco, le extiende la mano:

—Lo siento, Úrsula. Era un hombre tan extraordinariamente fuerte. Que se haya ido tan pronto... —en señal de amistad posa su mano izquierda sobre la enguantada derecha de ella—, si puedo ayudarte de alguna forma, ya sabes, ¡siempre estoy a tu disposición!

—Gracias, Ludwig —le responde ella. Ludwig Fehr fue no sólo el mejor amigo de Walter sino también su médico de cabecera. Ambos tenían la misma edad: cincuenta y cinco años, e incluso habían nacido el mismo mes. Noviembre. Escorpios cien por cien. En noviembre vino Walter al mundo, y en noviembre tuvo que irse.

Una fila casi interminable de personas pasa ante ella. Úrsula va estrechando una mano tras otra. La mayoría de las caras le resulta conocida. Muchas son de la empresa, algunas del vecindario, otras del pequeño círculo de amistades. Walter no tenía tantos amigos. Siempre se bastó a sí mismo. Un luchador solitario que siempre miraba a los demás con absoluta desconfianza.

Cuando todos se han marchado y el párroco también se ha despedido con unas palabras de consuelo, Úrsula permanece unos instantes sola. Al fondo, un enterrador con su pala aguarda para poder acabar la tarea.

Ella contempla las coronas, las bandas con sus inscripciones y las innumerables flores, todas ellas condenadas a morir ahora sólo porque Walter ha muerto. Qué injusto es el mundo. Qué culpa tienen ellas. Y entonces recuerda una fábula. Un escorpión quiere cruzar el río, pero no sabe cómo. Entonces aparece una rana. Le pregunta si puede llevarlo a hombros hasta la otra orilla. La rana se niega, hacerlo sería muy peligroso para ella. No en vano el escorpión es venenoso y podría matarla. Por qué habría de hacerlo, pregunta el escorpión, no tendría sentido. Si tú te hundes, también me hundiré yo contigo, argumenta. La rana se deja convencer y comienza a nadar con el escorpión a sus espaldas. En mitad del río recibe la picadura del escorpión. Antes de hundirse la rana le reprocha haber hecho algo totalmente contrario a la razón. Ahora morirán los dos. El escorpión alega que no se trata de una cuestión de lógica. Es simplemente su carácter.

Una fuerza desconocida la retiene en el umbral. Úrsula se halla ante la puerta abierta de su casa y es incapaz de dar un sólo paso hacia el interior. Le parece estar mirando dentro de un ataúd abierto. Ni la fuerza de diez caballos podría arrastrarla hacia adentro. Da un paso atrás. Esos muebles macizos de madera oscura. El asfixiante techo de vigas. Los dos recios tresillos y los sillones. Pensados por lo menos para veinte personas. Y eso que nunca recibían visitas. Y esa lámpara de pie forrada de tela. Exquisita, cara... y horripilante. ¿Cómo no había reparado antes en todo esto?

De pronto, Úrsula se vuelve y se dirige al armarito ropero del vestíbulo de donde saca la guía telefónica. Al hacerlo, su mirada se detiene en el espejo. Se pasa la mano por el cabello canoso, cortado a la altura de la barbilla, con la intención de ponerlo en orden. Se conserva bien para sus cincuenta y tres años, aunque Walter siempre se quejara de que se había abandonado en los últimos treinta. Pero él lo medía todo por su propio rasero y parecía invulnerable. Ni siquiera la vida podía dejar huellas en él. Siempre estuvo lleno de energía, no conoció debilidad alguna, fue duro consigo mismo. Sólo la muerte fue más fuerte.

Quién lo hubiera pensado.

Con la guía telefónica en la mano sube las escaleras y entra en su dormitorio, cierra la puerta, enciende todas las luces y comienza a desnudarse en el baño. Se pone un camisón de algodón que le llega hasta los pies. Cuelga el vestido negro con cuidado en una percha, echa la ropa interior y las medias en el cesto para la colada. Aún están ahí los calzoncillos blancos a rayas de Walter. Todavía no se ha decidido a sacarlos. ¿Qué va a hacer con ellos? ¿Lavarlos? ¿Plancharlos? ¿Para qué? Vuelve a cerrar el cesto. Luego toma una toallita y comienza a desmaquillarse el rostro con cuidado. Escoge una crema de noche suave y rica en vitaminas. Walter las odiaba, por eso ella sólo las usaba cuando él estaba de viaje, es decir prácticamente nunca.

Se aplica la crema con ganas; contempla su rostro resplandeciente en el espejo. Podría estirarse un poco la piel flácida de las ojeras, con ello conseguiría que sus brillantes ojos azules recobraran su belleza juvenil. Y seguro que la cirugía también podría corregir la debilidad muscular de su labio inferior. Se cepilla y enjuaga los dientes a conciencia. Para finalizar, vuelve a darse crema.

De vuelta hacia el dormitorio abre el cesto de la colada, saca los calzoncillos de Walter y los arroja al cubo de la basura. Luego pliega la colcha de batista sobre la cama, coge guía, lápiz y bloc de notas y se desliza bajo el edredón. Consulta las secciones de «mobiliario», «decoración de interiores» y «pintores». Mañana mismo se pondrá manos a la obra. Cuando se dispone a colocar la hoja repleta de direcciones sobre su mesilla de noche, su mirada se posa sobre Walter, en su marquito de plata. Le dedica una amable inclinación de cabeza y se duerme con la luz encendida.

Despliegue

Dos semanas más tarde, el lóbrego salón se ha convertido en una habitación luminosa. El papel de las paredes ha sido sustituido por una pintura clara, las vigas marrones de madera las ha hecho pintar sin demora de blanco, una suave moqueta de color rosa cubre el oscuro parqué. La interiorista le ha aconsejado un conjunto de tres asientos de color lino, mesa central, mesilla lateral y estante esquinero de metacrilato. Los modernos jarrones y las lámparas de diseño los calificó de homenaje al confort. Úrsula experimenta una sensación increíble al verse sentada por primera vez en su nuevo sofá con una taza de té en aquel salón recién transformado. Se siente casi como si se hubiera introducido en una nueva piel —si no siguiera ahí el negro piano de cola—. Se trata del piano de su suegro. Desde luego que Walter no sabía tocar el piano, pero jamás se habría cuestionado deshacerse del instrumento. Ella podría haber renunciado a él con mucho gusto, pero incluso la interiorista se mostró contraria a ello:

—Primero debería informarse del valor que tiene el piano de cola. Si no, ¡quizá alguien podría reírse luego de usted!

—Me da igual —había respondido Úrsula de mal humor—, por mí, puede usted regalarlo, ¡lo importante es que desaparezca!

En aquel momento parecía que quisiera expulsar al mismo diablo de su casa. La interiorista observó el aspecto de la mujer que le hacía el encargo: el aburrido corte de pelo, el rostro maquillado con moderación y la boca algo torcida.

—Le enviaré a alguien que sabe de estas cosas —dijo luego con un paciente tono de voz, casi maternal, a pesar de que hubiera podido ser hija suya.

Úrsula se esfuerza por no mirar al monstruo negro.

Por otra parte, hay más cosas que ver.

Bebe su té, disfrutándolo, se quita los zapatos, se recuesta en el sofá y coloca las piernas encima. ¡Indescriptible!

El próximo lunes volverá a ir a la empresa. Después de tres semanas ha llegado ya el momento. No ha disfrutado unas vacaciones tan largas en toda su vida. Cierra los ojos y se remonta con el pensamiento treinta años atrás, vuelve a verse junto a Walter en las naves grises de la fábrica que acaban de comprar. Revive imágenes de ventanas rotas, cañerías estropeadas, el suelo de cemento deteriorado... Habían renunciado a su viaje de bodas, habían pedido que los regalos se los hicieran en metálico y, con el aval del padre de Walter, el banco les había concedido un préstamo. Querían montar una empresa de embalaje, en los años sesenta les parecía algo con mucho futuro. La guerra hacía tiempo que había terminado, volvía a haber mercancías, cada vez más artículos que competían unos con otros, y claramente se vendía lo que más llamaba la atención desde los escaparates, lo que estaba envasado de un modo más bonito, más colorido, más elegante. El plástico estaba en auge. Walter y Úrsula compraron las máquinas adecuadas, pelearon como lobos por cada céntimo, produjeron día y noche, hicieron publicidad, consiguieron encargos, apenas daban abasto con la producción, necesitaron más trabajadores, renovaron la maquinaria, pagaron su primer crédito bancario y obtuvieron otro mayor. En algún momento llegó la hora de ampliar la construcción, y entonces Walter le comunicó que podía quedarse en casa y tener hijos. Pero no vino ninguno y ella volvió a la fábrica. Úrsula quería saber exactamente en qué se gastaba su dinero. Estaba presente en todas las contrataciones. Sin su consentimiento ni siquiera la señora de la limpieza podía escurrir la fregona. E incluso cuando Walter se fue apartando cada vez más de la empresa para dedicarse a sus aficiones, ella jamás soltó las riendas. Su gerente, Manfred Kühnen, debía tener presente que alguien lo estaba examinando con lupa en todo momento. Algunas veces lo hacía de forma evidente, otras de modo más encubierto, pero ella siempre estaba al tanto de todo.

Siguiendo un impulso repentino Úrsula se levanta del sofá y se dirige al despacho. En una estantería, arriba del todo, hay tres filas de álbumes de fotos. Se sube a la pequeña escalera plegable, toma algunos de ellos al azar y regresa a su sofá. Había organizado los álbumes porque Walter no podía soportar las fotos sueltas, pero luego no volvió a mirarlos nunca, y Walter tampoco. Toma su taza de té y pasa las hojas del álbum verde oscuro encuadernado en piel.

Walter, típico, escalando una montaña. A bastante distancia, visto por detrás y con una mochila enorme. Ahora lo recuerda. Fue hace quince años en los Alpes tiroleses durante una escalada. Ella quería hacer una foto pero Walter no quiso esperar. Estaba enfadado porque ella no lo seguía con la suficiente rapidez. Estas excursiones fueron siempre una pesadilla para Úrsula. Él era, como en todo lo que hacía, radical. Ella, en cambio, tenía pánico a las alturas. Escalando le daban ataques de vértigo, siempre temía despeñarse. Él lo ignoraba frunciendo ligeramente las cejas, convencido de que todo era sólo cuestión de costumbre y de voluntad. A lo largo de treinta años había estado atravesando Austria con Walter y en treinta años no había conseguido acostumbrarse a la escalada.

Bebe un sorbo de su fina taza de porcelana. El té está frío, pero se lo bebe, no obstante. Luego mira los posos. No le revelan nada.

Sigue hojeando el álbum. Fotos de montañas, montañas y más montañas. Picos, flores, vacas... y Walter. Unas veces de cerca, otras de lejos. Ella no aparece en ninguna foto. No puede ser. Pasa las hojas hasta llegar a la última. No, nada. Es como si ella no hubiera existido en absoluto.

Cierra el álbum, coge otro.

Tendría que habérselo imaginado. Ese condenado barco. ¡Walter se había hecho un álbum propio del que ella no tenía noticia alguna! Lo recorre de cabo a rabo. Ninguna persona. Sólo el barco. Por delante, por detrás, el camarote, desde la orilla, las velas y primeros planos del timón, del ancla, del mástil, de los instrumentos y de las luces de situación. Y luego planos de construcción, una fotocopia compulsada de su patente de capitán, un folleto sobre el barco, todo ello encuadernado con primor página a página.

Inconcebible. Cierra el álbum. Este barco la persiguió en sueños durante cinco años, y ahora está de una forma más o menos corporal sobre su regazo. Walter no fue sólo un montañero radical, fue además un navegante radical. Durante treinta años aprovechó cada segundo libre, cuando no estaba doblegando alguna montaña, para batir algún nuevo récord en el mar Báltico. Silbando con su velero atravesaba el puerto de Lübeck entre cargueros y transbordadores en dirección a Dinamarca, ida y vuelta, pendiente sólo de su cronómetro. Y ella también iba. No siempre en el barco, pues, según él, lo hacía todo mal, sino en coche desde Frankfurt hasta el puerto de Neustadt. Y nunca eran vacaciones, pues nunca tenían tiempo para las vacaciones. El viaje en coche era ya de competición, una carrera desde la puerta de casa en el concurrido distrito de Niederrad, en Frankfurt, hasta la entrada al puerto de Neustadt. Siempre quería zarpar de madrugada, pero sólo si la brisa era lo suficientemente intensa. De lo contrario, se daba la vuelta de golpe, se metía en el coche sin decir nada e iniciaba con ella, a ser posible sin hacer paradas, un velocísimo retorno a casa. Úrsula colaboraba, como colaboró en muchas otras cosas. Por qué no, a fin de cuentas se había casado con él.

Fue hace cinco años cuando había comprado el maldito barco. Con el dinero ganado en común. Sin consultarla. Ella soñaba con una casa en el Algarve para los días de la vejez. Aquel sueño se esfumó para convertirse en un barquito de quince metros de eslora en el mar Báltico. Ella odiaba ese barco.

Úrsula hojea el tercer álbum más bien de mala gana. Navidades de 1983. En una foto aparece el salón tal como era antes, con el gigantesco abeto lleno de adornos en una esquina. El flash de la cámara no era lo suficientemente potente y además se refleja en la ventana. Las fotos no son demasiado bonitas. Pero al menos la ha fotografiado a ella.

Continúa pasando las hojas. Ah, la mesa engalanada para dos personas. Cierto, la madre de Walter murió ese año. Antes venía siempre en Navidad. El padre de Walter había muerto tres años antes, en 1980, como sus propios padres, que fallecieron en un accidente de coche. 1980 fue verdaderamente un año de muertes.

El árbol de Navidad con los regalos. Y Walter con traje oscuro. Estaba guapo. Los rasgos de la cara muy definidos, ojos claros, figura estilizada y fibrosa, cabello castaño y tupido. En realidad no cambió nada a lo largo de los años. Ni siquiera se le encanecieron las sienes. Probablemente nació a los cincuenta, sólo que nadie pareció darse cuenta.

Úrsula contempla las imágenes con detenimiento. El elegante salón que, en opinión de Walter, tenía que ofrecer en todo momento la posibilidad de sentarse cómodamente por lo menos a veinte invitados. Las oscuras vigas, las pesadas cortinas, las alfombras, las indescriptibles lámparas de mesa. Todo reflejaba el gusto de él. En realidad, Úrsula nunca había reflexionado sobre aquello; sólo de vez en cuando le parecía todo demasiado estrecho y demasiado oscuro.

Y ahora está muerto.

Ella coloca el álbum junto a los demás y mira unos instantes hacia el jardín a través del gran ventanal. Dentro de un mes, Navidades, piensa. Y luego ya no piensa nada más. Es como si se hubiera cerrado el cajón de una cómoda dejando atrapados allí sus pensamientos. Mira hacia afuera y se queda un rato sin pensamientos, vacía. Después se levanta y vuelve a la cocina para prepararse un té.

La voz del piano de cola

La interiorista cumple su promesa. Dos días más tarde Uwe Schwarzenberg llama a la puerta de Úrsula. En el pasado dirigió la orquesta municipal de una pequeña ciudad vecina, luego, cuando el presupuesto de cultura fue sacrificado en favor del nuevo auditorio multifuncional, se retiró. Pero el dolor que aquello le produjo ha calado muy hondo. Él, que es un verdadero creador, un esteta, un compositor y músico de talento, ¿ha de exponerse, todavía, a sus cuarenta y siete años, a las humillaciones de la vida?

Había hecho una prueba en un cabaré de Frankfurt, pero no fue aceptado, sin embargo, una actriz aficionada le preguntó por su experiencia en pianos. Aquél era en realidad su elemento, y la interiorista le había dado la dirección de Úrsula. No lo dudó, peinó sus densos rizos de músico, se cepilló varias veces el jersey y el pantalón negros y se puso en camino.

Úrsula se siente feliz. O al menos experimenta un cierto alivio. Por fin una visita en casa. Aunque en realidad no sea su invitado sino más bien del piano de cola, en cualquier caso, es la primera persona que pisa sus nuevas habitaciones. Y parece una persona tan cultivada, un músico de los pies a la cabeza, no como su Walter, que nunca se ocupó de aquel «arte sin futuro».

Mientras Uwe se detiene como un devoto ante el piano de cola, Úrsula se pasa la mano por el cabello. Le ha crecido, seguro que produce una sensación de dejadez y eso no le agrada. Tiene que pedir sin falta hora en la peluquería para que se lo corten. ¿O tal vez sería mejor que probara un peinado totalmente nuevo, como viene aconsejándole su peluquera desde hace tanto tiempo?

Uwe se vuelve hacia ella emitiendo un suspiro. Resulta interesante, piensa Úrsula. Alto, delgado, cara ovalada, labios carnosos y sensuales. En cierto modo parece audaz, un hombre que no se preocupa de nada y que a la vez puede hacerlo todo.

—Tiene usted aquí una pieza muy valiosa —dice y acaricia amorosamente la madera con los dedos. Úrsula siente escalofríos. Es como si la hubiera acariciado a ella y no al piano.

—¿Puedo? —pregunta y se inclina hacia la tapa del teclado.

—Por favor —responde Úrsula suavemente.

A medida que él descubre lentamente el teclado, ella siente algo así como pudor, como si estuviera tumbada ante él.

—¿Puedo? —vuelve a preguntar Uwe.

—Cómo no —susurra ella.

Entonces sus dedos se deslizan por las teclas, al principio con lentitud y suavidad, después rápida y sonoramente, y al final desbocados como si estuvieran próximos al clímax. Luego el acorde final polifónico. Úrsula se estremece.

Suena terrible, francamente horroroso.

Con un ligero crujido cierra la tapa.

—Descorazonador —dice él a modo de reproche, y Úrsula experimenta un familiar sentimiento de culpa.

—¡Pero cómo se puede tener así de abandonada una pieza tan maravillosa! ¡Este piano de cola no se ha afinado desde hace más de diez años!

—¡Veinte años! —corrige Úrsula, y la magia se esfuma. Pero cómo se le ocurre a ese hombre comportarse así en su casa. ¡A fin de cuentas es su piano de cola! Aunque llevara cincuenta años sin afinar, ¡seguiría siendo asunto suyo!

—¿Qué valor tiene, en su opinión? —se limita a preguntar.

—Es una pieza de coleccionista, fabricado hace sesenta años, ¡presumiblemente incluso más! ¡No le puedo decir!

Está claro, Walter tenía razón. Los músicos no son hombres de negocios. Cómo alguien así iba a entender algo de precios.

—Yo suponía que usted sabía de estas cosas. ¿Para qué si no se iba a molestar en venir hasta aquí?

Algo confuso, Uwe se pasa la mano por el pelo.

—La puedo llamar mañana y decirle un precio aproximado...

Precio aproximado, lo que hay que oír.

Úrsula entorna los ojos indignada. Walter lo hacía siempre que algo de ella no le gustaba. Y ahora además frunce el ceño. En Walter esto significaba alarma total. No seas tan descortés, se ordena en ese mismo momento. Después de todo te está ayudando.

—¿Le puedo ofrecer algo caliente de beber?

—Sí, con mucho gusto. El camino fue largo, y afuera ¡hace frío de verdad!

—Pero siéntese —lo invita señalando los sillones—. ¿Le apetece un té con unas gotitas de ron? ¡Es el remedio perfecto contra los días de noviembre fríos y húmedos!

Uwe acepta con la cabeza y se sienta en el borde de un extremo del sofá.

Cuando Úrsula regresa de la cocina con el carrito de servicio, Uwe ha ocupado ya medio tresillo.

—La decoración de su casa es admirable —le sonríe y pone al descubierto unos dientes regulares aunque ligeramente amarillos por la nicotina.

Úrsula se alegra, a pesar de ello.

—¿Sí? —pregunta animándolo, con el deseo de obtener un par de cumplidos más.

—Sí —prosigue él, espontáneo—, hay en ella una ligereza pura, sí, si me permite, una ligereza casi sensual, una amalgama de colores y formas, sintonizados lúdicamente con unas gotas de realismo —se detiene unos instantes y observa a Úrsula que, con una leve sonrisa, llena las finas tazas de porcelana con el líquido marrón humeante. Luego se sienta y lo mira expectante.

Con un ademán teatral señala una esquina:

—Sólo basta mirar esas estanterías que cubren el rincón sin ocultar nada, ¿entiende? Ese contraste entre la levedad del metacrilato y el muro sólido y estable. Eso es puritanismo, ¿lo ve? Tiene algo casi religioso, primero uno tiene que sentirlo antes de tener en realidad la oportunidad de comprenderlo. Y todo está en perfecta armonía con las rígidas paredes enjalbegadas y la mullida promesa de la alfombra rosa.

Úrsula permanece sentada y sorprendida.

Este hombre ha quedado entusiasmado con la decoración de su casa. Ha sabido encontrar la belleza, interpretarla como una obra de arte. Tanto apoyo, tanta sintonía tendría que alegrarla. Por fin ha merecido el aplauso.

Toma su taza y su ceño vuelve a contraerse. De pronto siente rebullir la cólera dentro de sí.

Walter se hubiera encarado con ella. Le hubiera dicho que era la casa más estúpida que había visto jamás. Sesenta metros cuadrados de superficie habitable y nada más que dos tresillos absurdos y unos estantes transparentes. ¡De metacrilato! Absolutamente inservibles. Y además en un rincón. Puro regalo para la vista. Ningún armario, ninguna mesa decente, ni una sólida lámpara.

¿Estará ciego ese hombre que tiene enfrente? ¿Le puede gustar de verdad esta casa?

Él asiente una vez más con una sonrisa en los labios:

—No, de verdad, de muy buen gusto, de un gusto exquisito. ¡La felicito! ¡De verdad!

Úrsula tuerce un poco más el gesto de su boca. Un hombre sin energía y nada más. No se atreve a enfrentarse a mí. Este tipo no tiene agallas. Ella se pone de pie.

Él se catapulta de su asiento apoyando ambos brazos. Como un abuelete, piensa Úrsula. Walter, que seguramente era casi diez años mayor que este mozo, nunca se habría levantado así del sillón. Qué criatura tan penosa.

Ella se le adelanta en el camino a la puerta y se detiene en el umbral.

—Bueno, entonces la llamo mañana y le digo algo sobre el valor de su piano...

Él tiende la mano y ella se la estrecha casi con repugnancia. Hubiese apostado que era blanda y fofa, pero en cambio es huesuda y sólida. Eso vuelve a satisfacerla, y así, de cerca, este hombre en realidad parece muy agradable. Aunque ya no quiere más marido, ¿pero quizá como compañía? A fin de cuentas, ahora estará completamente sola...

—Mi marido tenía una casa de campo en Odenwald. Allí hay otro piano viejo. ¿Podría echarle también un vistazo antes de informarse del precio de éste? —se oye decir, ante su propia sorpresa.

Él continúa sujetándole la mano. El cambio de voz de ella no le ha pasado inadvertido. Tal vez la repentina muerte de su marido la haya afectado más de lo que está dispuesta a reconocer. Él presiona su mano en un arranque de ternura:

—Ésa es una buena idea. ¿Cuándo querría ir?

—El próximo sábado, es decir pasado mañana, ¿le vendría bien? —retira lentamente su mano mientras retrocede un paso hacia el interior de la casa.

—Aquí estaré. ¿A la misma hora de hoy?

Úrsula asiente, y después se queda observándolo cuando se dirige a la salida a través del jardín. Parece una cigüeña saltando de losa en losa. A Walter lo reconocía ya desde lejos por su paso firme. Éste en todo caso no provoca en el suelo más que una suave fricción. No espera hasta que él se de la vuelta otra vez para despedirse. Úrsula cierra la puerta y se apoya en ella por dentro.

¿Pero por qué lo ha invitado a la casa de campo solitaria?

Odia esa casa de campo.

Y odia también el piano viejo que hay en ella.

En general, todos los instrumentos musicales le resultan inquietantes. Desarrollan una vida propia, hacen que las personas lloren, rían, se pongan histéricas. Ella no quiere dejarse dirigir desde fuera. Por ningún hombre y menos aún por un miserable instrumento. Regresa al salón y lanza una mirada envenenada al piano de cola:

—¡Dentro de poco tú también dejarás de existir! —le dice en voz alta.

Juego mental

Todas las miradas se dirigen hacia ella cuando el sábado por la mañana, a eso de las nueve, entra en la peluquería. El señor Zieger, el jefe, se le acerca veloz, y la saluda antes de que llegue a la recepción. Le estrecha la mano con gesticulación teatral:

—Qué pena, señora Winkler, qué pena. Permítame que le exprese mi más sentido pésame por la muerte de su marido.

Con un tono de voz algo más suave añade:

—Naturalmente que le hemos reservado un sitio apartado para que no la moleste nadie. Mi mujer estará con usted enseguida. Venga conmigo, por favor —precede a Úrsula en dirección a la parte posterior del salón. Ella escruta las reacciones de las clientes a su paso. A algunas las conoce personalmente, a otras sólo de vista. Pero al parecer ninguna sabe con exactitud cómo comportarse ante ella. Sólo dos la saludan abiertamente con un movimiento de cabeza. Las demás simulan no haber reparado en ella o la espían a hurtadillas a través del espejo. Qué pasaría si una de repente se viera en una silla de ruedas, piensa Úrsula; pero en seguida reconoce que tampoco ella sabría cómo comportarse ante la enfermedad o la tristeza ajenas. Consolar y animar no son su fuerte. De Walter aprendió a apretar los dientes y a luchar. Para eso no se requerían aptitudes maternales.

—¿Está bien así? —pregunta el señor Zieger y señala un sillón de peluquería flanqueado, a izquierda y derecha, por otros dos desocupados. Como si fuera una leprosa, piensa Úrsula con disgusto. Bueno, quizá sea lo mejor. Por lo menos así nadie le dirigirá la palabra.

—¿Le traigo un café, señora Winkler?

—¡Sí, por favor!

Úrsula se acomoda en el asiento y cierra los ojos.

Intentará relajarse y estar bien arreglada para su encuentro con Uwe Schwarzenberg esta tarde. Primero se había arrepentido y quiso cancelar la cita. Pero no encontró ningún Uwe Schwarzenberg en la guía telefónica, y la interiorista tampoco sabía su dirección. Así que se había preparado para darle plantón el sábado por la tarde.

Pero ayer, de pronto, había visto las cosas de otra manera. Qué hay de malo en volver a vivir. Uwe Schwarzenberg es un hombre agradable y bien parecido, con otros intereses y seguramente también con temas de conversación distintos de los que ella está acostumbrada. No le vendrá nada mal ampliar sus horizontes. Cada vez que ha llamado por teléfono a su empresa, todos se han comportado como si no debieran abrumarla con cosas intrascendentes ni sobrecargarla con problemas. Posiblemente Manfred Kühnen había dado las órdenes correspondientes porque ahora olfatea su oportunidad para quedarse con el mando. Ya se desengañará.

—¡Buenos días, señora Winkler!

Úrsula ve por el espejo a la joven y guapa esposa del señor Zieger, que se encuentra detrás. Lleva recogida su larga y rubia cabellera, con lo cual disimula un poco su desafiante atractivo, y también su ligero maquillaje produce un efecto de forzada modestia.

—¡Buenos días, señora Zieger, le agradezco que tenga tiempo para mí!

Úrsula le estrecha la mano.

—Faltaría más... siento mucho lo de su marido, señora Winkler. Mi más sentido pésame. ¡Tiene que ser terrible!

—¡Gracias!

Úrsula se da la vuelta en su sillón giratorio, y queda otra vez frente al espejo. ¿Es terrible? Qué sabrá ella. ¿No son más terribles acaso sus últimos treinta años?

—¿Qué hacemos? ¿Cortamos un poco?

¿Se atreverá? ¿Puede permitirse un nuevo peinado ahora que acaba de perder a su marido?

—¡Sí, cortar un poco, por favor!

—¿Lo lavamos también? ¿Y lo moldeamos un poco? Y... —vacila. Al parecer está pensando si se le puede proponer algo así a una mujer que acaba de enviudar— ¿Tal vez un ligero tinte? Si me permite que se lo diga, le han salido muchas canas últimamente.

Estas muletillas de peluquero seguro que las ha aprendido de su marido. A ella no le pegan.

—¿En qué clase de tinte había pensado usted?

—Le matizaría un poco los cabellos blancos en un gris un poco más oscuro. Negro quizá sería demasiado fuerte, pero un bonito color antracita, eso podría sentarle bien.

Hasta ahora Úrsula conoce el color antracita sólo en coches. En los últimos años Walter encargaba siempre sus Mercedes en color antracita metalizado.

—Sí, por favor, como usted vea...

No se había dado cuenta de que sus cabellos estuvieran tan blancos. Pero es lo mismo. Lo importante es que pase algo.

La señora Zieger llama a una aprendiza y le encarga que prepare esto y lo otro. El señor Zieger en persona sirve el café.

—Usted me dejó impactada, señora Winkler —suelta entonces la joven jefa inesperadamente—. Cómo estaba ante la tumba de su marido, tan sola y tan dueña de sí, ¡yo no hubiera podido!

¿Entonces estaba presente? ¿También le había estrechado la mano?

—¡Me impresionó mucho ver cómo dominaba sus sentimientos!

Dominar los sentimientos. También eso lo aprendió de Walter. Él siempre tenía sus sentimientos bajo control. Sencillamente podía apagarlos por completo. Cuando se encontraba solo con la montaña o con el mar, cuando luchaba contra sí mismo y contra la naturaleza, no conocía miedo alguno, cansancio alguno, dolor alguno. Úrsula sería incapaz de afirmar siquiera si se alegraba de veras cuando llegaba a la cumbre o cuando retornaba a puerto sano y salvo. Porque entonces ya tenía una nueva meta a la vista, como siempre.

A veces se olvidaba de volver a poner en marcha sus sentimientos.

Hacia ella, por ejemplo.

Piensa en sus noches con Walter.

Para él, ella era simplemente como un campo de maniobras adicional entre el mar y la montaña.

Y ella tampoco conoció otra cosa. ¿Pero es que en general había deseado otra cosa? ¿O es que se limitó a olvidar sus deseos con el paso de los años? ¿O antes Walter era diferente? ¿Cambió durante el matrimonio?

Intenta recordar los primeros años. No, lo que se dice deseo apasionado, amor y ternura, tal como se conoce a través de libros y películas, de eso no hubo nunca.

Era un componente más, eso era todo.

Y ella siempre sabía cuándo iba a ocurrir de nuevo.

Lo percibía en los movimientos de Walter en el baño, en cómo colocaba el vaso del cepillo de dientes, en cómo se demoraba en la ducha, en la loción para después de afeitarse que volvía a palmetearse en la cara. ¿Habrá tenido una amante alguna vez? ¿Se comportaría con ella de otra forma? ¿Con más pasión, con más fantasía, con más comprensión?

No puede siquiera imaginárselo. Y, además, cuándo, si casi siempre estaban juntos.

Un amor así sólo hubiera sido posible entre el sillón del jefe y el escritorio de la secretaria.

¿Tal vez ahí?

¿Walter y Regina Lüdnitz?

Eso tampoco puede imaginárselo. El acto-de-tres-minutos entre la lectura del periódico y la reunión matutina.

La idea casi le arranca una carcajada.

Parece increíble todo lo que ha tenido que aceptar sin más todos estos años, como en un estado ordenado por Dios sin transformación posible. Profesionalmente estaba por completo al servicio de su marido, era respetada, reconocida, entendía el negocio del embalaje hasta en su más pequeño detalle. Sin embargo, a su marido no lo entendía. ¿Se había parado alguna vez a reflexionar sobre él?

¿Y él, habrá reflexionado sobre ella? ¿Se esforzó por entenderla?

Y, además, qué podría haber entendido. ¿Expresó ella alguna vez su opinión acerca de algo que no estuviera relacionado con negocios, política o economía? ¿Se contaron alguna vez el uno al otro sus sueños?

A ambos les hubiera parecido ridículo.

No, había cosas que no eran tan importantes como para discutir con Walter por ellas.

Y había otras cosas que estaban tan claras que no habría tenido ningún sentido discutirlas con él.

Ninguna persona discutió con Walter jamás.

Era un escorpión, de cabo a rabo.

Resultaba peligroso acercarse demasiado a él, jugar a ser rana.

El juramento del cazador

Úrsula detiene su Golf azul oscuro delante del garaje de dos plazas. El señor Schwarzenberg dijo que llegaría alrededor de las tres, así que tiene tiempo suficiente para sentarse y responder al resto de las cartas de condolencia que siguen abarrotando el buzoncito de la entrada. Ha encargado imprimir doscientas tarjetas de agradecimiento, lo cual va a aligerarle el trabajo. Habría preferido, realmente, dejarlo todo en manos de la señora Lüdnitz, pero en la empresa tal vez lo hubieran entendido mal. No le gustaba nada la correspondencia sentimentaloide. Walter habría estado de acuerdo. Sin embargo, en el caso inverso, él no hubiera vacilado en sobrecargar a la señora Lüdnitz con los asuntos derivados del hecho de que ella hubiera dejado de estar viva.

Pone agua a calentar mientras se prepara una tostada con mantequilla. Luego escoge cinco de las cartas que más abultan y las coloca junto al plato, sobre la pequeña mesa de la cocina. ¿Va a leérselo todo o va a limitarse a responder el correo? ¿Firma debajo de lo impreso y basta? Coge un afilado cuchillo de cocina y abre el primer sobre.

Precisamente ha ido a pillar la de Manfred Kühnen.

¿Tiene que hacerlo ahora?

La tetera silba, se sirve el té y comienza a leer.

Un embustero genial, este señor Kühnen.

Lo mucho que apreciaba a Walter. No me hagas reír. ¿Bondad y justicia? Menuda estupidez. Fortaleza de carácter y capacidad para imponerse. Eso sí. Desconsideración y autocontrol, eso se le ha olvidado al bueno de Kühnen. Vuelve a meter la carta en el sobre.

Abre la siguiente.

Se trata de la típica carta pedigüeña.

Una organización, ¿para qué? Contra la explotación avícola y la tortura de los animales durante el transporte, solicita un donativo en memoria de su marido. ¿Qué tienen que ver los animales de matadero con Walter? Una desvergüenza. ¿Qué le importan a ella los problemas de otra gente? ¿Y cómo se le ocurre a esta organización mandarle una carta así? Busca la firma. Verena Müller. ¿No es ésta la bajita de Contabilidad? ¿O es que alguien tiene por casualidad el mismo nombre? El lunes mismo se informará al respecto. Se va a enterar ésa. Lo mejor sería despedirla en el acto.

Se le han pasado las ganas de una tercera carta.

Se sienta, bebe su té, da un bocado a su tostada y después la abre.

Le ha escrito su vecina.

Amable y sin compromiso.

Bueno, ¡está bien!

Responderá con amabilidad.

La número cuatro es del director del banco, Julius Wiedenroth. Es natural que se inquiete, tendrá miedo de que la vieja pueda cambiar de banco.

La última es de Ludwig. Por ella deja la tostada de pan a medio comer. Le pica la curiosidad por averiguar qué se le habrá ocurrido. Escribe sobre sus días en común, sobre las aventuras conjuntas, las veladas bebiendo excelente vino. El suyo. Sí, es verdad, las horas en compañía de Ludwig siempre fueron alegres. De alguna forma diferentes, más distendidas, más divertidas. Tal vez el secreto en realidad estaba en su vino. Para él tiene mucha importancia y se gasta una fortuna en tener su bodega surtida. Walter se limitaba a sacudir la cabeza. Pero, a pesar de ello, cuando Ludwig cumplió cincuenta años, Walter hizo que Hardy Rodenstock le enviara expresamente y le entregara en mano un Château Cheval Blanc, Premier Grand Cru Classé «A», Saint Emilion 1947. No era precisamente del año de nacimiento de Ludwig, pero en todo caso era lo más exquisito que tenía en esos momentos el experto en vinos muniqués. Seis litros a cuarenta mil marcos. Y hasta cuando el delicioso cargamento estuvo en el lugar adecuado, según mandan los cánones, hubo que soltar otro billete más de mil marcos. Úrsula creyó entonces que perdía el conocimiento a la vista del precio; Walter, sin embargo, rebosaba felicidad por su acertado regalo de cumpleaños. ¿Con qué podría igualarlo Ludwig en su cumpleaños, seis días después? ¿Con un lingote de oro?

Úrsula coloca taza y plato en el lavavajillas. Eso puede terminar de hacerlo mañana temprano la señora Paul. Viene dos veces por semana a ocuparse del arreglo de la casa, los tres restantes trabaja en la fábrica. Su salario se paga a través de la empresa porque sale más barato. Pero en la colada nunca pudo meter mano la señora Paul. Walter no quería. Por algún motivo no soportaba que una extraña lavara su ropa interior, sus calcetines y sus prendas de deporte sudadas. A Úrsula le daba igual: lavadora y secadora acababan pronto con todo, y ella planchaba mientras Walter se ocupaba del jardín. Pero ahora esto podría cambiar. La señora Paul podría encargarse tranquilamente de su colada, y el señor Paul ocuparse sin problemas del jardín.

Permanece en el escritorio hasta las dos. No lee ninguna carta más, se limita a firmar las tarjetas impresas, escribe las direcciones en los sobres ribeteados en negro, pega un sello especial para la ocasión y los coloca en el cestito de salida. El orden que no falte. Trabaja con pulcritud y dedicación y a las dos en punto ha terminado con su tarea. Hay un buen montón de sobres que sobresalen del cestito. ¡Lo que va a costar esto sólo en sellos!

Se levanta y se dirige a su cuarto de baño. Se encuentra por primera vez ante su propio espejo después de haber estado en la peluquería. Bueno, sí, tiene otro aspecto. Gira la cabeza. Los cabellos hacen un movimiento ondulante y después vuelven a su posición original. La señora Zieger le ha hecho un buen corte. Y el color está realmente bien. ¡Discretamente diferente, pero diferente a la postre!

Úrsula se pinta con esmero los labios de un rosa pálido, se aplica sombra gris oscura en los párpados y extiende un poco de rímel en las pestañas.

¿Vestido o jersey con pantalón? El vestido de tweed verde oscuro se lo puso alguna vez cuando iba con Walter a la casa de campo. Pero esto no sucedía con frecuencia, Walter no era ningún apasionado de la caza, es decir, quizá sí era un cazador apasionado, pero carecía de cultura cinegética. Y como una cosa no puede ir sin la otra, le cedió el coto a Ludwig. Ludwig alimentaba a las piezas en invierno y en otoño sólo disparaba a los animales descastados. Con Walter no hubiera estado ella tan segura. Pero es que Ludwig era médico. No podía ser de otra forma.

Se decide por un jersey gordo de lana verde oscuro y por un pantalón de hilo marrón tabaco. Por encima de los hombros se pone un pañuelo de seda, lo sujeta al jersey con un fino broche de plata. Bien, ahora botas de suela gruesa, guantes de cuero y la cazadora impermeable de microfibra, ahora puede venir cuando quiera el señor Schwarzenberg. En ese preciso instante suena el timbre de la puerta.

No es fácil hacer un viaje de una hora en un coche pequeño con un extraño. ¿De qué va a hablar con él? Al menos si él se decidiera a contarle algo de sus cosas, del mundo de la música, de una vida totalmente diferente. Pero es bastante parco en palabras. ¿Será tímido tal vez? Por hablar de algo, ella le advierte que tendría que haberse abrigado un poco más. En la casa hace mucho que no se pone la calefacción y estará fría y húmeda. Para cuando la chimenea comience a calentar, ya se habrán marchado de la casa. En realidad, no lo cree capaz a Uwe Schwarzenberg de encender la chimenea. Para ello hay que saber manejarse con el fuego. Pero no se lo dice.

Le cuenta la historia de la casa. Cómo la descubrió su marido hace quince años, lo entusiasmado que estaba, cómo la decoró a su gusto, con un dormitorio al estilo alpino e incluso con un moderno cuarto de baño. Sin embargo, no hay agua corriente, la casita se encuentra demasiado apartada. Y a veces el camino también resulta difícilmente transitable, por eso Walter insistía siempre en que llevara un coche con tracción en las cuatro ruedas. Y una vez que Walter descubrió el Golf Synchro, no volvió a plantearse más dudas por la marca. Úrsula sonríe:

—En realidad ninguno de estos coches se ha empleado aún a fondo. En cualquier caso probaron su valía en invierno, cuando nevaba en Frankfurt —poco después ya no le apetece seguir conversando con su acompañante. Y él tampoco demuestra tener demasiadas ganas. Así que se hace el silencio.

En Aschaffenburg Úrsula abandona la autovía en dirección a Wurzburgo, conduce rápido por la carretera nacional.

—Ahora vamos a hacer un trayecto breve por la Nibelungenstraße —interrumpe el silencio poco antes de llegar a Amorbach y aprovecha la ocasión para examinarlo con la mirada. A él parece no inquietarle en absoluto ir sentado junto a ella en silencio y a una distancia milimétrica. Se ha confundido. No transmite la sensación de estar en silencio y agarrotado, sino en silencio y relajado, casi gozoso. Uno de sus negros rizos se le ha caído sobre la frente. Con un suave movimiento de la mano lo devuelve a su sitio y luego mira a Úrsula con una ligera sonrisa:

—No he estado nunca en Odenwald. He estado en Inglaterra, en Francia, en España y en Grecia, pero nunca en Odenwald.

Ella replica:

—Desde Niederrad tampoco es que esté Odenwald a la vuelta de la esquina precisamente. Éste es también el motivo por el que rara vez íbamos allí. Pero ya falta poco. Desde Amorbach quedan como mucho quince minutos.

—No se preocupe por mí, me gusta viajar con usted, mirando el paisaje. Conduce con mucha seguridad.

Úrsula le dirige una breve mirada. Hay uno por lo menos. Walter jamás hubiera soportado ir en el asiento del acompañante. Si recuerda bien, ni siquiera lo intentó en todos estos años. Incluso cuando hace siete años se rompió dos costillas al despeñarse, se empeñó en conducir él en el camino de vuelta. Ella aguardó en el asiento del acompañante a que se rindiera y le pidiera por favor que cogiera el volante. Pero no se rindió. Consiguió llegar a casa de Ludwig.

¿Pero por qué insistía en ir al volante?

No, no era eso, ni siquiera se trataba de una insistencia.

Nunca hablaron de aquel episodio.

Era simplemente algo que se sobrentendía.

Él simplemente no quería.

Mientras tanto ha ido oscureciendo. Una pena, pues el paisaje es, en verdad, delicioso.

—¡Lástima que ya no se vea nada! —la contempla una mirada acongojada.

—Eso mismo estaba pensado yo ahora.

—¿Tal vez en otra ocasión podamos salir más temprano y dar un pequeño paseo por el campo?

¿Qué se ha creído? Ella no ha dicho en ningún momento que le interese otra cosa que no sea el piano. ¿O es que lo piensa él?

—Espero no tener que volver tan pronto. Quisiera deshacerme de la casa lo antes posible.

—Qué pena. La envidio por tener semejante joya en medio de la naturaleza.

—Aún no la ha visto.

Él no dice nada más.

—La puede comprar usted —añade Úrsula.
Uwe Schwarzenberg calla.

Sin hablar llegan veinte minutos después al camino que conduce, a través del bosque, al pequeño claro en el que se encuentra la cabaña de caza. El camino acaban de cubrirlo de grava. El argumento tracción-cuatro-ruedas de Walter no tendría ahora sentido alguno.

¿Por qué no puede dejar de pensar constantemente en Walter? Casi parece como si siguiera existiendo y la acompañara de forma permanente.

—Esto resulta muy intrigante —Uwe Schwarzenberg mira hacia adelante en tensión. Los conos de luz se adelantan palpando cada curva, iluminan árboles frondosos, intercalados con abetos, un bosque mixto que se hace cada vez más espeso.

—Cuidado —grita él de repente.

Una liebre está sentada en medio del camino, los mira.

—Ya se apartará —responde Úrsula sin quitar el pie del acelerador.

—Pero frene, está deslumbrada por los faros, ¡no puede apartarse! —ella detiene el coche.

La liebre está sentada inmóvil.

Qué destino tan bonito.

Uwe abre la puerta del coche:

—Juss, juss —grita y da palmadas.

Qué escena más ridícula, piensa ella.

La liebre da un salto y sale corriendo por el medio del camino. Úrsula reanuda la marcha. A lo largo de la franja de luz que se proyecta ante ellos el animal va dando brincos.

—Es simplemente tonta —dice Úrsula—. Ella misma será culpable si es atropellada. A eso se le llama selección.

—¡No conoce los coches, no conoce el peligro! Apague un momento las luces, entonces huirá hacia el bosque.

—¡Y nosotros chocaremos contra un árbol!

Cómo maldice su excursión con este tonto del culo. Tiene que haberse vuelto rematadamente loca. Pero frena y cambia a las luces de posición.

En efecto, la liebre cambia de dirección, huye hacia la derecha y se adentra en la maleza.

—¿De qué conoce usted la psique de las liebres? —pregunta irónica y prosigue el camino con las luces largas.

—Yo mismo soy una —responde y vuelve a arrellanarse en el asiento.

—Yo prefiero ser el cazador —le lanza una breve mirada, él ni parpadea, mira fijamente a través del parabrisas.

En la casa todo está en orden, hasta donde puede verla iluminada por la luz de su coche. Fantástico. Ningún vándalo ha intentado romper la valla del jardín, ningún pordiosero se ha metido dentro, ningún ecologista ha pintado sus protestas en la puerta de entrada. La casa de madera marrón oscura se encuentra allí totalmente sana y salva. Retorna el buen humor de Úrsula.

—Entonces, vamos a ver —dice, apaga el motor y busca el llavero.

—Un lugarcito muy idílico —Uwe Schwarzenberg se echa hacia atrás los rizos—. ¿No desearía a veces saber pintar? ¿Fijar algo así en un cuadro?

—¿Pintar? —Úrsula se irrita. No tiene ningún referente—. Si ya la poseo, ¿para qué iba a querer pintarla? ¡Siempre puedo venir y contemplarla!

—Sí, sí, en eso, naturalmente, tiene razón —responde él apresurado—, pero a lo mejor se trata de algo diferente...

Mira, ahora vuelve a hablar como a mí me gusta. Su recalcitrante fase de liebre ha pasado, piensa ella y abre la puerta. Se encuentran en el vestíbulo. Coge la linterna que oportunamente se halla a la entrada, y justo a la derecha abre una puerta que conduce, a través de una especie de despensa, al cuarto de baño. Allí se encuentra también el generador.

—Espere un momento, enseguida conecto el generador para que tengamos energía eléctrica.

¿Le dará miedo quedarse a oscuras?

Abre la cámara insonorizada dotada de un tubo de ventilación, que Walter hizo construir aparte para amortiguar el ronroneo del generador, y tira del cordel de arranque con rapidez y fuerza. El generador arranca sin vacilar. Fantástico. Tanto tiempo sin utilizar y no obstante funciona al primer impulso. A ella le gustan las cosas y las personas que funcionan y realizan su trabajo de manera fiable.

Úrsula vuelve con Uwe Schwarzenberg, acciona el interruptor del vestíbulo y abre la maciza puerta de madera del salón.

—Venga, venga —dice por encima del hombro y se aparta luego para dejarlo entrar.

Al principio él no dice nada, se detiene en mitad de la habitación.

Úrsula no se ocupa de él, se dirige a las dos lámparas de pie y las enciende.

Entonces se vuelve hacia él.

—Aquí está el piano —señala el instrumento que se encuentra algo apartado en un rincón.

—Sí, gracias —Uwe Schwarzenberg sigue sin moverse.

Úrsula lo mira impaciente.

—Resulta... resulta inefable —musita por fin.

—¿Qué? —pregunta ella con aspereza.

—Esto —realiza un amplio movimiento con el brazo— todo esto.

En efecto, Úrsula siempre ha encontrado horrible esta sala llena de animales disecados. Pero eso no significa de ningún modo que un Uwe Schwarzenberg tenga el derecho a hacer lo mismo. ¿O es que está intentando halagarla de nuevo? ¿Igual que en el salón de su casa? ¿Qué es lo que dijo? *¿Una levedad sensual con unas gotas de realismo?*

Reprime su enfado, vuelve a repetir:

—Aquí está el piano.

—Ah, sí —por fin se dispone a cumplir con su obligación.

La comisura de la boca de Úrsula se vuelve a contraer.

Qué importancia tiene, se dice. Déjalo. La idea de que podía ampliar mi horizonte, de que podría pasar horas placenteras con él era sencillamente falsa. Es un músico, un músico imbécil que no tiene ni idea de la vida y nada más.

—¿Enciendo primero la chimenea? —pregunta para gran sorpresa de Úrsula.

—Sí, ¿sabe usted?

—Yo crecí junto a una chimenea. ¡Sé hacerlo muy bien!

Mira éste.

—Sí, por favor, la leña y el encendedor están en el vestíbulo. Acabo de ver que había aún suficiente. Entretanto prepararé un té. Y, ¿ha comido usted algo?

Uwe sacude la cabeza negando.

—No habrá mucho más que espaguetis. Pero se preparan pronto y a lo mejor hay también una lata de salsa de tomate.

—¡Eso sería maravilloso!

Qué es lo que puede ser tan maravilloso, es algo que Úrsula ignora, pero se dirige a la pequeña cocina, a la que sólo separa del salón una especie de mostrador. En realidad no se había propuesto cenar aquí con el señor Schwarzenberg, pero si ahora las cosas se presentan así, ¿por qué no? A fin de cuentas tampoco sabía ella que él entendía tanto de chimeneas. Quién sabe, la velada podría resultar muy agradable.

Úrsula coloca todo lo que encuentra sobre la encimera cubierta de azulejos. Mientras lo hace, observa a Uwe que está arrodillado junto a la chimenea y manipula con destreza astillas, papel de periódico y ramitas. La pared entera, hasta arriba del todo, está adornada con trofeos de caza. Cabezas de animales se mire donde se mire. Un ciervo pende inclinado sobre la chimenea. La lámpara de pie lo baña con una luz fantasmagórica, relucen sus ojos de vidrio y su ramificada cornamenta proyecta unas sombras extrañas sobre los animales que lo rodean. Muchas cabezas de ciervos, pero también de gamuza y de jabalí encontraron aquí su última morada. Colocados sobre pequeños pedestales en la pared hay clavados tejones y zorros enteros. En la pared de enfrente, sobre el sofá de cuero marrón oscuro, está colgada la cabeza gigantesca de un búfalo, enmarcada, a la izquierda, por dos poderosas escopetas de grueso calibre y cañones cortos y, a la derecha, por dos delgadas armas con culatas de fina madera. En el suelo hay pieles. Entre el sofá y los sillones incluso una de oso. Por ella renunció Walter a la correspondiente mesa de madera en favor de una mesa de cristal para que no se pierda de vista ni un centímetro de la magnífica pieza. Walter en persona cazó alguno de estos ejemplares, pero la mayoría de ellos los compró junto con la casa, porque pensaba que una cabaña de caza como debe ser tenía que presentar este aspecto. El único lugar que se vio libre de pieles y cabezas fue la mesa de cocina que hay delante del mostrador. Sobre su tabla, el ebanista se limitó a esculpir, a precio astronómico, motivos de caza.

Úrsula abre el grifo. Comienza a funcionar la bomba y a elevar el agua del pozo. La deja correr unos minutos para estar segura de no llenar la olla con agua estancada, luego abre la llave de la bombona de gas, enciende la cocina y pone el líquido a calentar. Cuánto tiempo ha transcurrido desde que hizo esto por última vez. Ya casi ni se acuerda. La fecha de caducidad de los espaguetis no se ha pasado aún. Según parece, entretanto Ludwig ha utilizado la casa.

Se escucha un sonido extraño. Uwe Schwarzenberg ha terminado su trabajo en la chimenea y ahora se dedica al piano. Pulsa algunas teclas y recorre luego la escala tonal. Hacia arriba y hacia abajo, hacia arriba y hacia abajo.

—¡Pare, esto no hay quien lo soporte! —Úrsula se tapa los oídos.

—¡Tengo que saber si simplemente está desafinado o si la humedad lo ha deformado y destruido todo!

—¡Según suena eso parece!

Coloca un mantel sobre la mesa.

—¿Qué opina? ¿El piano tiene todavía algún valor?

—Eso no se lo puedo decir así, sin más. Tengo que abrirlo.

Típico de esta clase de personas. Por una u otra razón jamás pueden dar una información clara. Walter hubiera pronunciado un juicio certero. Seguramente «que se vaya».

El agua está hirviendo. Hay que echar la sal y la pasta y poner el tomate en la cazuela pequeña. No hay más condimentos que sal y pimienta. Lo normal en una casa llevada por hombres. A saber lo que hace Ludwig aquí. ¿Tendrá una novia? Ludwig con una mujer, por alguna razón esa idea a Úrsula no le entra en la cabeza. En el mejor de los casos de una mujer como mucho puede interesarle su sistema nervioso. Lo conoce solo, como el eterno soltero. Y, además, qué va a hacer una mujer con un tipo tan extravagante. Ludwig está experimentando constantemente con cosas que le sentarían mal a las personas normales.

Uwe Schwarzenberg desplaza el piano del rincón, lo abre y empieza a trastear dentro de él.

Úrsula lo contempla mientras espera que los espaguetis alcancen su punto.

Ahora ya no experimenta ninguna sensación erótica. Le parece más bien como si él estuviera intentando extraer de ahí algún animal, como si estuviera fisgoneando en los intestinos. Del mismo modo podría imaginarse a Ludwig. En la sección de patología. Sólo le falta el delantal de plástico blanco salpicado de sangre.

Se le frunce el entrecejo.

Ella se pone la mano encima.

¿No basta con la terca comisura de la boca, su entrecejo también tiene que iniciar una vida propia?

Seguro que este tic lo he heredado de Walter, se dice, y una sonrisa irónica nada propia de una señora deforma su boca. ¿Con esto me quiere acompañar ahora a lo largo de mi vida o qué?

Haré que me extirpen los pequeños y dulces nervios de ahí arriba, querido Walter, ¡entonces habrás finalizado tu papel!

Diez minutos más tarde están sentados a la mesa como un matrimonio bien avenido. La salsa de tomate no sabe mal a pesar de los austeros ingredientes, Úrsula enrolla los espaguetis con el tenedor y se relaja viéndose hacerlo. Descubrió algunas botellas de vino en la despensa, seguramente traídas por Ludwig, y ha abierto la mejor, un Burdeos. Tiene un sabor definido, rotundo, pero es pesado y se sube rápido a la cabeza. También se ha servido un vaso de agua junto a la copa de vino, no olvida que tiene que volver a casa conduciendo.

Promete ser una velada bastante armónica. Uwe Schwarzenberg ha confirmado que el piano es aún salvable, y Úrsula le ha encargado que se informe del precio y que encuentre un comprador. Tanto por el de cola como por éste recibirá una buena comisión.

Esta perspectiva ha animado al otrora director de orquesta. Está relatando ahora aquella época de su historia profesional y el desafortunado camino que le había preparado el destino. Acaba de solicitar una plaza como profesor en el conservatorio de Trossingen, pero aún no ha recibido respuesta. En realidad tampoco sabe muy bien si quiere ir a Trossingen. Trasladarse de una gran ciudad a provincias, eso es casi peor que estar en paro.

—Dado el caso le podría ofrecer un puesto de trabajo en una máquina. Pero para ello se necesita, desde luego, una formación, o —ella se detiene brevemente—, al menos un adiestramiento preciso.

—¿En una máquina? —la mira como si hubiera confundido a Beethoven con una variedad de rosas.

Luego alza la copa y ríe:

—Ha sido una broma excelente, ji ji, ¡tenemos que brindar por ella!

Úrsula no sabe cuál puede ser la broma de su propuesta, pero brinda con él y luego reparte los espaguetis y la salsa sobrante. Se ha hecho tarde. Quisiera marcharse tan pronto como hayan terminado de comer y de lavar los platos. Pero Uwe Schwarzenberg parece no tener prisa. Además, es evidente que no está acostumbrado a beber.

La primera copa de vino tinto se la bebió muy rápido, ahora, con la segunda, ha adquirido un tono visiblemente más confidencial.

—Es una lástima que el piano esté tan desafinado. Con gusto habría tocado algo para usted, algo en armonía con una velada tan romántica —y le dirige a Úrsula una mirada familiar. El bucle revoltoso vuelve a caerle sobre la frente. Tiene el aspecto de un jovencito en su primera *rendez-vous*, piensa ella. Sólo le faltan las mejillas coloradas.

—¿Puedo brindar —con un amplio gesto eleva la copa—, brindar por esta casita inolvidable? —bebe un trago profundo, mira de reojo a Úrsula y vuelve a depositar la copa sobre la mesa con una sonrisita. Úrsula también ha bebido un pequeño trago, pero sus sentidos están despiertos por completo.

—Sabe usted —prosigue y sonríe de nuevo—, ya sé por qué se ha deteriorado tanto el piano... —espera un poco alguna reacción, luego dice en tono de juramento—: ¡Seguramente de puro pánico a los terribles animales! —comienza a morirse de risa con su ocurrencia.

—¿A usted también le parece? ¡Mi marido estaba muy orgulloso de estos trofeos de caza!

—Ja, ja, eso en verdad implica una tremenda falta de gusto, horrenda sin más —mira a las paredes—. Véalo usted: cadáveres por todas partes, ¡animales decapitados, descuartizados!

—¡Eso pensé siempre yo! —durante un momento deja de enrollar los espaguetis con el tenedor—. Esto me parecía demasiado oscuro, demasiado estrecho. Yo le habría dado a la cabaña un aire totalmente diferente. Pero cuando se trata de cazar, los hombres son todos de la misma opinión... Nunca me sentí bien aquí. El acceso, el camino lleno de barro, esta soledad. Y para colmo en los muebles con tanto pelo de animal se acumula un montón de polvo y de bichos. ¡Repugnante!

Úrsula saborea el vino tinto de su profunda copa.

—Le voy a confesar una cosa —Uwe Schwarzenberg se inclina hacia ella por encima de la mesa—, yo tendría pesadillas. Vea usted qué luminosa y alegre es por el contrario la naturaleza en libertad, con sus animales, flores, hierbas, arbustos. Esto de aquí asfixia, da miedo, ¡lo hunde a uno en la muerte y la aniquilación! Odio la voluntad de poder que se expresa en estos trofeos. En su lugar, yo lo tiraría todo y dejaría que el salón se llenara de luz y de aire fresco, ¡como hizo en su casa!

Úrsula lo ha escuchado sonriente.

—¿De verdad? ¡Pero lo que quisiera realmente es vender la cabaña! ¡Una cabaña de caza es una cosa para hombres!

—¿Para hombres? No, usted podría hacer de ella algo completamente diferente. Me puedo imaginar que encontraría los muebles adecuados y los colores correctos. Femenino, ¿tal vez algo sueco, mucho azul, mucho blanco?

Úrsula medita y mira a su alrededor. Se lo puede imaginar, sí, azul, blanco, es una buena idea. Eso imprimiría un carácter del todo diferente a la cabaña. Femenino. ¡Por supuesto, él tiene razón!

Úrsula bebe un buen trago de vino y se arrellana un poco en su silla para degustar el buen caldo. Cierra los ojos, saborea el Burdeos, y vuelve a abrirlos. Mira exactamente una gran foto de Walter colgada en la pared al lado del ciervo. Se encuentra arrodillado junto al corzo abatido, escopeta en mano y la mira justo a los ojos. Úrsula está como hipnotizada, apenas puede apartar la mirada de la suya. Siente cómo se le frunce el entrecejo y la cólera se apodera de ella.

Desde luego. Uwe Schwarzenberg le está mintiendo.

¿Decoración femenina en una cabaña de caza masculina? ¿Estará hablando en serio? Ella no le cree. A todos los hombres les gusta algo así. Una cabaña de caza perdida en el bosque. Trofeos. Cazar con el crepúsculo. Apuntar al magnífico ciervo. Apretar el gatillo. Matar. El juramento agradecido y la francachela. ¡Salud! Todos los hombres que ella conoce piensan así. Cazar, dominar, matar. De este modo se sienten reafirmados en su virilidad. ¡Él tiene que admitirlo! No, él la quiere engatusar, arrullar, tomarla por tonta. Por alguna razón le esconde algo, eso está fuera de toda duda. ¿Tiene miedo de mostrar su verdadero yo? ¿O es que no tiene ningún yo, ninguna personalidad propia?

Los labios de ella se comprimen.

Es un cobarde, un gallina que no sabe defender sus propias opiniones. Igual que en su casa, cuando alabó los colores y las formas; el metacrilato no tiene color ni forma.

Úrsula toma otro sorbo.

Uwe ya no está enfrente, la silla está vacía. Mira entorno suyo. Él viene hacia ella, ha cogido una de las armas de la pared.

—Esto es un mataelefantes, ¿no? ¡Jamás hasta ahora había tenido en las manos un instrumento de muerte tan espantoso!

—¡Entonces démelo! —un tipo lamentable, este Uwe Schwarzenberg. Ni hablar de animalitos que van dando saltos por la luminosa naturaleza. Walter le habría explicado el orden del mundo, le habría dicho que en la naturaleza las cosas son sencillamente así. Unos ganan, otros pierden. El vencedor era él, Walter, con el arma en la mano. Ese hombre de ahí es incapaz para la vida, sin una voluntad firme, sin una opinión propia. ¡Frente a Walter, un cero a la izquierda, inexistente!

Se le frunce el entrecejo.

—¡Traiga esa escopeta, no vaya a herirse con ella!

—¡No me diga que sabe usar estas cosas!

Le entrega el arma.

—¡Desde luego! —le apunta y dispara.

La fuerza de retroceso la tira de la silla.

Al principio se queda allí tumbada, luego se levanta para ver lo que ha pasado.

Los restos de Uwe Schwarzenberg están esparcidos de forma repugnante por los sillones y el sofá.

Úrsula mira a su alrededor. Por lo demás todo está en su sitio. No se ha caído ni una sola cabeza de ciervo.

Dos horas más tarde vuelve a estar sentada en su coche. Al principio pensó en reunir los restos de Schwarzenberg y arrojarlos al colector de estiércol. Pero hubiese sido muy agotador, tanta carne desgarrada, tanta sangre. Así que lavó con cuidado la vajilla y con la bayeta repasó todo lo podía haber tocado, incluso la llave del gas y el cordel del generador. Limpió la escopeta y la colocó en su sitio y luego con una llave inglesa trasteó en la cerradura de la puerta de entrada de modo que pareciera que la habían forzado para entrar a robar. Dos pordioseros sin techo que se pelearon, o dos ladrones. Quién iba a comprobarlo, y además, cuándo. Uwe Schwarzenberg estaba sin papeles, trabajo, ni número de teléfono. Al final Úrsula había cerrado la puerta tras de sí y arrancado el coche. Era dudoso que Ludwig fuera a la cabaña en invierno alguna vez. Posiblemente no se descubriría el cadáver hasta la primavera. El tiempo estaba de su lado.

Úrsula desciende por el tortuoso camino con las luces cortas. En verdad es una lástima que este Uwe Schwarzenberg fuera tan tonto. Podría haber resultado algo bonito con él. Pero, comparado con Walter, era en realidad sólo media ración. No merece la pena hablar de ello. Si ahora una liebre volviese a salirle al paso ella de ninguna manera gritaría «jusss, jusss».

La carretera nacional está casi vacía y también avanza rápido por la autovía. Conduce con el acelerador a fondo por el carril de adelantamiento y sólo se aparta cuando por detrás se acerca un vehículo visiblemente más veloz.

Alrededor de la una de la madrugada aparca su Golf en el garaje junto al Mercedes de su marido y poco después se encuentra bajo la ducha. Se cubre con una loción corporal exfoliante y después se embadurna con crema. En la cara se aplica una máscara nutritiva para la noche aunque sabe que esto la obligará a dormir de espaldas. Se desliza dentro de la cama y permanece todavía un rato mirando al techo. Pero ante sí no ve ninguna imagen, no tiene en la cabeza pensamiento alguno, ha dado carpetazo a lo ocurrido. Antes de apagar la luz, mira al Walter que está en su marco de plata:

—Tú fuiste demasiado fuerte para mí. Pero, comparado contigo, ¡él era demasiado débil! Más débil de la cuenta.

La jefa

El lunes por la mañana Úrsula abre la enorme puerta del garaje. El Golf parece apocado y pequeño junto al Mercedes.

—Así son las cosas —le dice mientras se monta en él—, hay débiles y hay fuertes. Y hay fuertes que no saben que son débiles. ¡Le haremos una visita al señor Kühnen!

Se dirige a su plaza de aparcamiento en la empresa junto a la entrada principal. Es decir, se dirige a la segunda plaza reservada, la primera, justo al lado de la escalera, pertenece a su marido. En la tercera se halla un BMW nuevo de la serie siete en un lujoso azul oscuro metálico. ¿Acaso se habrá regalado Manfred Kühnen un nuevo coche de empresa? No, eso tendría que saberlo ella. Entonces sólo puede ser su coche propio. ¿Tal vez cree que va a heredar?

Sube con ímpetu las escaleras a través de la puerta giratoria.

—Buenos días, señora Winkler —Ferdinand Bauer la saluda detrás de la gruesa luna de vidrio con la inscripción «Información». Ferdi, así lo llamaba siempre Walter. Llegó a ser como un amigo paternal para su marido, siempre ahí, desde hace treinta años, y ahora a punto de jubilarse. Hace cuatro años Walter creó este puesto de trabajo para él después de que se rompiera la cadera tras una caída por las escaleras. Ferdinand Bauer no hubiera podido volver a producción. Así que Walter le ofreció aquí un puesto de prejubilación. Con el mismo sueldo. Úrsula no hubiese creído capaz a su marido de tanta cordialidad. A saber qué lo impulsó a ello. En cualquier caso Ferdinand Bauer es con toda seguridad alguien que ha sentido sinceramente y de todo corazón lo de Walter. Ludwig probablemente también. No se le ocurren muchas más personas a Úrsula. Éste en todo caso seguro que no. Se encuentra ante la puerta de Manfred Kühnen. Golpea brevemente y entra.

Ajá, así que para eso le paga.

Ante él hay una taza de café, él está oculto tras el periódico.

Ni siquiera considera necesario comprobar quién ha entrado en su despacho.

—¡Ponla sobre la mesa, Regina, gracias!

Cielos, tutea a la señora Lüdnitz. ¿Tendrá esto algún significado?

—No soy Regina —adrede pronuncia la palabra Regina con un tono acentuadamente lento y agrio—. ¡Buenos días, señor Kühnen!

Su periódico se arruga, parece asustado de verdad. Mejor. Luego lo aparta deprisa, se levanta y se dirige hacia ella para saludarla con un apretón de manos.

—La señora Lüdnitz me iba a traer la carpeta con las firmas. La estaba esperando —dice como disculpándose en dirección al café y al periódico.

—Bueno, entonces la señora Lüdnitz ahora puede traerme la carpeta con las firmas a mí. No quisiera entretenerlo, señor Kühnen.

Él carraspea ligeramente.

—Sí, desde luego, señora Winkler. ¿Va a estar usted también en la reunión?

—No sólo estaré en ella —ha hecho ya ademán de marcharse, pero se vuelve hacia él—, la dirigiré, señor Kühnen. ¡Hasta luego!

Nunca le gustó mucho su gerente. Le resulta demasiado suave, demasiado a la moda, demasiado vanidoso. Un tipo pagado de sí mismo con los aires de quien se cree importante. Pero obtuvo buenos resultados con la competencia, donde lo fichó Walter. Y es ambicioso, hambriento. A Walter eso le parecía bien, a Úrsula le gusta menos, pues desde el principio tuvo claro que esa ambición se dirigiría contra ella a la primera de cambio. Con Walter no tenía ninguna posibilidad, él era el *big boss*, con él las fronteras estaban siempre delimitadas. Pero seguro que una loba directora no le agradaría a un señor Kühnen. Ahora se le presentaba su momento. Era importante señalarle desde el principio sus límites, mostrarle los incisivos.

Camino de su propia oficina se encuentra con Regina Lüdnitz que baja deprisa con la carpeta de las firmas. Lleva una falda demasiado corta y tacones demasiado altos.

Al parecer, desde la muerte de Walter han cambiado aquí algunas cosas.

Regina Lüdnitz también queda ligeramente paralizada cuando reconoce a su jefa. Luego sonríe amable:

—Buenos días, señora Winkler, qué bien que vuelva a estar aquí.

—Gracias, señora Lüdnitz. Y la carpeta con las firmas me la puede dar a mí.

—¡Pero..., sí, desde luego!

Úrsula coge la carpeta y dice luego con acentuada amabilidad:

—Puede informar al respecto al señor Kühnen. Y ya que está allí, quizá pueda prepararle una segunda taza de café —con lo cual, prosigue su camino. Bueno, bastante le ha dicho. Y debería quedar claro a lo que se refería.

El despacho de Úrsula se encuentra al otro extremo del pasillo, una espaciosa habitación exterior con grandes ventanales. Tiene una puerta que comunica con el despacho de la señora Lüdnitz que, a su vez, limita con el despacho de Walter. Sigue el salón de reuniones, bastante amplio, anexo a él una pequeña sala de conferencias y luego la secretaria de Manfred Kühnen con otra puerta de comunicación con su propio despacho. Todo distribuido de forma muy racional, un complejo moderno con despachos luminosos y una nave de producción muy desarrollada en el aspecto tecnológico. EWW, originariamente especializada en plásticos, se adelantó a todos los precursores del reciclado, recomendó a los clientes el uso de cartón regenerado para envasar detergentes mientras otros seguían asqueándose de las bolsas de papel viejo. Cuando resultaba previsible que la moda volvería a apartarse del cartón, lo reformaron todo otra vez hacía apenas diez años, reestructuraron la fábrica por completo para poder producir por partida doble. Redujeron los puestos de trabajo de 850 a 620 y en su lugar compraron los robots dirigidos por ordenador más caros que había en el mercado. No eran los más grandes del ramo, pero sí los más innovadores. Trabajaban para muchas empresas conocidas, constantemente encargaban encuestas a un instituto de sondeo de la opinión del consumidor, y siempre intentaban ir un paso por delante del progreso.

Y así debe seguir siendo, piensa Úrsula furiosa mientras se sienta ante su escritorio. Aunque el nombre de la empresa «EWW» por «Embalajes Walter Winkler» estuviese superado. Pero transformarlo en «EUW» sería una torpeza. Seguro que Manfred Kühnen especula con «EMK». Llaman a la puerta, Regina Lüdnitz pregunta si se le ofrece alguna cosa.

—¿No está hoy de servicio la secretaria del señor Kühnen?

—¿La señora Braun-Schmidt? Sí, claro. Pero las cartas dirigidas al señor Winkler me las siguen pasando a mí, y si usted no está...

—Gracias, señora Lüdnitz. A partir de hoy volveré a estar regularmente en el despacho. En cualquier caso, todas las mañanas y sin duda alguna también en todas las reuniones de los lunes. Quisiera, por favor, tener sobre mi mesa tanto el correo *importante* que se recibe como el que se envía. Eso significa que quiero estar informada de todos los asuntos *importantes* y que todo lo que tenga *importancia* no se decidirá sin mi consentimiento. En resumen, me hago cargo también de todos los ámbitos de actividad de mi difunto marido.

—Está bien, señora Winkler, lo he entendido.

—Perfecto. ¡Cuando necesite algo, la llamaré!

Regina Lüdnitz, mediados los treinta, resplandeciente cabello castaño oscuro hasta los hombros y una figura estilizada y deportiva, soltera y sin compromiso, asiente y se va.

Lo ha entendido, piensa y sonríe.

Si por casualidad hubiera tenido algo con mi marido, ahora soplan vientos distintos.

En la sala de reuniones Úrsula se sienta a la cabecera, en el lugar de su marido.

De este modo ha tomado la presidencia sobre diez hombres, que se distribuyen a su derecha e izquierda a lo largo de la mesa. Se trata de tres ingenieros encargados de Producción así como de los tres jefes de sección de Exportación, de los departamentos de Publicidad y de Contabilidad, además de Rainer Witzmann del departamento de Prensa, que también es responsable de las actas, y naturalmente, Manfred Kühnen

La mano derecha de la dirección se ha sentado en su lugar de siempre, a la izquierda de la presidenta. La anterior silla de Úrsula, a la derecha de la presidencia, permanece vacía.

—Buenos días, caballeros —abre la sesión.

Se siente bien en su papel, con su sobrio traje gris oscuro se considera del todo a la altura de los trajes cruzados de los caballeros.

—¿No se van a acercar? —señala el lado derecho. Un murmullo de aprobación, luego se desplazan uno tras otro. En su silla está sentado ahora Gernod Schaudt, de Exportación, canoso, experimentado y leal.

—Ante todo desearía agradecerles que, tras la muerte de mi marido, me hayan concedido tiempo para poder superar el primer dolor —mientras habla va mirándolos uno a uno. Todos la miran a los ojos, sólo Rainer Witzmann escribe veloz en su cuaderno de notas, y Manfred Kühnen tiene fijada la vista en un punto imaginario de la mesa—. Pero el trabajo ayuda más que darle vueltas a la cabeza, y pienso que ha llegado el momento de hacer algo —prosigue—. Les pido por ello que me informen con brevedad sobre todo lo importante que haya sucedido o se haya decidido últimamente. ¿Hay nuevas empresas en perspectiva para un trabajo conjunto? ¿Hemos perdido algún contrato? Quisiera que se me informara también sobre las nuevas tendencias, sobre las cifras de producción de la competencia y ante todo sobre nuestra propia producción. Señor Kühnen, ¿me podría contar, por favor, algo sobre este último punto?

Alza la vista y la mira, y ella no está segura de lo que lee en sus ojos. ¿Es el miedo de una fiera acorralada, o es la mirada de la mangosta que piensa en cómo puede matar a la serpiente de cascabel?

Cuando Úrsula regresa a casa por la tarde, tiene una buena impresión. La transición podría tener lugar sin excesivas dificultades. Está claro, Kühnen preferiría verla en casa como triste viuda y colocar su nuevo coche de director en el aparcamiento del jefe. Pero los demás la han aceptado por completo. A fin de cuentas todos saben que ella participó en la construcción de la empresa, que se maneja bien en todos los sectores. La diferencia reside sólo en que hasta ahora un hombre llevó las riendas. Ahora una mujer toma el timón. Pero si alguno no lo ve bien, se puede marchar. Ella no tiene nada en contra.

En la entrada encuentra un aviso de la señora Paul: «Llamada del capitán Björn Grammlich, del puerto de Neustadt: vencido el *check-up* para el barco, pide que lo llame». Se esfuma al instante su buen humor. Ahora se le viene encima ese odioso barco. Lo mejor es que llame mañana a Björn Grammlich y le encargue vender esa cosa tan rápido como sea posible. A cambio de una buena comisión. Con esta palabra le viene a la mente Uwe Schwarzenberg, pero vuelve a apartar el pensamiento con la misma rapidez. ¿Para qué pensar en algo que no se puede cambiar? Hay que preocuparse por cosas sobre las que aún se puede influir, por cosas que se pueden regular, dirigir. Así que fuera el barco. Eso ya está decidido.

¿Qué le apetece comer esta noche? Va a la cocina, abre el frigorífico y permanece indecisa ante él. No tiene ganas de agobiarse ahora también con tareas de cocina. Para eso existen suficientes restaurantes en el mundo. Pero, ¿va a comer sola? ¿Llama a Ludwig? La idea no le agrada especialmente. ¿A quién si no? No tiene ninguna amiga, ni siquiera una buena conocida. Walter no podía soportar el «circo de hembras». Y a ella, en realidad, tampoco le hacía demasiada gracia. ¿Adónde podría ir sola entonces? ¿Al italiano? Allí la agobiarán con pésames y más pésames. Allí iban con regularidad, pero siempre los dos, y Úrsula vio al propietario en el entierro. No la dejaría en paz. En Walldorf parece que hay un restaurante italiano excelente, La Fattoria. Ludwig los invitó a ir, a los dos, varias veces. Pero por alguna razón la cosa nunca cuajó. Ahora le apetecerían, desde luego, deliciosos aperitivos y un buen pescado, pero no quiere correr el riesgo de comprometer a Ludwig. ¿Un Käfer en Wiesbaden? Sola se sentiría mal en él. Y además están los vejestorios con sus jóvenes amantes. Primero las invitan a comer, luego les enseñan, al lado, en el casino, el grande y amplio mundo y a los postres les presentan sus arrugados cuerpos ancianos. La sola idea le echaría a perder el apetito. ¿Pero entonces adónde puede ir una mujer completamente sola? Pregunta estúpida, se reprende a sí misma. ¡Si como mujer puedes dirigir tú sola una empresa, podrás salir también sola a cenar!

Fuera ha oscurecido por completo y ha comenzado a llover. ¡Ojalá que no hiele esta noche, eso es lo que nos faltaba! Úrsula saca el Golf del garaje. Junto a la vieja Ópera hay un restaurante Mövenpick, allí será una entre muchos, allí puede contemplar a la gente, no se aburrirá y la carta es muy variada. Además, luego puede pasar por la calle Goethe y escoger todas las cosas que no se comprará y el montón de dinero que se ahorrará con ello. Promete ser una bonita velada.

Para su sorpresa encuentra aparcamiento en la calle Goethe delante de una de las boutiques de lujo. Tiene que ser por el mal tiempo, normalmente es la calle típica de los coches caros, y si fuera por los propietarios de las tiendas, los Golfs tendrían prohibido estacionar allí. Úrsula abre el paraguas y se pone por encima su abrigo de popelina forrado de visón. Un buen trozo de carne —no, pasta ya comió ayer— con una gran patata asada rellena de queso fundido y ensalada. Eso es lo que le apetece ahora. Y como acompañamiento un vino blanco noble y seco.

Hasta llegar al restaurante se le calan los pies. No había contado con ello, aún lleva puestos los zapatos de tacón. Bueno, es igual, está acostumbrada a resistir. Hay una mesita libre en la esquina de los no fumadores. Como si la estuvieran esperando. Está sentada de espaldas a la pared y tiene todo bajo control. En un asiento próximo al suyo hay olvidado un periódico del día, plegado. Primero pone el abrigo encima, lo quita una vez que ha pedido. De este modo al menos puede ocupar el tiempo muerto mientras le traen la comida. Y tampoco ha leído con demasiado detenimiento el periódico esta mañana. Sirven el vino, viene la ensalada, ha llegado hasta la sección de los anuncios. Cuando el camarero trae el filete, ella aparta el periódico, pero en el movimiento su vista se detiene en un anuncio:

> «Se busca compañera para navegar. Cincuentón
> deportista desea mujer impermeable y navegadora
> (45-55) para alquilar barco.
> Teléfono 06105/9086.»

Úrsula le da vueltas al asunto mientras mastica la carne y escarabajea en la patata asada. En realidad un anuncio estúpido a finales de noviembre. Pero a Walter también le encantaba navegar en invierno. Según él se daban las brisas más tenaces y la lucha era del todo diferente que en el verano. Resulta gracioso que haya alguien más a quien pueda gustarle una locura como ésa. Y que alguien así quiera llevar a una mujer a bordo. Eso supone incluso ir más allá que Walter. A él ni soñando se le hubiera ocurrido una idea semejante. Pliega el periódico y lo aparta. Pero una vez que ha pagado y se ha puesto el abrigo, retrocede y recorta rápidamente el anuncio. Tampoco puede decir por qué. Un reflejo y nada más.

Llueve con más intensidad y hace frío. Seguro que la temperatura está bajo cero. La calle Goethe está desierta y Úrsula se regala un largo paseo. En el coche pone la calefacción al máximo y se dirige con precaución a casa. Una hora más tarde se encuentra ya en la cama. Se ha subido el recorte del periódico y lo está volviendo a leer ahora, antes de dormirse. Luego se vuelve hacia Walter en su marquito de plata:

—Otro loco como tú. ¿Lo hubieras creído posible? ¡Yo no! ¡Pero voy aprendiendo! —y apaga la luz.

El rival

Regina Lüdnitz no acaba de cerrar la puerta tras de sí cuando Úrsula descuelga el teléfono. Había colocado ya el anuncio ante ella, pero fue interrumpida por su secretaria con el correo matutino. «0-6-1-0-5-9-0-8-6», dice en voz baja mientras marca. Luego escucha el tono que indica que está libre al otro lado. ¡Crack!, un contestador automático:

—Aquí el número 9-0-8-6. No estoy localizable en estos momentos. Deje por favor, su nombre, número de teléfono y el motivo de su llamada después de la señal, yo le...

—Maldita sea, piensa Úrsula. ¿Y qué voy a decir ahora? ¿O sencillamente debo colgar? Entonces vuelve a producirse el típico chasquido en la línea:

—¿Diga? ¿Diga? —ah, ¿entonces está ahí?

—Sí, oiga. Me llamo Winkler, llamaba... —un pitido horrible la interrumpe y la obliga a apartar el auricular del oído.

—Un momento, tengo que desconectar el contestador —escucha una voz a través del pitido. Un tipo desordenado, piensa Úrsula y se le descompone el gesto—. ¡Sí, oiga, aquí estoy! —su voz suena grave y masculina. Así que todo otra vez desde el principio. En realidad a Úrsula ha dejado ya de interesarle.

—Bueno, perfecto —responde—. Bien, como le dije, mi nombre es Winkler, y llamo por su anuncio.

—Oh —su voz suena alegre en extremo—. Qué bien. Y qué suerte, estaba aquí por pura casualidad. Trabajo todo el día al lado, en mi oficina.

—¿Sí? ¿Y a qué se dedica?

—Soy ingeniero, tengo un estudio de ingeniería.

Bueno, por lo menos no es ningún pobre diablo.

—En realidad sólo quería hacerle una propuesta, señor..., señor...

—Sí, disculpe, me llamo Ehler, Rainhard Ehler.

—Bien, señor Ehler, lo dicho, sólo una propuesta.

—¿Ah sí? ¿Y ésta sería?

Suena con una mezcla de ligera decepción y curiosidad creciente.

—Voy con gusto a navegar con usted, sin embargo no me resulta nada agradable lo del alquiler. Prefiero que las cosas me pertenezcan.

—¿Significa eso que quiere usted comprar un velero?

—¡No, en absoluto!

—Entonces no la entiendo. Yo, en cualquier caso, no me lo puedo permitir.

Un estudio de ingeniería desde luego no es nada del otro jueves. Inspira profundamente:

—Yo ya *tengo* un barco, señor Ehler. Un Swan. ¿Le dice eso algo?

Al otro lado se produce un silencio. Úrsula cree oír cómo el corazón de él deja de latir.

—¿Un Swan? —se escucha luego en tono de gran admiración. Traga saliva—. ¿Y dónde? ¿Dónde está?

—En el Báltico. Cerca de Neustadt.

Llaman a la puerta con suavidad, entra Regina Lüdnitz. Se queda de pie esperando. Eso es lo que le faltaba, que la señora Lüdnitz se entere de cómo se cita con un hombre desconocido. Le hace un gesto de desaprobación. Su secretaria, hoy con traje de pantalón y el cabello recogido, entiende y vuelve a salir sin hacer ruido.

—Disculpe, ¿qué es lo que decía?

—Que yo en realidad pensaba en un viaje chárter al Caribe...

—Bueno, eso no se lo puedo ofrecer.

El Caribe. Así que nada de tormentas de noviembre... Yo y tú, tururú, tururú. ¿Quiere algo para el camarote o cómo se lo imaginaba?

—Sí, pero con independencia de ello, ¿podríamos salir a navegar con su Swan?

—¿Usted sabe navegar?

—¡Sí, por supuesto! —suena claramente ofendido.

—Bien. Entonces deberíamos hablar del asunto.

—Vivo en Mörfelden —Dios, qué horroroso, piensa Úrsula—. ¿Conoce usted por casualidad en Walldorf el restaurante italiano La Fattoria?

—He oído hablar de él.

—¿Le viene bien esta tarde a eso de las siete? Haré las reservas.

Úrsula no tiene ningún otro plan.

—Bien, allí estaré.

—¿Cómo podré reconocerla?

—Haré que el camarero me lleve a su mesa, señor Ehler.

Úrsula se sirve un vaso de agua mineral y medita. Una acción tan fatigosa por el estúpido velero de Walter. Tal vez debiera hacerlo en el camarote con este señor Ehler, esa sería la justa recompensa por los cinco años pasados con ese bote y por la casa perdida en el Algarve. Sobre la mesa del camarote, junto al timón, sobre el sagrado asiento del timonel; en todos los lugares donde él no quería verla. ¿Pero le serviría a ella como reparación? ¿O debería, tal como lo planeó ayer por la tarde, limitarse a malvenderlo por mediación del capitán del puerto? Entonces se libraría de él.

Úrsula está indecisa. No le hace gracia vender objetos de valor a través de terceros. Se siente ya estafada antes de haber escuchado ninguna oferta. La cosa puede valer para un piano de cola. ¿Pero con un Swan?

Hablando de pianos de cola. El que tiene la sigue sacando de quicio.

Llaman a la puerta. Vuelve a aparecer la señora Lüdnitz.

—Disculpe, señora Winkler, ha llamado el señor Waffel. Dijo que es urgente y pide que lo llame. ¿La pongo en contacto con él?

Waffel. El viejo zorro. ¿Qué es lo que querrá?

—Sí, por favor, señora Lüdnitz.

Willy Waffel también es propietario de una empresa como la suya, Embalajes-Waffel. Una fábrica de cartones que, por lo menos, en lo que se refiere al tamaño, es más grande que EWW, y una pequeña división de elaboración de plásticos. Ambas pasadas de moda, «poco in» según suele expresarse Rainer Witzmann del departamento de Prensa.

Suena el teléfono. Qué rápido. Waffel tiene prácticamente que haber estado al acecho esperando la llamada.

—Winkler.

—Sí, distinguida señora, aquí Willy Waffel. —Úrsula hace un mohín. El tipo sigue siendo un cacique industrial de Duisburgo. A Úrsula le parece oler el carbón y ver la cerveza junto a él. Y eso que vive desde hace veinte años en Frankfurt. Pero el caldero del Ruhr no se puede camuflar ni a través del teléfono. Todo Waffel tiene algo de ovoidal. Redondo y negro hasta el fondo su alma.

—Quisiera expresarle mi más profundo pésame por la pérdida de su tan apreciado señor esposo, si bien ya se lo he comunicado también por escrito. Pero mejor que sobre que no que falte, ¿no es cierto?

Falta sólo el «ja ja», entonces sería un verdadero chiste de minero, piensa Úrsula y mientras nota cómo va apoderándose de ella una sensación de asco. Esta persona le repugna físicamente.

—Se lo agradezco, señor Waffel.

—Sí, bueno, como se ha quedado usted sola, pensé que le podía echar una mano.

Úrsula espera una sonora palmada en el muslo. ¿Le enseñamos a la moza quiénes somos, no, señor Waffel?

—No acabo de entenderle.

—Bueno, me hago cargo de su negocio. Le hago una buena oferta, entonces queda usted libre, puede disfrutar de la vida —con unos milloncitos el mundo se ve de una forma completamente diferente— ¿no tengo razón? Entonces podrá usted hacer, bueno, eh... lo que, sí, lo que le venga en gana. Se lo ha ganado usted después de todos esos años junto a su esposo. Nada en contra de su señor marido, se entiende. Fue un verdadero luchador. Un campeón. Un hombre de los pies a la cabeza. Pero ahora, usted, tan sola, en semejante posición. No me entienda mal, señora Winkler, pero es previsible que no lo soportara. ¡Todo el mundo intentará estafarla!

Y tú el primero, piensa ella.

—Y eso no puedo permitirlo. Para algo su marido y yo fuimos empresarios amigos. Quisiera ayudarla antes de que sea demasiado tarde, antes de que su empresa no tenga ningún valor por una mala gestión y se subaste al mejor postor. Entiéndame bien, señora Winkler, pero una mujer no puede dirigir semejante empresa. Eso es cosa de hombres. Pero supongo que usted lo sabe mejor que nadie. No puede funcionar bien.

Úrsula se ha girado ligeramente en su silla, mira hacia fuera, al cielo gris plomizo.

—¿Señora Winkler? ¿Qué le parece?

Se observa con detenimiento las uñas.

—Señora Winkler, ¿sigue usted ahí?

—¡Haga una oferta, señor Waffel!

Nadie contesta por ahora al otro lado. Úrsula mentalmente ya oye saltar los corchos de las botellas de champán. Willy Waffel respira hondo:

—Bueno, había pensado...

—Por escrito, señor Waffel —lo interrumpe—. Por escrito. Y no se limite a una cifra solamente, señor Waffel. En extenso y con fundamentación.

—Sí, ¡para ello tendría que poder ver también sus libros!

—Usted me quiere proponer una oferta, señor Waffel, nadie ha hablado de una auditoría de la empresa. Usted tiene que saber el valor que tiene para usted *mi* —Úrsula acentúa conscientemente «mi»—, empresa. Hace unos instantes ya quería usted decir una cifra. Escríbame esa cifra y fundaméntela. Eso es todo lo que quiero. ¡Buenos días, señor Waffel! —cuelga lentamente.

Mira. Apenas está el muerto en el hoyo, van arrimándose ya los vivos al bollo. Me intriga saber qué simpático «empresario amigo» será el próximo en aparecer.

Marca el 25.

—¿Kühnen?

—Sí, señor Kühnen, aquí Winkler. Acabo de recibir una llamada de Willy Waffel.

—¿Sí? ¿Y qué quería?

—Comprar la empresa.

Breve pausa.

—¿Y qué le ha dicho usted?

—Que me haga una oferta.

—¿Y eso por qué? ¿Acaso está usted interesada...?

Suena como sin aliento. ¿Le gustaría? ¿Piensa que así se libraría de mí?

—Sólo quiero saber en qué escalafón nos sitúa. Contrastar nuestro valor en mercado desde la perspectiva del señor Waffel. Eso es todo.

—Ajá —ríe él. En efecto, Kühnen ríe—. Ésa es una buena idea. Me gusta, señora Winkler. ¿Para cuándo ha prometido enviarnos entonces la oferta?

—Supongo que se dará mucha prisa. Quiere ser el primero en llegar al gran negocio.

Kühnen ríe de nuevo:

—¡Ya estoy esperando impaciente su oferta!

Úrsula cuelga pensativa.

Presiona la tecla del interfono.

—Señora Lüdnitz, tráigame, por favor, los expedientes de Manfred Kühnen.

—¿Manfred Kühnen?

—¡Sí, ha escuchado usted bien!

—Entonces tengo que ir a la sección de personal. ¡Enseguida vengo!

Alguno la ha desconcertado. Una sensación que ella misma no puede explicar. Tú y tus dolores de vientre, hubiera despachado Walter. Toma impaciente un sorbo de agua mineral. Al hacerlo se acuerda de la cena en Walldorf. Así que va a ir a la legendaria La Fattoria. Ojalá que no se encuentre allí a Ludwig. La cita con el señor Ehler no produciría seguramente la mejor impresión —tan reciente la muerte de Walter—. Llaman a la puerta. Por fin, los expedientes.

Se lo había imaginado. Por eso la pausa y luego la explícita alegría por el mal ajeno. No se trataba de ninguna manifestación de alegría, el señor Kühnen no se ha transformado de repente en un hombre simpático. Se alegra por la posibilidad de engañar a su antiguo jefe. Y el honesto señor Waffel está probablemente disfrutando ya la alegría anticipada de poder echar pronto con cajas destempladas a su colaborador de entonces. Qué gusto debe producir. Se puede imaginar muy bien al calderero del Ruhr. Vuelve a cerrar el expediente.

Rendez-vous

Úrsula lleva consigo el álbum del Swan cuando se dirige por la autovía a Walldorf. Logra llegar hasta la estación, pero luego se decide a preguntar. Al otro lado de las vías, le dicen. Bien, no será demasiado difícil. Continúa recto, pero la calle tuerce de repente, con una brusca curva a la derecha, alejándose de los raíles en lugar de atravesarlos. No puede ser. En alguna parte tiene que haber un paso a nivel. Después de diez minutos más está a punto de volverse a Frankfurt. Da vueltas y más vueltas por la pequeña ciudad sin encontrar un camino que cruce las vías. Al final le pide a un taxista que la guíe con su coche. Éste recorre en sentido inverso todo el camino que había hecho ella y tuerce al final por un escondido túnel. Poco después aparca delante del restaurante. Le da diez marcos al taxista y le pide que le haga un recibo.

—El comprobante se lo voy a enviar al Ayuntamiento —añade—. ¡Tienen que poner en marcha una correcta planificación del tráfico o al menos colocar los indicadores debidos!

—No nos arruine nuestro negocio —sonríe irónico el taxista, guarda el billete y pisa el acelerador.

Úrsula suspira. Justamente todo como le gusta a ella. Veinte minutos de nervios y gastar gasolina y neumáticos sólo para ir a un restaurante. Odia llegar demasiado tarde.

Visto desde fuera La Fattoria no parece nada especial. Pero qué otra cosa cabía esperar en un pueblucho como éste; se encamina hacia la entrada. Hay coches aparcados de jefazos. Un público de tarjetas de crédito. Frunce el ceño y entra. Un elegante camarero con gafas le sale al paso, la saluda amable. Esto repara un poco las cosas.

—Estoy citada con el señor Ehler. ¿Podría llevarme a su mesa?

—Desde luego.

Mientras va detrás del camarero, deja vagar la mirada. No, hasta donde alcanza a ver, Ludwig no se encuentra allí. El restaurante está bastante lleno, la gente sentada mesa con mesa, demasiado estrecho, para su gusto. Ella necesita libertad de movimiento, aire, la posibilidad de escapar.

El camarero la lleva hasta una mesa pequeña, al fondo del todo del restaurante, junto a una ventana.

—¿Está bien así? —ella asiente. Un señor de traje azul oscuro cruzado con botones de plata se levanta. Sólo tiene una débil corona de pelo alrededor de la cabeza, en cambio luce una poblada y corta barba grisácea.

—¿La señora Winkler? —le tiende la mano.

—Sí, buenas tardes, señor Ehler.

Su apretón de manos es cálido y recio, suscita confianza. El camarero desplaza la mesa hacia adelante de manera que ella pueda tomar asiento junto a la ventana.

—Sola no saldré de aquí nunca más —dice ella cuando él vuelve a empujar la mesa.

—Yo la ayudo —sonríe Rainhard Ehler—. ¿Conocía este restaurante?

—Había oído que era bueno. En cambio este Walldorf es horroroso.

—Bueno, ahí detrás se encuentra una grupo de casas de la Bauhaus muy conocido, obra de...

—Aunque la torre Eiffel estuviera a la vuelta de la esquina, quizá ésta sea la primera y última vez que yo...

—¡Espere a la cocina!

Hacía tiempo que nadie la dejaba con la palabra en la boca. En cierto modo eso la impresiona, tiene algo de autoconfianza, fortaleza, poder.

—¿Desean un aperitivo? —el camarero ha estado esperando.

—¿Una copa de champán para entrar en calor? —pregunta Rainhard.

—Eso me vendría bien ahora —asiente Úrsula—. ¿Lleva aquí mucho tiempo esperando, señor Ehler? No es mi estilo llegar tarde, pero me he perdido con el coche.

—Eso me imaginé cuando vi el taxi.

Así que él la observaba ya cuando ella no sabía siquiera dónde estaría él sentado. Se alisa su vestido color burdeos de manera inconsciente.

—¡Oh, ahora me he dejado en el coche el álbum con las fotos de mi yate! ¡Qué contrariedad!

—No tiene importancia, luego lo recogeré yo.

Con el champán viene también a la mesa el dueño de casa para explicarles qué especialidades del día les puede ofrecer. Se ponen de acuerdo en ravioli con tres rellenos diferentes como entrada y un *loup de mer* con patatas gratinadas y verdura como plato principal. El camarero que ha traído el champán exhibe el pescado y lleva también a la mesa la carta de vinos. Úrsula hace a Rainhard un gesto con la cabeza. El comienzo le ha gustado.

Rainhard Ehler selecciona un vino y luego la mira sonriente:

—Bien, ahora tenemos tiempo para nosotros. Cuénteme a qué se dedica cuando no está en su Swan y en La Fattoria.

Úrsula se pasa la mano por el cabello. ¿Le va a poner todo, así, de sopetón, delante de las narices? ¿Su empresa, su fortuna, su vida? Vacila:

—Bueno, trabajo en la industria del embalaje, y vivo sola.

—¿Sí? —la mira con curiosidad—. ¿Separada?

Otro que se imagina que los maridos tienen que escaparse siempre con una más joven.

—Viuda— responde de mala gana.

—Oh, lo siento. Yo también vivo solo, pero estoy separado.

—¿Sí?

—Sí, por desgracia. Mi mujer ha conocido a otro que tiene todo lo que a mí me falta. Es más triunfador que yo, más guapo, y para colmo, más joven. Qué puede hacer uno —suspira y propone un brindis a Úrsula:

—¡Por el amor! —al hacerlo, la mira a los ojos.

Úrsula toma su copa:

—¿En semejantes circunstancias? Bueno, no sé —brinda con él—. Por otra parte, qué es el amor. Un sentimiento, nada más.

—¿Y no es eso ya muchísimo?

—Los sentimientos son engañosos. No hay que fiarse de ellos. Hoy son así y mañana asá. El entendimiento nos dice lo que está bien.

—Eso significaría que no tendríamos corazón ni alma. ¿No seríamos entonces unos infelices?

El camarero sirve pequeños y apetitosos trozos de pizza. Úrsula toma uno, queman.

—Pero qué quiere decir eso de corazón y alma. Que tenemos un corazón está demostrado. Algo que no se puede afirmar del alma, ¿o no?

—¿De qué vive usted entonces si está sola? ¿A qué echa mano cuando se encuentra mal? ¿No se retira usted a veces a su interior más recóndito, no reposa de tiempo en tiempo en sí misma?

Úrsula permanece en silencio. No tiene claro de qué le está hablando, adónde quiere ir a parar.

—¿Qué tal si hablamos de aquello que nos ha hecho sentarnos aquí? —pregunta ella en cambio. Este hombre le parece sumamente complicado. Un espíritu filosófico. Eso es lo que le faltaba.

Rainhard toma despacio su copa.

—¿Y no es esto parte de ello? —pregunta y bebe mientras la contempla por encima del borde de la copa.

—Ambas cosas empiezan por a. Aventura y alma —responde Úrsula y también bebe—. No soy capaz de ver mayor interrelación en ello. Además, planeábamos una simple excursión en velero y no una transmigración de almas —no es de extrañar que su mujer lo haya abandonado. Pero qué pretende con un tipo que parece tan difícil en un barco que es incapaz de soportar.

Sirven los ravioli. Grandes envoltorios de pasta deliciosamente rellenos. Al menos la comida es buena. Furtivamente repasa lo que tiene enfrente.

Lástima que sea tan retorcido. Desde un punto de vista puramente físico le gusta bastante. Tiene un aspecto varonil y muy marinero con su chaqueta azul oscuro. Si a bordo mantuviese la boca cerrada el tiempo suficiente, podría imaginarse muy bien una profanación de los santuarios de Walter. Percibe como se despierta en ella algo que no sentía hacía bastante. Una especie de ligero cosquilleo en la zona del estómago. Se sonríe ante lo que parece una reacción de su cuerpo a su imaginación.

—¿Ha recordado algo divertido? —el embrujo se ha desvanecido, vuelve a encontrarse sobre el terreno de los hechos.

—Me alegro de que la cocina satisfaga mis expectativas. Esto tiene un sabor auténticamente delicioso.

—Me alegro. ¿El vino también?

Ella se lo había bebido apenas Rainhard Ehler hubo terminado la ceremonia de la cata previa asintiendo con la cabeza.

—Oh, sí, gracias. Disculpe usted mi desconsideración —brinda con él—. Si lograra salir de aquí, recogería el álbum de fotos del coche para que usted pudiera ver ahora el barco —intenta levantarse.

—Déme las llaves, yo traigo enseguida el álbum —Rainhard Ehler ya se ha puesto de pie.

Las cosas se desenvuelven como esperaba Úrsula.

El entusiasmo de Rainhard es total. Se sumerge en cada una de las fotos como si fueran detalles minuciosos del último certamen de miss mundo, y con los planos de construcción se pone eufórico por completo.

—Oh —suspira—, ¡es usted digna de envidia! ¡Lo que daría por tener un barco tan magnífico como éste! ¡Tiene que ser usted una mujer muy, muy feliz!

El plato principal le ahorra a Úrsula la respuesta. Está delicioso. La velada ha merecido la pena, aunque este maldito barco vuelva a ser más importante que ella.

Úrsula come despacio y permanece suspendida de sus pensamientos.

Está totalmente indecisa, y semejante estado la inquieta. ¿Debe navegar con él o no? ¿Por qué se va a echar a las espaldas semejante acción? Sólo el viaje a Neustadt ya le resulta una tortura. Por otra parte, este capitán de pacotilla en cierto modo le sugiere algo. No sabe por qué, pero la idea de una pequeña aventura marinera con él la excita.

—¿Ha pensado entonces si se quiere venir o prefiere dejarlo estar?

Deja limpiamente una raspa al borde del plato.

—Qué pregunta. Mejor hoy que mañana. Es decir, quizá hubiera que estudiar un poco el pronóstico del tiempo. Con una tormenta de nieve podría resultar algo complicado. ¿Qué piensa usted? —Él ríe de forma contenida.

Piensa en Walter y se le frunce el entrecejo. Para Walter una tormenta era el mejor motivo para zarpar. Lo mismo en verano que en invierno.

—Si se prevé un fin de semana apacible, voy con usted encantado —prosigue Rainhard.

—Sí —responde Úrsula distendida.

—¿Tiene usted hijos? —pregunta Rainhard de repente, mientras el camarero sirve el vino.

—No —Úrsula sacude la cabeza.

—Es una lástima —se aflige Rainhard.

—A mí no me lo parece. ¿Y usted?

—Por desgracia no. Mi mujer no quiso. Ahora tiene uno. Una niña. De tres años.

Bebe un trago profundo.

—Vivo completamente solo. Si no tuviera mi oficina, probablemente me habría convertido ya en un auténtico ermitaño.

—¡No hay nada malo en ello!

—No sé. Preferiría estar menos solo.

Ahora sólo falta que me tome la mano, piensa Úrsula y aparta el plato vacío.

—¿Por qué no cambia usted esa situación? —pregunta ella con sobriedad.

—Ya lo intento...

A Úrsula la conversación se le hace demasiado íntima. Expresa su intención de renunciar al postre y marcharse enseguida. Ya es lo suficientemente tarde.

—De eso ni hablar —se opone Rainhard—. ¡La he invitado a una cena y eso incluye también un postre más un licor!

—Nos íbamos a encontrar aquí. ¡De invitación no se habló!

—Pero eso se sobrentiende, ¡por favor! ¡En cualquier caso, no permitiré que se vaya a la mitad de la cena!

Úrsula se queda perpleja. Conoce el tono, está acostumbrada a tales conversaciones. Quizá dentro de él haya un tío de los pies a la cabeza.

Sin decir palabra toma la carta.

Ahí está otra vez, el cosquilleo del estómago. Se acostará con él, lo sabe. Y sabe también dónde, en el Swan. Y, además, lo antes posible.

Selecciona un postre y brinda con Rainhard Ehler por la velada en común.

Dos horas más tarde Úrsula se encuentra en casa.

—Tiene algo de ti —le dice, cuando se ha deslizado por fin dentro de la cama, al marquito de plata de su mesilla de noche—. ¡Averiguaré de qué se trata!

Competencia

A la mañana siguiente hay ya un escrito de Willy Waffel sobre la mesa del despacho de Úrsula. Ha sido rápido de verdad, sonríe para sus adentros. Llaman a la puerta.

—Un momento —grita Úrsula y pone un periódico encima—. ¡Sí, adelante! —entra Manfred Kühnen. Es verdaderamente curioso, piensa Úrsula y en principio decide no decirle nada de la carta.

—Buenos días, señora Winkler. Me gustaría tratar con usted un asunto urgente. ¿Tiene tiempo?

—Vaya, ¿de qué se trata? —le ofrece asiento con un ademán.

—Auerbach ha cancelado su encargo.

—¿Auerbach? ¿Y eso por qué?

—Dispone de una oferta mejor, dice en el escrito anexo.

—¿Todo el pedido?

—Al menos todo lo que se había acordado y lo que habían firmado el lunes. ¡Todos los zumos!

—¡Estamos buenos! ¿A cuánto ascendía el volumen del encargo?

—2,5 millones.

—Hum —Úrsula medita—. ¿La decisión es legalmente correcta?
—Puede retirarse en el plazo de una semana si quiere.
—¿Sabemos quién le ha hecho la oferta mejor?
—No, lamentablemente no.
—¿Tenemos a alguien en la empresa Auerbach a quien pudiéramos preguntar?
—¡Por desgracia tampoco!
—¿Podemos renegociar?
Manfred Kühnen frunce el ceño.
—Algo así no produce una buena impresión.
—Por 2,5 millones me da igual la impresión. Primero quisiera ver los documentos. ¿Los tiene usted?
Manfred asiente:
—¡Se los traigo ahora mismo!
Vaya fastidio. Precisamente ahora que ella acaba de hacerse cargo de la empresa. Esto a Úrsula no le viene bien en absoluto. Tendría que haberse producido lo contrario, un pedido espectacular que atrajera todas las miradas hacia su empresa.
Saca la carta de Willy Waffel de debajo del periódico. Quiere echarle al menos un vistazo a la cantidad que ofrece por su empresa. No hay ninguna oferta concreta en ella, sólo el anuncio de que está preparando una. Se lo podría haber imaginado. Waffel, ese charlatán. Mucho ruido para nada.
Llaman a la puerta, Manfred Kühnen entra con tres archivadores.
—La empresa Auerbach es cliente de EWW desde hace casi diez años —dice al hacerlo.
—Ya lo sé —responde Úrsula impaciente. Respira hondo—. La empresa Auerbach obtiene de nosotros muy buenas condiciones. No se me ocurre quién puede mejorar la oferta. Tendría que ser una multinacional. Aquí, en Alemania, no es posible en ningún caso. ¿Con nuestros salarios? —le lanza a Kühnen una mirada muy evidente—. ¿Y las cotizaciones de la seguridad social? ¿Los impuestos? ¡Imposible!
Su gerente deposita los archivadores sobre la mesa y pone ante ella el encargo más reciente.
Úrsula repasa despacio las cifras. Todo absolutamente correcto, y además un descuento del diez por ciento por tratarse de un antiguo cliente. En realidad, más no se puede hacer ya, a no ser que no se quiera ganar nada.

—Nuestra competencia tiene que ser una sociedad de beneficencia —dice al final y aparta de sí la ficha—. Así que, la verdad, ¡esto no se entiende!

—¿Y? ¿Qué vamos a hacer ahora?

Qué hubiera hecho Walter, se pregunta Úrsula. ¿Dejar estar el asunto? ¿Luchar? El orgullo es una cosa y la ganancia otra.

—Telefonearé al doctor Berger de la empresa Auerbach. Quiero saber qué significa esto, sencillamente. Y primero consultaré a nuestro departamento legal. Es decir, en realidad me puede ir mandando aquí al señor Müller.

Úrsula se ha preparado un té de menta y lo está saboreando en su salón. Ha recogido las piernas encima del sofá y está mirando al jardín a través del gran ventanal. Aunque ha oscurecido ya, puede distinguir cada árbol y cada arbusto. Hace una noche clara y Úrsula ha encendido sólo una pequeña lámpara. Pensativa, da sorbitos a su taza de porcelana. El doctor Berger les dijo claramente que no tiene ninguna posibilidad. Agradecía la larga colaboración, pero resultaba innecesario malgastar ni una palabra más en este asunto. Su empresa ha cancelado el contrato porque tenía una oferta sencillamente inmejorable. Úrsula intentó pescar alguna información. Qué cantidad, qué empresa. Eso no importa ahora, obtuvo como respuesta. ¿Quiere decir que hay que cerrar por completo los ficheros Auerbach? Ya se verá. En el próximo encargo.

Úrsula toma otro sorbo. Se encuentra indecisa. ¿Cómo puede estar pasando algo así? ¿Una operación de dumping de tal envergadura que el doctor Berger ni siquiera se permite hablar al respecto? Podría haber intentado al menos conseguir precios parecidos en EWW. ¿Pero «ninguna posibilidad»? No consigue aclararse. ¿Estará entrando alguien nuevo en el negocio? ¿Tal vez procedente del extranjero?

Deposita la taza de té sobre la mesa. La reunión de mañana le proporcionará información. Todos habrán de enterarse de lo que está ocurriendo actualmente en el mercado del embalaje de manera discreta.

Úrsula no se digna a mirar siquiera un instante a Walter en su marquito de plata cuando dos horas más tarde se va a dormir.

A la mañana siguiente percibe al llegar una viva excitación. Tras su mampara de vidrio, Ferdinand Bauer transmite la sensación de que se hubiera producido una segunda defunción en la empresa.

—Buenos días, señor Bauer.

—Buenos días, señora Winkler...

Úrsula se detiene:

—¿Pasa algo?

El viejo portero vacila, se rasca indeciso la cabeza:

—No sé, es que he oído que...

—¿Sí? ¿Qué ha oído usted, señor Bauer?

—No sé muy bien, señora Winkler. Parece que estamos teniendo mal fario.

—¡Bueno, eso ya lo veremos!

Un presentimiento se apodera de ella cuando ve que Manfred Kühnen se encuentra ya ante su puerta con un voluminoso archivador bajo el brazo.

—¡Buenos días, señor Kühnen. ¿Hay tanta prisa hoy?

—Por desgracia no es esa la expresión, señora Winkler. Buenos días. Es vital. ¡Es urgentísimo!

—¿Sí? ¡Entonces pase usted, pase!

Apenas han entrado en el despacho, se presenta también Regina Lüdnitz. Parece igualmente nerviosa.

—¿Le traigo el correo de la mañana, señora Winkler?

—Después, señora Lüdnitz. Luego la llamo.

Seguro que de todas formas se queda con la oreja pegada a la puerta, piensa Úrsula.

—Por favor —le ofrece asiento a su joven gerente. Mientras ella se sienta, lo observa. Este inútil a la moda, americana amarilla con corbata y pantalón verde cardenillo. Un fantoche terriblemente vanidoso, este Manfred Kühnen.

—Bueno, señor Kühnen, ¿qué es eso tan vital?

Él coloca una carta sobre la mesa.

—¡Distel ha cancelado! —abre el archivador —¡Un encargo de más de 1,7 millones!

—Hum —Úrsula tiene que reponerse. Sus pensamientos revolotean en desorden. ¿Distel? ¿Ahora también Distel? ¿Por qué todos a la vez?

—¿Qué razón aducen?

—La misma que Auerbach. También se refieren a una oferta mucho mejor y ellos también están dentro del plazo de cancelación. Esto es una dura pérdida. ¡No sé cómo vamos a poder compensar todo esto rápidamente!

—En total suman ya 4,2 millones. Y posiblemente se trate de la competencia de la misma empresa. ¡Quisiera saber quién se encuentra detrás! ¿Tiene usted alguna idea, señor Kühnen?

Lo mira mientras da vueltas al bolígrafo. Qué va a saber este rostro inexpresivo. Ahora sería necesario un hombre del calibre de Walter.

—¡Por desgracia tampoco yo lo sé!

—Bueno, bien. Convocaremos una reunión para hablar del asunto. Quisiera tenerlo claro antes de que se vayan todos de vacaciones de Navidad. ¡Déjeme aquí los documentos!

Apenas ha salido Manfred Kühnen por la puerta, suena el teléfono. Regina Lüdnitz pasa una llamada. Rainhard Ehler al habla. A Úrsula no le viene nada bien, pero ahora es demasiado tarde, Ehler se encuentra ya al otro lado de la línea.

—Ayer estuve intentando localizarla, por desgracia sin éxito. ¡Quisiera agradecerle la bonita velada en Walldorf!

—Por favor. Yo soy la que tengo que agradecer. Después de todo fue usted quien me invitó...

—No me importa lo económico, sino su presencia. Fue muy agradable para mí comer con usted y me gustaría que se repitiera...

Le ha costado un enorme esfuerzo decirlo. Úrsula sonríe burlona.

—¿Sí?

—Sí, no sé cómo le viene a usted pero con gusto prolongaría la velada.

—¿Y cómo ha pensado hacerlo?

—Pues sencillamente volviéndonos a encontrar. En el restaurante, en mi casa, en la suya, donde usted quiera.

—En el restaurante —contesta Úrsula sin vacilar. Eso es lo que faltaba, que el marino quisiera arrastrarla al camarote hogareño.

—Muy bien. ¿Hoy? ¿Mañana? He pensado que tal vez entonces pudiéramos planear nuestra excursión a vela. Se espera un tiempo suave para Navidades. ¿Tiene usted algo previsto?

Navidades en velero. Delicioso. Ha odiado siempre las Navidades. Ese sentimentalismo, esa afectación cristiana y ese campanilleo de iglesia. En realidad había decidido ignorar por completo esta festividad navideña. Irse a dormir o al cine. Pero, ¿una fiesta navideña en el barco?

—¿Va a traer usted un arbolito?

Él ríe.

—¡Si usted lo desea! ¿Un abeto? ¿De dos metros, o mejor uno más pequeño?

Úrsula ríe sin gana. Eso es una locura. Un árbol navideño en el idolatrado yate de competición. Walter se estará retorciendo en su tumba.

—¡Yo me ocupo de las cintas plateadas y de las bolas rojas!

—¡Y yo del champán y del pavo!

Úrsula se arrellana distendida.

—¿Sabe usted prepararlo?

—¡Al menos sé adquirirlo y trincharlo como un especialista!

—Eso suena bien —asiente Úrsula por el auricular.

—Pero todo eso me resulta aún demasiado lejano. ¿No la puedo ver esta tarde?

—Propongo el Mövenpick que hay junto a la Ópera. ¿Lo conoce usted?

—Sí, lo conozco. Encantado. ¿A las ocho?

Úrsula mira el reloj. Seguro que ya están todos reunidos en la sala de conferencias. No quiere hacer esperar por más tiempo a sus colaboradores. Se despide de Rainhard Ehler y se estira y alisa su vestido azul oscuro. Un pequeño espejo de mano le muestra que los cabellos están en orden y que el rostro está perfectamente maquillado, entonces se dirige por el pasillo a la sala de reuniones. Antes pasaba siempre a través de la oficina de Regina Lüdnitz y por el despacho de su marido, pero ahora esta sala le da miedo. Úrsula no sabe aún qué hacer con ella.

Tal como había supuesto, ya están todos allí. Le parece leer sensaciones muy diversas en los rostros de los hombres. Unos confían a todas luces en que encuentre un camino para salir de esta difícil situación, otros tienen una expresión de desconfianza en el gesto, que no le gusta. El primero Manfred Kühnen.

Por espacio de dos horas dan vueltas y más vueltas al asunto. Nadie ha reparado en el hecho de que, en alguna parte, haya aparecido un nuevo competidor. Todos están igualmente sorprendidos por las dos cancelaciones y Gernot Schaudt se atreve a predecir otra más.

—¿Cómo se le ocurre pronosticar una cosa así? —quiere saber Úrsula furiosa.

—Por la ley de la serie... —encoge los hombros el director de Exportación.

—No puede ser —le interrumpe Arnold Müller, del departamento jurídico—. ¡No tenemos más contratos que aún se pudieran cancelar en plazo!

—Bueno, ¡entonces los clientes harán publicidad contra nosotros!

—¿Por qué iban a hacer eso? —pregunta Úrsula.

Gernot Schaudt está sentado a la derecha de la presidencia, en el puesto anterior de Úrsula y mira a su jefa a los ojos:

—Estas prácticas son muy habituales entre los asiáticos. Con ellas se doblega al oponente. El sistema podría funcionar también a la inversa. Recibimos encargos y encargos, invertimos, ampliamos, modernizamos, contratamos más personal y cuando somos grandes de verdad, nos quedamos sin contratos. La consecuencia es que tenemos que vender. ¡A precio de saldo!

Úrsula traga saliva. Así que alguien la quiere doblegar. ¿Quién podrá ser?

También los demás han escuchado en silencio. Luego se desata la discusión. Todos con todos, las conversaciones se entrecruzan, se plantean conjeturas que son rechazadas en el acto.

—Caballeros —retoma Úrsula la palabra tras unos minutos—. Caballeros, así no avanzamos. Si el señor Schaudt ha analizado correctamente la situación, es algo que sabremos pronto. En ese momento quisiera, sin embargo, que estuviésemos preparados. Infórmense si hay nuevos competidores. O si tal vez se han fusionado en alguna parte dos empresas. Investiguen también en el extranjero. Ahí sobre todo. Dejen a un lado lo que pueda esperar. Les permito que lo posterguen incluso para después de Navidades. ¡Pero antes de las vacaciones quisiera saber lo que pasa!

Todos asienten.

—Y, por favor, repártanse las tareas según posibilidades, conocimientos y relaciones. Tal vez alguno de ustedes conoce a alguien que sabe más... Estaría incluso dispuesta a pagar una recompensa por informaciones especiales.

Mira a uno por uno. Gernot Schaudt le muestra de forma clara su asentimiento. Manfred Kühnen pregunta en cambio con escepticismo:

—¿Y si nada de esto funcionara?

—¡Entonces tendremos que pensar en compartir la tarea con la correspondiente agencia de detectives! ¡Espero, sin embargo, que no se llegue a eso y que seamos capaces de encontrar por nuestra cuenta a la empresa en cuestión!

4,2 millones. No se puede actuar como si no tuvieran importancia. Úrsula está sentada ante su escritorio y medita. La facturación no puede descender por debajo de los 20 millones, de lo contrario la situación se volvería crítica. ¿Pero qué son ya los 800.000 marcos que le quedan aún por encima de esta barrera? Ni siquiera un millón. ¿Qué dirán sus bancos? Debería concertar una cita lo antes posible con Roger Nordlohne, de su banco particular. Se encuentra forzada a ampliar su crédito. Pero antes ha de estar al tanto de las últimas operaciones. Úrsula llama a Contabilidad y pide que lo preparen todo para un informe exhaustivo.

Roger Nordlohne la hace esperar. No está acostumbrada a que esto ocurriera cuando venía con Walter. Transcurridos diez minutos se levanta de su sillón en la sala contigua y comienza a pasear de un lado para otro. A la secretaria de dirección le resulta a todas luces incómodo. Pasados diez minutos más le ofrece café. Úrsula no está segura: ¿es realmente azar o el director del banco sigue una estrategia determinada? ¿La elevada política de la valoración masculina? ¿Vale más porque puede hacerla esperar? ¿Callada lucha de jerarquías? ¿Penalización por su edad, sexo y arrugas? ¿La vieja tiene la pasta pero yo el poder?

Y eso que aún no sabe siquiera de lo que se trata.

Hubiera podido ahorrarse el pequeño alarde.

—Por favor, dígale al señor Nordlohne que me puede llamar a mi oficina. ¡Podemos concertar una nueva cita, pero esta vez en mi empresa!

Úrsula se marcha. Con sus intereses no tiene que pagar necesariamente el sueldo al señor Nordlohne. EWW trabaja también con otros bancos.

Sube al ascensor. Abajo la está esperando ya Sina Zimmermann, de Atención al cliente.

—Buenos días, señora Winkler, el señor Nordlohne le pide disculpas por haberla retenido tanto tiempo. Ahora la está esperando.

—Pues que siga esperando. Yo también lo he hecho, ¡saludos!

Qué extraño, piensa mientras se sube al coche. Hace muchos años que trabajan con Nordlohne, les ha concedido los créditos más locos y ahora ni siquiera considera necesario saludarla en el recibidor y explicarle el motivo del retraso. Si la hubiera atendido de ese modo, se habría limitado a volver media hora más tarde. ¿Pero así?

Se dirige a su próximo banco.

—¿Cree que el señor Wiedenroth tendrá un minuto para mí, incluso sin cita?

—¡Para usted siempre, señora Winkler! —la joven de información se dirige al teléfono—. El señor Wiedenroth la espera —responde poco después con amabilidad.

Vaya. Julius Wiedenroth se encuentra ya a la puerta del antedespacho.

—Me alegra verla, señora Winkler. ¿Cómo está usted?

—¿Quiere oír la verdad?

—¡Sí, por favor! —la mira sorprendido, luego le franquea la puerta de su despacho—. ¡Adelante!

Úrsula describe la situación financiera. A Willy Waffel no lo menciona, pero sí el hecho de que alguien del sector está intentando hacerse con su empresa por el método del dumping.

—Bueno, su marido ha muerto, usted es una mujer, eso atrae a los tiburones.

—Ya sé que soy una mujer, gracias. He nacido así. Pero también hay hembras entre los tiburones, señor Wiedenroth, si no estarían ya extinguidos. ¡Y éstas tienen también dientes!

—Sí, sí, eh, no pretendía ofenderla.

—¡Eso me tranquiliza!

Julius Wiedenroth carraspea, luego consulta EWW por ordenador.

—Ssssí, bueno, su margen está bastante agotado, por no decir que no queda nada. Lo siento.

—¿Qué? Eso no lo había dicho usted nunca. La última vez que estuve aquí con mi marido nos ofreció usted más crédito del que necesitábamos. Y nos garantizó condiciones especiales para nuestros intereses. Explíqueme entonces.

—Bueno, señora Winkler, ésos eran otros tiempos. Sencillamente otros tiempos. La situación económica ha empeorado, la coyuntura está en recesión, las empresas están quebrando en cadena, nosotros nos encontramos en medio. ¿Qué podemos hacer?

—No malgastar su dinero con estafadores. Eso sería una posibilidad, algo que podrían hacer. ¡Entonces les quedaría más para empresarios íntegros!

—Sí, bien, señora Winkler. Eso sucede alguna vez. Error de cálculo.

—Mala gestión lo llamo yo.

Suspira, se pasa la mano por su ralo cabello castaño.

—Veré qué puedo hacer por usted, señora Winkler. No puedo prometerle nada. Y procure no bajar de los 4,2 millones.

—Gracias por el consejo, señor Wiedenroth. ¡Me ha sido usted de gran ayuda!

Se levanta, acompaña a Úrsula a la puerta, la abre y le estrecha la mano. Se encuentran el uno frente al otro y a ella le llaman de repente la atención sus ojos. Hay en ellos una expresión extraña. ¿Alegría? ¿Triunfo? Él parece adivinar sus pensamientos, un ligero rubor le recorre el rostro. Como un cerdito pequeño y gordo, piensa Úrsula. Se da la vuelta para marcharse.

—Una pena que su marido haya muerto tan pronto —dice rápido.

—*Peanuts* —responde ella mientras se marcha.

Úrsula se sienta en su Golf y medita.

Queda aún un tercer banco. Pero no desempeñó nunca un papel importante, su cuenta de negocios en él era más bien un servicio de favor de cara a sus clientes. Le parece estúpido solicitar ahora un crédito precisamente allí. Se olerán la tostada en el acto. Por otra parte necesita seguridad. No le basta con limitarse a esperar que no suceda nada más. Y si se entendiera con este banco, podría mandar a paseo a los demás. Con todos sus movimientos financieros. Ése hubiera sido su premio.

Úrsula teme que el banco pueda estar cerrado ya, pero tiene suerte. Se desliza dentro diez minutos antes del cierre y además el director tiene tiempo para ella. No ve problema alguno en concederle un crédito. Desearía ver, no obstante, algunos documentos, pero podría pensarse ya en un crédito de cuatro millones de marcos.

Úrsula se queda sorprendida por completo. No había contado con ello. ¿En este lado de la ciudad no hay ninguna situación económica mala, ninguna coyuntura en recesión?

El director Niemann por el contrario, parece alegrarse de verdad por poder hacerle una oferta semejante. Y Úrsula lo entiende. Él ha visto sus posibilidades. Intuye que ella, en el futuro, confiará los intereses de su empresa a este banco si se siente bien tratada.

Se estrechan la mano y Úrsula se marcha. Asunto, en principio, resuelto. No obstante, no entiende del todo cómo ha podido ir a parar a una situación así. En los últimos años no han dejado de hacer buenas operaciones comerciales; y el dinero nunca fue por ello un problema para los bancos. ¿A qué se debe este cambio repentino? ¿Hubo alguna vez alguna irregularidad? Imposible, Walter lo tenía todo bien amarrado. A él no lo hubiera engañado nadie. ¿O sí?

Se tendrá que tomar tiempo para un examen de balances.

PRELUDIO

Úrsula se ha sentado en el mismo sitio en el que descubrió hace tres días el anuncio del navegante. Ha llegado a propósito muy pronto, pues esta vez debe tener ella la ventaja de poder observar al otro. Lo ve emerger con minuciosa puntualidad entre las mesas. Mira a su alrededor en actitud de búsqueda, al parecer el camarero no ha sabido ayudarle. Úrsula permanece sentada tranquilamente. Rainhard lleva un traje cruzado gris oscuro. Corte perfecto. Luce muy elegante, casi demasiado elegante para el ambiente de un restaurante de comida rápida. Lleva en la mano una sola rosa de tallo largo. No está mal, piensa Úrsula. Tampoco el cabello ralo perjudica la escena. La media calva produce un efecto más bien masculino, sobre todo al no pretender él ocultarla con repeinados mechones de cabello. Ahora la ha descubierto, se aproxima con paso ligero.

—¡Úrsula, me alegro mucho de verla!

Eleva la mano de ella hasta rozarla ligeramente con sus labios. Úrsula, piensa ella. ¿Nos llamamos ya por el nombre de pila? ¿Y eso desde cuándo?

—Buenas tardes, señor Ehler —le sonríe—. Pero siéntese. ¡El placer es mío!

Estás loca, se reprocha en silencio, estás flirteando con este tipo. Walter alucinaría. En el acto. Pero Walter se halla a dos metros de profundidad, y a este hombre lo tiene sentado justo enfrente.

Ambos piden un gran bistec de ternera.

—Sé que a estas horas debería uno abstenerse —dice Rainhard disculpándose.

—Pero se puede también insistir —replica Úrsula—. Yo, al menos, necesito carne. A veces tengo incluso ansiedad de ella. ¡De niña la comía hasta cruda a escondidas!

—Cielos —se sorprende su interlocutor y alza la copa para brindar—. ¿He de asustarme? ¿Bebe usted también sangre?

Úrsula frunce ligeramente la comisura de los labios:

—Prefiero el vino, señor Ehler. ¡Sobre todo cuando éste es tan bueno!

Durante la comida ella piensa en los dos encargos cancelados y en la teoría de Gernod Schaudt. No está segura de si puede contarle algo a Rainhard. Si fuera abogado, la cena podría servir para algo útil, pero, ¿un ingeniero?

—¿No estará dándole vueltas en la cabeza a nuestra fiesta navideña?

—No, para eso quedan aún dos semanas —lo mira inquisitiva—. Tengo un problema muy diferente... —le describe su situación en pocas palabras y la sospecha de su jefe de Exportación.

—Hum —Rainhard mastica pensativo su último bocado de carne—. ¡Yo intentaría enterarme dentro del sector de si les ha ocurrido lo mismo a otras empresas de embalaje o sólo se ha visto afectada la suya!

Úrsula se inclina levemente por encima de la mesa:

—Ése es un nuevo aspecto. ¡Sí, tiene usted razón! Así puedo averiguar si alguien en especial ha prescindido de nosotros o si nos concierne a todos. En ese caso tal vez me podría aliar incluso con mi competencia frente a esa oscura empresa —intercala una breve pausa para reflexionar—. ¡Eso es genial! ¡Tengo que brindar con usted! —ambos alzan sus copas—. Está, por supuesto, invitado —añade Úrsula.

—Ni hablar de eso —niega Rainhard Ehler con la cabeza, y Úrsula siente que se apodera de ella la comezón de siempre.

La Navidad se aproxima. Desde hace casi dos semanas la fábrica es un hervidero. Todo el mundo se siente detective, pero aún no disponen de informaciones sólidas. Sólo se sabe que, al parecer, otras empresas de la industria del ramo no tienen estos problemas. Úrsula observa con preocupación las ofertas que salen y los pedidos que entran. No consiguen más que cancelaciones. No encuentra la vía a través de la cual podría atajar las pérdidas.

—Está ocurriendo precisamente lo que yo quería evitar. ¡Todos se irán de vacaciones de Navidad y no se ha conseguido nada! —se queja con ocasión de una llamada telefónica de Rainhard Ehler. Lo ha visto sólo dos veces en este tiempo, pero la llama poco menos que a diario. A ella le resulta casi excesivo. En realidad no desea darle un perfil tan confidencial a su relación con Ehler.

—Nosotros nos vamos también —responde él de un modo entre pueril y testarudo, que saca de quicio a Úrsula. Se le frunce el entrecejo.

—Eso no resuelve ninguno de mis problemas —responde con aspereza—. ¡No tengo tranquilidad de ánimo para navegar por el mar Báltico mientras aquí está hundiéndose mi empresa!

—¡Bueno, tampoco será tan grave!

—¡Y qué sabe usted de estas cosas!

Al otro lado se hace un breve silencio.

—No quise... no era ésa mi intención —le escucha decir en voz baja.

Cobardica, piensa ella. Miserable cobardica. ¡Mete el rabo entre las piernas cuando tendría que demostrar fortaleza! ¡Otro más de ésos!

Por primera vez desde hace tiempo por la noche toma con la mano el marquito de plata de la mesilla.

—Extraño —le dice a Walter—. A veces tengo casi la sensación de que una parte tuya está de repente en mí. Entonces es como si de alguna forma lo viera todo con tus ojos. ¿Cómo es que le disparé a Schwarzenberg? ¿Fui yo? ¿Fuiste tú? ¿Era competencia para ti? ¿Lo aparté del camino por encargo tuyo? No hubiera sido necesario, era débil. Un lamentable debilucho. Igual que Ehler.

Devuelve de golpe el marco a su sitio.

—Entérate bien de una cosa aunque siempre estuvieras al mando. Sé arreglármelas también sin ti, pues a fin de cuentas yo fui más fuerte. ¡Yo estoy viva y tú estás muerto!

Tres días antes de Navidad Úrsula renuncia al viaje en velero, el 23 se lo piensa de nuevo. ¿Qué es lo que gana quedándose sola en casa y darle vueltas y más vueltas a la evolución de EWW? La pérdida de los dos pedidos la ha afectado muchísimo pero no ha acabado con ella. El próximo año encontrará un camino para equilibrar las pérdidas y localizar al causante. Después de que su propia gente no fuera más allá de meras especulaciones, se informó de una buena agencia de detectives y concertó una cita con el jefe para el 28 de diciembre. Este hombre le resulta ya simpático porque con esa cita demuestra muy a las claras que está por encima de la histeria general Navidades-Año Nuevo.

Marca el número de Rainhard. Salta su contestador automático. A ella no le apetece explicarle a la cinta magnetofónica su cambio de ánimo. Cuelga. Sentimiento de culpabilidad, piensa al hacerlo. Ahora se encuentra indecisa en su despacho. Piensa. Mañana es Navidad. ¿Debe quedarse? ¿Salir de viaje? ¿Sola? Podría aprovechar la excursión para informar al capitán del puerto de sus intenciones de venta. ¿Pero va a estar Björn Grammlich esperándola en Navidad?

¿Pero qué le ocurre? Tiene que admitir que en cierto modo le hacía ilusión la fiestecita flotante. ¿Y ahora? Se siente como incomunicada. Automáticamente pone a calentar agua para un té. Entonces suena el teléfono.

Lo descuelga llena de esperanza. Es la interiorista. Pregunta por el piano de cola.

—Mi cuñado está buscando un regalo para mi hermana. Este año no se le ha ocurrido nada y ahora le ha entrado el pánico. Así que pensé enseguida en su piano de cola. ¿Sigue allí?

—Sí —responde Úrsula monosilábica y se dirige con el teléfono al salón. Ahí está. Ancho, pesado, negro. Un verdadero negrero.

—¿Le estoy interrumpiendo algo?

—No —la tetera silba, Úrsula corre hacia la cocina.

—¿Sabe usted ya lo que puede valer el instrumento? Y, ¿es posible aún adquirirlo?

—Todavía es posible, pero sigo sin saber el valor que tiene.

—Pero, ¿no fue a su casa el señor Schwarzenberg?

—Sí, una vez. Le echó un vistazo y dijo que se informaría. Y hasta ahora —se vuelve a ver en la cabaña de caza intentando eliminar sus restos y cómo la seguía la mirada de Walter. Tendría que haber disparado también a su foto y a su ciervo de la pared. Eso hubiese sido más inteligente.

—Hum, la gente es rara a veces. Y eso que se daba tanta importancia. Bueno, las fechas acosan, mi cuñado lo valoraría en unos veinte mil marcos.

—¿Tanto se gastaría? ¿Por un regalo navideño? —piensa si Walter le habría hecho un regalo navideño tan caro. El visón no costó veinte mil marcos y el vino de cuarenta mil marcos fue para Ludwig. Qué curioso.

—Su mujer toca muy bien el piano, así que un instrumento tan noble sería un regalo maravilloso.

—Lo entiendo. Sólo que lamento no poder vender el piano por una cantidad hipotética. A lo mejor vale el doble, quién sabe.

—Conozco a un subastador, a uno serio. Si pasara este mediodía por su casa, ¿podría tasarlo?

La interiorista no viene sólo con su cuñado y el subastador, se trae también un camión de mudanzas.

—Admiro su talento organizativo —asiente Úrsula—. Y todo ello un día antes de Navidad...

Veinticinco mil marcos dice el especialista. Úrsula acepta con la condición de que otro experto vuelva a tasar el piano en casa del cuñado para evitar errores. La media entre ambas sumas será entonces el precio real de venta.

Mientras los dos hombres abren la enorme cristalera de la terraza e intentan, ayudados por la interiorista, remolcar el piano de cola hacia allí, suena el teléfono.

Úrsula, preocupada por sus muebles nuevos, no lo coge hasta que ha sonado varias veces.

—Sólo quería asegurarme de que está usted en casa y desearle para mañana una feliz fiesta.

Rainhard Ehler. Con todo este alboroto.

—Cuidado, el jarrón —grita Úrsula.

Luego, con la voz algo más baja, en el auricular:

—¿Pero dónde está usted?

—Junto al mar Báltico. ¿No está usted sola?

—No, pero no tiene importancia. ¿Qué quiere decir junto al mar Báltico?

—Me he metido aquí en una pensión. Eso es todo. Pasaré las Navidades junto al mar Báltico. Tal vez en Neustadt, a lo mejor en Timmendorf o quizá en la playa. Veremos.

—¿No es eso muy romántico?

—¡Me apetecía!

—Hum —Úrsula observa los movimientos de los transportistas por el rabillo del ojo. Ojalá que la clara alfombra lo resista.

—Escuche, vuelva a llamarme dentro de una hora, ¿sí? Ahora la situación aquí es algo caótica. Me gustaría que habláramos con calma...

Dos horas más tarde Úrsula ya está sentada en su coche. Ha metido en la maleta ropa adecuada para navegar, ha cogido del sótano algunas botellas de vino y champán, ha avisado al capitán del puerto y reservado una habitación de hotel para esta noche. Ahora padece el primer atasco en dirección a Kassel. Son poco más de las dos y comienza, contra la previsión atmosférica, a nevar. La caravana avanza a paso lentísimo. Walter muy bien lo sabía, con cambio automático conducir debías, le dice Úrsula en voz alta a su volante. Le ha salido rimado y le entra la risa.

NAVIDADES

Hace tiempo que ha oscurecido y se siente agotada cuando llega a Neustadt. Úrsula tiene que preguntar por su hotel, pues, a pesar de todos estos años, no se maneja nada bien en la pequeña ciudad. Ha tomado una habitación doble, saca una botella de agua mineral del minibar y descuelga el teléfono. Después del primer tono, Rainhard responde.

—Qué bien que esté ahí. ¿Le apetece una copita de vino juntos?

—¿Sabe usted lo tarde que es ya?

—Bueno, aquí a la vuelta de la esquina hay una tasca. Aún está abierta.

—No, gracias. El viaje no fue precisamente divertido. Me iré a dormir para ocuparme mañana temprano del barco. Le ruego que no venga al embarcadero, lo mejor es que no se acerque al puerto. No me gustaría toparme allí con ninguno de nuestros conocidos, ¡supongo que entiende a lo que me refiero!

Él vacila:

—Sí, naturalmente. Me comportaré de un modo discreto. ¿Dónde se encuentra su barco?.

—En el puerto de yates Áncora, en la ensenada de Neustadt.

—¿Cómo nos vamos a encontrar entonces?

—Lo pescaré en el lugar adecuado. Preferiblemente en el puerto deportivo de la ciudad. Se encuentra en el lado este de la ensenada. No tendrá dificultad en encontrarlo. Digamos, ¿a las diez?

—Seré puntual y, señora Winkler, me hace mucha ilusión.

Úrsula se ha hecho despertar temprano, ha desayunado deprisa y se dirige ya, a través de la barrera abierta, hacia el atracadero de mil cuatrocientas plazas. El Swan es casi el único barco que hay en el agua. Se encuentra en el embarcadero número tres, cerca del muelle, sólo a pocos pasos de distancia del aparcamiento más próximo. De este modo Walter nunca perdía tiempo gratuitamente. A Úrsula la asalta la imperiosa necesidad de volverse. Contempla petrificada el Swan. Este bello cisne de nombre ostentoso: «Winner». Todo en Walter estaba orientado al triunfo. ¿Por qué se quiso casar precisamente con ella? ¿Vería en ella una allanadora del camino de su éxito?

El barco parece dispuesto a zarpar. La cubierta impermeable ya ha sido retirada, se han reducido a dos las defensas y a cuatro los amarres de sujeción. Exactamente igual que siempre. Aparca en el mismo sitio en el que aparcó Walter durante años. Un joven sale del camarote. ¿Qué se le habrá perdido allí?

Úrsula desciende del coche y se dirige deprisa al embarcadero de madera.

—¿Quién es usted?

—Oh, ¿la señora Winkler? —salta con agilidad desde el barco hasta el sitio donde se encuentra ella—. Buenos días. El señor Grammlich está en una fiesta navideña, pide disculpas. Yo he preparado su barco, todo está en perfecto estado.

Al menos esto ha cambiado. Úrsula enojada crispa el rostro, se le frunce el ceño. Antaño Grammlich no lo hubiera permitido.

—¿Navega usted sola?

—¿Le importa a usted eso?

—No, disculpe. ¡Es simplemente que se espera mar gruesa!

—Me las arreglaré.

La mira como si fuera a añadir algo, pasa junto a ella embarcadero abajo, luego se vuelve a girar.

—Lo que ocurre es que hoy todo el mundo festeja la Navidad. Quiero decir que en caso de que se produzca una emergencia no sea quizá el momento más oportuno...

—No habrá emergencia alguna y, además, eso es asunto mío. Buenos días, ah, un momento, dígale al señor Grammlich que probablemente venderé el Swan —y él no ganará ni una perra chica con ello, añade en silencio. Pero el joven tiene razón. El cielo está encapotado y de un gris plomizo. Como el agua. Domina la calma que precede a la tormenta. El tiempo de Walter.

Bueno, tampoco quiere ir demasiado lejos. Recogerá a Rainhard y convertirá este barco en *su* barco. Una sola vez. ¡La última vez!

Saca del coche su enorme bolsa de deporte y las bebidas. Al dar el primer paso en cubierta lo experimenta de un modo casi físico: la embarcación no la quiere. La «campeona» no quiere tener nada que ver con la esposa del campeón.

—¡Walter está muerto! —le dice al barco, y, con una profunda satisfacción, añade—: ¡Él no te puede proteger de mí! —sonríe irónica mientras coloca las botellas en la nevera, y después se pone las botas de goma, el chaquetón impermeabilizado y la típica ropa de abrigo de los marineros—. ¡Tendremos que arreglárnoslas juntos! —después sube a cubierta, arranca el motor, suelta los cabos y se aleja poco a poco de su embarcadero. El puerto es un verdadero laberinto. Pero Úrsula ha observado las suficientes veces a Walter a la hora de abandonarlo; conoce el camino. Recorrer el embarcadero número tres, luego a la izquierda en dirección al restaurante del puerto y a la derecha hasta la salida. Y desde allí se encaminaba Walter, a toda máquina, sin volverse jamás hacia ella, hacia el mar abierto.

Ella no. Ella recorre la lengua de tierra de Neustadt adentrándose en la bahía. El motor ronronea suave y el Swan se deja dirigir con facilidad. Hace mucho frío, pero Úrsula se ha puesto un grueso plumífero y cálidos guantes. El frío no tiene nada que hacer con ella. Primero se desliza ante un pequeño malecón. Hasta ahora no había reparado nunca en él. Ojalá que no le haya hecho a Rainhard ninguna indicación equivocada. Se refería en realidad al embarcadero que corría paralelo al camino de la orilla. Allí hay amarrados algunos barcos, pero no puede distinguir a nadie. El camino de la costa se encuentra también como muerto. Seguro que ya están sentados todos en torno a la corona de adviento y se preparan para la velada. Qué romántico, piensa con sarcasmo; entonces lo ve. Se ha ocultado, según se acordó, de forma discreta. Ahora recorre rápido el embarcadero, se coloca ansioso en el extremo. Úrsula siente los latidos de su corazón. No tanto por Rainhard, sino por la maniobra. ¿Cómo va a conseguir que suba a bordo sin chocar contra los norays de amarre? Deja deslizarse con cuidado el Swan. Rainhard se muestra habilidoso, agarra la barquilla de proa, se apoya con todas sus fuerzas contra el barco y se columpia hacia él. Úrsula respira y lo mira sonriente.

—¡Ha funcionado muy bien!

Se sube ágil a cubierta y se coloca luego a su lado junto al timón. Estrecha la mano de Úrsula con rostro resplandeciente.

—Y yo me alegro de que haya funcionado. ¡Esto promete ser una fiesta de Navidad verdaderamente extraordinaria! —introduce la mano en el bolso interior de su chaquetón marinero y extrae una botella de champán.

—Excelente —dice Úrsula mientras cambia el rumbo—, yo también he traído alguna cosa. Lo mejor es que la ponga en el congelador con mis botellas.

—Oh, no, la abriré ahora mismo. ¿Puedo entrar? —señala con la cabeza en dirección al camarote. A Úrsula le viene bien, así desaparece a los ojos de eventuales curiosos.

—Tendrá que buscar usted mismo. Tampoco yo sé dónde están guardadas las copas.

Mientras tanto pasa ante la playa vacía en dirección a la isla Fehmarn, rumbo Noreste. Rainhard reaparece con dos vasos llenos. Tiene buen aspecto, el viento frío le ha puesto un poco de color en el rostro, la corta barba le da unos toques de lobo de mar extraviado, a lo cual contribuyen la gorra con visera azul marino y el chaquetón de navegante.

—He encontrado sólo estos dos vasos de plástico, desgraciadamente ninguna copa...

Típico de Walter, piensa Úrsula.

—Queríamos beber como es debido —dice y le sonríe.

—¿Sabe usted que es una mujer muy interesante? —Rainhard se sienta junto a ella, le alcanza ambos vasos—, ¿Rojo o azul?

—Rojo.

—Como el amor —replica él benévolo y le da el champán.

—Como la sangre.

—¡Bueno! —Rainhard ríe—. ¿No hemos tratado ya este tema? ¡Por lo demás no parece usted tan sanguinaria!

—Tampoco lo soy. No estaba pensado ahora en carne precisamente, sino sólo en mi cuento preferido del jardín de infancia. Rojo como la sangre, blanco como la nieve y negro como el ébano.

Se pasa la mano por el cabello.

—Blancanieves —replica él—, me acuerdo.

—Un juego entre poder, amor y muerte.

—Pero el amor vence —él eleva el vaso.

—¡Sí, el amor vence!

Ella brinda con él.

—¿Cuándo comenzamos a navegar? —él mira hacia la orilla y luego hacia el cielo—. El tiempo tiene mala pinta. Al parecer somos los únicos que se atreven a zarpar hoy.

—¿Miedo? —lo analiza con la mirada.

—Seguro que no —él sonríe y ella suspira—. Me parece fabuloso. Una aventura con usted en alta mar. No me lo hubiese imaginado ni en mis sueños más atrevidos.

Los ojos de él refulgen; ella experimenta un cosquilleo.

—Nos ponemos en marcha *ahora* —determina Úrsula.

—Siga usted al timón. Ya lo hago yo —Rainhard salta, ella pone el barco al viento. Mientras lo hace observa como él recoge la driza con cabria y manivela. Lo hace con destreza, eso a ella le gusta.

La génova y la vela mayor están izadas, rápidamente se hinchan al viento. Ella tensa la botavara, intenta encontrar la posición correcta de navegación para aprovechar mejor el viento. Eso le exige gran concentración, pues su última excursión a vela se remonta muy atrás en el tiempo.

Rainhard se ha sentado frente a ella. Le alcanza el vaso rojo.

—Lo está haciendo excelentemente.

Úrsula asiente y de paso mira hacia la costa. La visibilidad ha empeorado, a pesar de lo cual puede distinguir bien el aviso de tormenta. Su rumbo la aparta de la orilla en dirección Este. Reflexiona si debe corregirlo. Pero nada hace pensar en la tormenta prevista. El viento es uniforme, pero no especialmente intenso. El Swan está bien situado y se desliza veloz y en línea recta. Lo hará virar cuando sea menester. Casi empieza a entender a Walter.

Úrsula se retrepa distendida en su asiento. Durante algún tiempo navegan en silencio. Cada uno de ellos dándole vueltas a sus propios pensamientos, la costa apenas se presiente ya como una delgada línea.

—¿No iba a traer usted un árbol de Navidad? —pregunta Úrsula de repente.

—¿Y usted cintas plateadas y bolas rojas de cristal? —sonríe irónico Rainhard.

—¡Sabía que me olvidaba algo!

Rainhard mete la mano en el bolsillo y saca una tierna rama de abeto con un pequeña bola plateada.

—Feliz Navidad —añade.

Úrsula sacude la cabeza:

—¿Dónde ha conseguido esto?

—Lo he robado esta mañana en el comedor, durante el desayuno...

—Eso no es verdad... —ella sonríe. Rainhard se sienta. Lo huele. Su barba mojada, su *after shave*, su virilidad. Su corazón se desboca. Él pone su mano sobre sus muslos. A ella le zumban los oídos. Entonces el rostro de él se acerca a ella como a cámara lenta. Ella le sale al encuentro, se adhiere fuertemente a él. Lo quiere sentir. Ahora mismo. Por qué no se puede detener el maldito barco.

Rainhard toma el timón y lo bloquea. Mientras lo hace la acaricia con su mano derecha bajo el plumífero. Ella la siente sobre su pecho a través del grueso jersey. Todo en ella se despereza ante él. Se siente como disparada. El beso es turbulento y profundo y se extiende como una descarga por todo su cuerpo. Lo siente en un lugar completamente diferente. Cómo es posible, pero cómo es posible, se pregunta, pero le da igual. Su cuerpo lo desea, y ella cede.

—Ve abajo —dice él ronco—. Yo recojo todas las escotas.

Úrsula apenas oye. Y si él hubiera mandado a pique el Swan, a ella le habría dado igual. Desciende velozmente los peldaños del camarote, se quita las gruesas vestimentas, manipula impaciente los cordones de cuero de sus zapatos marineros. Cuando él llega, sólo le queda encima una ligera camiseta. Él arroja a una esquina el chaquetón que traía abierto, la abraza apasionado y la empuja hacia la amplia cama de proa. Allí caen enlazados. Úrsula le abre la cremallera, los pantalones caen sobre los zapatos, los calzoncillos después. Él intenta retardar, quiere estimularla con ternura, pero Úrsula ya está lo bastante estimulada. A experto amante puede jugar en otra parte, ella ahora quiere al hombre de verdad. Lo arrastra sobre sí. El barco da un fuerte bandazo. El Swan se defiende, piensa ella, mientras siente cómo él la penetra impetuoso.

—Ven, vamos, ven —le grita. El mundo parece hundirse a su alrededor, él la empuja contra la pared de madera junto a la cabecera, allí se sujeta, el cuerpo de ella impone el ritmo, se azota contra el suyo, cada vez más deprisa, cada vez más fuerte, ha perdido todo control sobre sí misma. Cuando, al final, ambos gritan, a Úrsula le parece como si nunca antes hubiera amado, como si ésta hubiese sido la revelación de su vida.

El barco, inquieto, da bandazos de aquí para allá. Úrsula se incorpora, mira a Rainhard. Está pálida como la nieve, se siente húmeda y pegajosa. No le gusta esta sensación.

—Feliz Navidad —dice mientras se dirige al pequeño baño y humedece el borde de una toalla para limpiarse un poco, al menos.

Oye como él se levanta también.

—Enseguida puede pasar —dice; luego repara en que ahora en realidad sería más adecuado un «tú». Pero no le viene a la boca. Decide obviarlo y sale. Él se encuentra medio desnudo ante ella:

—Fue bonito, Úrsula, muy bonito —ella asiente y rápidamente se abre paso a su lado.

—El barco da tumbos peligrosos. ¡Tenemos que ver qué pasa!

Úrsula va recogiendo sus ropas, y mientras se viste nota como él la contempla. Se da la vuelta.

—¿Ahora ya no te gusta? —pregunta él en voz baja. No obtiene respuesta. Fue increíble. Pero la ha asustado. Había acariciado la idea de acostarse con Rainhard. Pero había creído que sería como una profanación deliberada del santuario de su marido. Sin embargo, lo que resultó fue la victoria de su cuerpo sobre su mente. Ni ella misma puede explicárselo y seguramente tampoco querría explicárselo a él.

—Todo está bien —se defiende.

—Eres un volcán. Nunca tuve una mujer como tú —se inclina para recoger su ropa interior.

—Yo... yo misma estoy sorprendida.

Rainhard la contempla pensativo:

—¿Es una buena señal para nosotros? Quiero decir...

De golpe el Swan se inclina. Úrsula se estrella contra la despensa, luego sólo con jersey y medias cae en el pasillo. El viento sopla racheado y salpica espuma sobre cubierta. Las olas se suceden a pequeños intervalos, el barco oscila de derecha a izquierda, las velas revolotean desamparadas al viento. No se ve ni una pizca de tierra. A su alrededor, agua y cielo se han fundido en una masa gris oscura.

—¡Rainhard! —grita Úrsula, la pesada botavara pasa silbando junto a ella en la otra dirección, el Swan se inclina amenazante. Ahora se hundirá con nosotros en señal de agradecimiento, maldice Úrsula entre dientes, mientras vuelve al camarote y se pone las botas de goma y el impermeable—. Rápido, salgamos —le dice a Rainhard que se está vistiendo también a toda prisa.

—A esto se le llama romanticismo náutico —intenta una débil broma, pero ella está ya arriba de nuevo.

La tormenta no se ha desatado aún, aunque podría estar a punto de hacerlo. Un pensamiento fascinante le viene a la cabeza: es el viento perfecto para desafiar al «Winner».

En ese preciso momento aparece Rainhard.

—Vaya, esto tiene mala pinta —le grita y sube al techo del camarote junto al mástil.

—¿Qué pretendes? —Úrsula vuelve a tener el timón en sus manos.

—Bueno, arrizar las velas —las señala—. ¡Así no iremos muy lejos!

—Aún no ha sucedido nada, ¡los dos juntos somos lo bastante fuertes como para concederle todo el viento! ¡Ahora tensaremos bien las velas y nos va a mostrar lo que sabe hacer!

—Pero primero arrizaremos algo las velas. ¡Desplazamos demasiado peso!

Úrsula enfadada cierra un instante los ojos.

—Podemos también dirigir el viento a otra posición de velas. Y, además, ¡el barco está hecho para el viento!

—¡Pero no para la tormenta con el viento en popa! ¿Sabes, por cierto, hacia dónde tenemos que navegar? ¿Lo has pensado ya?

—Bueno, en dirección Oeste. ¡Hacia el lugar del que venimos!

—Deberíamos no sólo encontrar la costa, sino quizá también tu puerto. ¡Y además lo antes posible!

En cambio Walter se alejaba del puerto sólo cuando el tiempo se ponía así, se rebela lo más profundo de Úrsula.

—Encontraremos un puerto cuando llegue el momento. ¡No importa cuál! De acuerdo, arrizamos. Si no queda más remedio. ¡Pero entonces hagámoslo ahora!

Las olas han cambiado por completo. Las pequeñas ondulaciones como lenguas que lo acompañaban al zarpar se han convertido en formaciones de agua brava. El agua azota la cubierta sin cesar. El barco va cayendo sin compasión de una hondonada acuática en otra. Úrsula ha cerrado la puerta del camarote mientras Rainhard arrizaba la vela mayor. Ahora le ayuda a poner a salvo la génova. Resulta difícil porque el techo del camarote está resbaladizo.

—¡Tendríamos que recoger también la vela mayor!

—Deberíamos movernos de una vez —Úrsula lucha con el trinquete.

El cielo se cierne justo sobre ella en lo alto del mástil. Si baja un poco más, se los va a tragar. El Swan sale disparado tan pronto como se pone al viento. Rumbo Sudoeste, barloventea ligeramente e intenta distinguir alguna cosa en la oscura uniformidad gris que se extiende ante ella. Rainhard desciende del techo del camarote y se coloca junto a ella. Está pálido.

—Esto es sólo el principio, el anuncio de la tormenta —intenta gritar contra el viento—. ¡Las cosas se pondrán aún peor!

—Y qué —replica Úrsula. Ella no tiene miedo. Dominará esta situación igual que lo ha dominado todo hasta ahora en su vida. De eso no le cabe la menor duda.

Pero Rainhard tiene razón. La tormenta empeora.

—¡Va a despedazar las velas!

Cierto, en eso mismo estaba pensando ella. Y, además, el escoramiento es ya muy pronunciado. ¿A partir de qué punto se convierte en crítico? Pero al mismo tiempo espera que a esta velocidad, estarán muy pronto cerca de la costa.

—¡Úrsula, recojamos la vela mayor!

—¡Está ya arrizada!

—¡Recoger, recoger! ¡No arrizar! ¡De lo contrario no lo conseguiremos!

Qué ha hecho para merecer hombres así. Montón de lloricas e inútiles. Y eso que había creído que éste podría ser uno capaz de sustituir a Walter, y ahora va y se caga de miedo en los pantalones.

—¡No recogemos! —ruge Úrsula como respuesta.

—¡Sí, recogemos!

Con un solo movimiento Rainhard saca la driza de la pinza, que en el acto se desliza inalcanzable hasta lo alto del mástil. Simultáneamente la vela mayor se precipita hacia abajo. El barco se detiene con una sacudida violenta, se queda atravesado unos momentos, y es arrollado por la siguiente andanada de agua y que lo empuja hacia abajo, de costado. Úrsula se ve de pronto a la altura de la superficie del agua y puede agarrarse a tiempo, de lo contrario habría sido arrastrada por la borda en un abrir y cerrar de ojos.

—Idiota —grita fuera de sí de ira—, ¿quieres que nos matemos?

—Otra ola tremebunda golpea de nuevo el costado del Swan. Úrsula da un giro brusco al timón. Se le vienen encima sin interrupción masas de agua. Apenas le alcanza ya el aire, están a punto de irse a pique. Entonces el barco se gira levemente al viento. La siguiente montaña de agua rompe sobre proa. El barco bascula de forma violenta, pero recupera poco a poco el equilibrio. El «Winner» se ha adueñado de la situación. Úrsula respira hondo, se quita el agua de la cara. Entonces busca a Rainhard. El puesto frente a ella está vacío. Se levanta, recorre el barco entero con la mirada. No ve a nadie. Durante unos instantes mira al mar, abre luego el butacón de las herramientas y saca uno de los chalecos salvavidas que había preparado en el puerto para ella y para Rainhard.

¿Por qué no se los colocaron en su momento? ¿Cómo pudo Rainhard caerse tan rápido por la borda? ¿Cuánto tiempo puede nadar una persona con el agua a tan baja temperatura?

Vuelve a escrutar el mar en todas direcciones, pero es inútil. Las olas son demasiado altas, la visión es demasiado mala.

De Rainhard no queda ni rastro, se lo ha tragado el océano.

Úrsula suspira.

¿Habría sido un hombre para ella?

Tal vez sí.

En la cama seguro.

¿Tenía que morir por ello?

Mira al cielo, las nubes siguen muy oscuras, está calada hasta los huesos y se está congelando.

Ella no fue.

¿Quién entonces?

Tres horas más tarde Úrsula se encuentra en la sala de la Cruz Roja de Guardacostas. El joven empleado del puerto de yates Áncora dio la alerta al ver que el Swan no volvía tras desatarse la tormenta. Localizaron a Úrsula cuando ella dudaba ya de que pudiera sobrevivir. La vela mayor mojada era demasiado pesada para ella, no podía sacarla del agua, de modo que el barco era incapaz ya de hacer ninguna maniobra. No veía la costa y se limitaba a esperar un milagro. Ocurrió bajo la forma de barco de rescate marítimo. Respondió con un rotundo «sí» a la primera pregunta relativa a si estaba sola a bordo. Había zarpado sola a la vista de todos, qué sentido tendría hablar ahora de Rainhard. A los muertos no se los puede ayudar.

Se está tomando un té caliente cubierta con una manta y escucha en silencio los comentarios de sus rescatadores.

—¡Le va a salir cara esta fiesta de Navidad! —escucha que le dicen, pero también la prudente pregunta de si ha superado ya la muerte de su marido. A Úrsula casi le entra la risa.

—Al contrario —dice—, sabe usted, una parte de mi marido sigue estando siempre ahí, posiblemente dentro de mí. Por eso me he salvado también —mira sonriente el rostro perplejo de uno de los funcionarios—. Pero naturalmente, a su edad, usted eso no puede entenderlo. Tiene que saber que mi marido era un hombre fuerte, pero también un dominador absoluto. No hubiera tolerado ningún otro hombre junto a él, ¡ni siquiera al de la guadaña!

EL ARMA

El segundo día festivo de Navidad está sola en su oficina de Frankfurt. En la empresa reina el silencio. Además de ella y del servicio de vigilancia no hay nadie aquí. Ha inclinado el sillón de su escritorio en la posición de reposo y mira a través de la ventana el cielo gris de invierno. Úrsula piensa en Rainhard Ehler. Qué extrañas partidas juega la vida. Cuando aún existía, sus llamadas diarias le resultaban excesivas. Y ahora las echa de menos. ¡Que se haya ido así sin más! Se frota los ojos. No tiene ningún sentido pensar en ello. Sólo él tuvo la culpa, sin duda. No estaba a la altura de la vida, eso se ha visto con toda claridad. Probablemente se limitó a tomar el camino más fácil. ¡Como casi todos los hombres!

Ha delegado en Björn Grammlich, el capitán del puerto, la tarea de hacerse cargo del severamente castigado Swan. Primero hay que llevar el barco a los astilleros y repararlo allí para después venderlo. Úrsula no quiere saber nada más de él, ya verá Grammlich cómo se las entiende con *madame* «Winner». Sus necesidades, por el momento, están más que satisfechas.

Coloca más cerca las fichas que quería consultar. Lutz Wolff le parece un tipejo muy astuto. Ha encargado informes sobre su persona, y lo que está viendo le gusta. Sin embargo es demasiado joven, y eso no le gusta mucho en la presente historia. A un chaval de apenas treinta años no lo cree capaz de dirigir una agencia de detectives con nada menos que seis personas. A esa edad uno todavía está demasiado pendiente de sí mismo. Intenta retrotraerse veinte años. Pero en su recuerdo sigue teniendo cincuenta. Siempre responsable, superior, sencillamente más adelantada que el resto. Ya sabía cómo funcionaba el mundo. Tal vez incluso cuando nació.

Bueno, lo intentará con Lutz Wolff. Para ello, Arnold Müller, del departamento legal, ha de preparar el contrato pertinente. Uno que pueda rescindirse sin grandes problemas si el detective junior no satisface sus expectativas. Toma la correspondiente nota en su agenda de citas. Al hacerlo repara en que seguramente pasarán diez días hasta que todos puedan volver a estar reunidos en la empresa y se pueda hablar con ellos. Navidad, Año Nuevo, los interminables días de fiesta. Qué horroroso. Ahora le hubiera gustado tomarse un té, pero no hay nadie que se lo pueda preparar. Y no quiere trastear en la pequeña cocina de Regina Lüdnitz. Reflexiona. Walter tenía siempre guardadas en su armario algunas botellas de coñac, whisky y champán. Ésa podría ser al menos una alternativa. ¿Estarán allí todavía? Por otra parte, ¿quién iba a llevárselas?

Recorre el consabido camino al despacho de Walter a través de la secretaría. Lo familiar que había sido este pasillo todos estos años, y ahora tiene la sensación de que hubieran pasado siglos. Se detiene ante la puerta. Todo sigue como antes. La habitación irradia tal autoridad que uno súbitamente se siente pequeño. ¡Pero cómo lo conseguía!

Entra rápido, hacia el armario de la pared. No está cerrado con llave. El minibar queda oculto tras una puertecita. Úrsula la abre, luego se vuelve aterrorizada. Tiene la nítida sensación de que hay alguien detrás de ella. Sin embargo, está sola. No hay ninguna otra persona en la habitación. Saca deprisa una botella de coñac y una copa. Luego se sienta en el escritorio de Walter. Hasta ahora no lo había hecho nunca, y nadie más se ha atrevido a hacerlo. Se sirve la copa poco a poco. Úrsula bebe un trago y mira fijamente la foto con marco de plata que se encuentra sobre la superficie pulimentada y reluciente del escritorio. Es ella, poco después de la boda. Artísticos rizos adornan su cabeza, muy al estilo de los sesenta. Párpados de felino, profusamente pintados, igual que lo habían hecho antes Sophia Loren y Brigitte Bardot, y sonreía. En efecto, sonreía. Úrsula bebe otro trago. Su matrimonio. Qué era eso entonces. Una foto de hace treinta años.

Quizá Walter ni siquiera había notado que aquella mujer no existía ya. ¿Habría sido de otra forma si hubiera tenido los hijos que él le había prescrito?

Bebe un buen trago. La copa está ya medio vacía. Su mirada se detiene en los cajones del escritorio. Nunca había entrado en su esfera privada; sus cosas personales eran tabú para ella y para sus colaboradores. Jamás se hubiera atrevido nadie a abrir alguno de sus cajones sin su expreso consentimiento. Habría sido equivalente a una condena a muerte.

Apura de un trago el resto, luego mira a su alrededor. No hay nadie. ¿Por qué se resiste a creérselo sin más? Entonces tira con cuidado del botón metálico del cajón superior. Se desliza despacio hacia fuera, sin resistencia. Con un rápido movimiento lo vuelve a cerrar. ¿Ha visto bien? Delante, en el centro, hay un revólver. Ahora abre del todo el cajón. En efecto. ¿Para qué demonios necesitaba su marido un revólver? ¿Como juguete? No jugaba nunca. Lo que hacía tenía que estar al servicio de un fin. Tener sentido. ¿Acaso tenía miedo? *¿Él?* Toma la botella de coñac. ¿De quién? Se sirve, luego temerosa pasa la punta de los dedos sobre el arma. No puedo creerlo, piensa, y sin embargo ahí está. El metal le produce una fría sensación. Saca el revólver del cajón. ¿Lo compró para sí? ¿Estaba enfermo? ¿Incurable?

Le entra la risa, que acaba convirtiéndose en risa cumpulsiva. ¡Dios mío! ¡Qué estupidez! Intenta tranquilizarse, pero no puede dar crédito a lo que está viendo. ¿Fue su Walter un pobre cobarde en lo más profundo de su corazón? ¿Intentó toda su vida luchar contra ello con sus arriesgadísimas acciones?

Devuelve el arma a su sitio, luego se levanta poco a poco.

—Romperé tu exorcismo, Walter Winkler —dice en voz alta—. ¡Me mudaré aquí!

Lutz Wolff es un guaperas, y eso refuerza la impresión de Úrsula de que, a pesar de los buenos informes sobre su persona, no servirá para nada. En realidad está asombrada de que siga en Frankfurt en esta época del año cuando el tiempo es tan triste en la gran ciudad y no se dedique a la buena vida en un soleado St. Moritz.

Ella ha insistido en visitarlo en su agencia de detectives. Quiere saber en qué ambiente se mueve. Sin embargo, ha de reconocer que todo presenta un aspecto muy profesional. Se trata de un edificio de oficinas amplio y moderno en el centro de Frankfurt. «Detectives Wolff» ocupa toda una planta que está distribuida de forma generosa, con oficinas diáfanas. De las paredes cuelga arte moderno, los escritorios son de vidrio y acero, la luz la proyectan lámparas de diseño. Úrsula se dirige a través de la clara moqueta a uno de los ventanales que ocupan toda la pared.

—Me sorprende usted —dice tras el saludo—. Esta puesta en escena debe de costar una fortuna. Supongo que eso se verá reflejado en sus tarifas.

Él ríe.

—La vivienda es de mi madre. ¡Me lo descuenta de la herencia!

—Con el dinero de los padres se pueden hacer buenos negocios —replica ella con frialdad. Así que al final tenía razón.

—Oh, no. A excepción del alquiler familiar no hay aquí regalo maternal alguno. De lo contrario, cualquier día podría venir y volver a llevárselo todo. ¡Ese riesgo no quiero correrlo! —él continúa transmitiendo una alegre disposición.

—Ah, ¿entonces hay alguna fuente de peligro?

—¡Es rubia!

—Ajá, entonces puedo entender bien a su madre. ¡Las rubias corren como veneno por las venas de los hombres!

Lutz ríe abiertamente:

—Si se da el caso las presentaré a ustedes dos... Pero, ¿vamos ahora al negocio? —señala una gran mesa cromada y reluciente que se encuentra junto a una palmera—: Puedo ofrecerle algo? ¿Café? ¿Té? ¿Una copa de vino? Tengo a toda la gente de vacaciones, así que hoy soy el *self made man.*

Úrsula le describe en detalle la situación. Ha traído consigo la documentación correspondiente. Lutz Wolff escucha con atención, no para de tomar notas.

—Y, ¿qué le parece a usted? —quiere saber ella al final.

—Bueno, en realidad ya me puedo hacer una idea. Pero esto es sólo una hipótesis, y por eso preferiría no expresarla todavía. Déme tiempo, entonces lo averiguaré con exactitud.

—¿Cuánto tiempo?

—No se lo puedo decir. Según me enseña la experiencia, antes del seis de enero no habrá nadie con quien ponerse al habla. Y tengo que investigar a fondo y, sobre todo, en secreto. Así que no valdría de nada que ahora hiciera promesas apresuradas.

—Hum. Puede ser. Pero yo preferiría una fecha exacta. Digamos, por lo menos, una cita para informarme del estado de las investigaciones. ¿Qué le parece el catorce de enero? ¡Es un lunes!

—Bueno, bien. Por qué no. Entonces el catorce de enero, a las diez, aquí en mi despacho.

—¿Cómo va a cobrar usted? ¿Acordamos un tanto alzado sobre la base de unos honorarios en caso de éxito?

Él sacude la cabeza con determinación.

—Oh, no. Le voy a dar nuestras tarifas. Nosotros trabajamos con honorarios por horas y días, dietas aparte. ¡De otra forma no puede ser!

—Mi departamento legal preparará un contrato.

—¿Quiere que trabaje para usted o no?

Úrsula vacila. Luego asiente:

—¡Sí!

—¡Entonces, por favor, acepte mis condiciones laborales!

Su ceja izquierda se contrae. Úrsula lo mira fijamente.

—¿Alguna cosa no está bien?

—Es que... No, no es nada. Una casualidad, nada más. ¡Bueno, nos vemos el catorce de enero a las catorce horas bajo sus condiciones laborales!

—¡A las diez!

—¡Sí, a las diez! ¡A las diez!

En el ascensor se mira el rostro en el espejo. Qué pasa contigo, se pregunta. Walter está muerto. Y si se encogen mil cejas, la suya y la mía y las de la plantilla al completo, eso no quiere decir nada. Él está en su ataúd, pudriéndose ¡y su ceja izquierda con él!

En la nieve

Mañana de San Silvestre y Úrsula está inquieta. Qué va a hacer con este día. ¿Dejar que salten los corchos del champán a medianoche? ¿Irse a dormir a las diez? ¿Salir a comer?

Se prepara un té de menta y se sienta a tomarlo en el salón. El tiempo está desquiciado. Graniza, medio nieva, medio llueve. Se levanta y se acerca a la ventana. Ahora tienen que estar bonitas las montañas. Allí nevará de verdad, grandes y esponjosos copos de nieve. ¿Cuándo fue la última vez que estuvo en la montaña en invierno?

Piensa. Walter no fue esquiador. Iban a la montaña sólo cuando se podía trepar por los senderos de alpinismo. La mayoría de las veces al final del verano, poco antes de que llegaran las tormentas otoñales. Éstas devolvían a Walter a la vela.

Ludwig hablaba con frecuencia del invierno en los Alpes. A veces pasaba todas las fiestas allá arriba. Ella intenta recordar. Pero no le viene a la memoria el lugar y mucho menos el hotel.

Resuelta levanta el teléfono y marca su número. Por primera vez desde la muerte de Walter. En caso de que esté, tal vez podrá darle un consejo. Mira el reloj. Las nueve pasadas. Tendría tiempo suficiente. Ropa abrigadita para tres días, no habría ningún problema.

—Fehr.

Cielos, está en casa.

—Winkler. ¡Buenos días, Ludwig!

—Oh, qué sorpresa. ¡Iba a llamarte yo ahora mismo!

—¿Sí? ¿Y por qué?

—Bueno, esta noche doy una pequeña fiesta de fin de año y quería preguntarte si a lo mejor tendrías ganas y tiempo...

Desde luego, se te ha ocurrido pronto, piensa Úrsula.

—Muy amable por tu parte. Pero me sorprende que estés ahí. ¿No estabas todos los años por estas fechas en los Alpes?

—Tienes razón. Pero por el momento allí arriba no hay nieve de verdad, y cuando las masas se agolpan en las pistas de nieve artificial, ¡no me gusta nada!

Pero a mí sí.

—¡Entonces muchos habrán cancelado sus reservas!

—Puede ser. ¿Por qué?

—Estaba pensando si irme a los Alpes. Pero no sé adónde, porque no los conozco. ¿Adónde ibas tú siempre?

—A Zürs del Arlberg. El hotel se llama Edelweiß. Habitaciones muy peculiares y un paisaje muy bonito. Y buena gente en su mayor parte. Sólo que no creo que tengan aún algo libre. Pero naturalmente puedes probar. Espera un momento, te busco el número.

La voz suena joven y amable por el teléfono, aunque determinante:

—Lo siento, pero estamos al completo desde hace semanas.

—Qué lástima. ¿Sabría usted de otra posibilidad?

—Lo siento, no puedo ayudarla en eso. Tendría usted que llamar a la oficina de turismo. Pero que hoy...

—¿Le puedo dejar mi número? Quizá haya todavía algún cambio.

—Desde luego —se escucha al otro lado, aunque en un tono capaz de desanimar al más optimista del mundo. Úrsula deja el número a pesar de todo y luego se prepara un segundo té de menta.

La ceremonia debería tranquilizarla, pero no lo hace.

Deambula de aquí para allá como un tigre enjaulado.

No va a ir a casa de Ludwig esta noche, eso está decidido. Qué se le ha perdido allí. Además, qué frescura hacer como si hubiera querido invitarla. Lo más probable es que la hubiera olvidado sin más. O es que una señora Winkler es incapaz de hacer vida social sin un señor Winkler. Léase: no deseada. O también: ¡sobrante!

Nunca hasta ahora había percibido así su nueva situación.

¿No vale nada una mujer sin su marido?

Qué clase de actitud es ésta.

Junto a su marido vale por lo menos como un hombre.

¡Si no más!

Vuelve a la cocina.

Bueno, en principio quería pasar las Navidades durmiendo. Esta fiesta cursi y sentimental. Pero San Silvestre significa la llegada de un nuevo año.

No se puede comparar.

Y no se puede pasar por alto sin más. Mucho menos en su situación.

Eso ha de vivirlo muy despierta.

El nombre lo dice todo.

Si no se le ocurre otra cosa, puede a ir a la ciudad y ver cómo la gente derrocha su dinero.

Entonces a lo mejor se le ocurre cómo recuperar sus 4,2 millones cancelados.

Entonces le viene a la mente Willy Waffel.

Primero la gran bocaza, después no vuelve a saberse nada más de él. Se quedó en el anuncio de la oferta. No debería haberlo interrumpido entonces al teléfono. Tenía una cantidad en la punta de la lengua. Si entretanto se ha enterado de las cancelaciones, podría intentar presionarla con el precio.

Irrelevante.

Se traslada con su taza de té al salón.

No va a vender en ningún caso. Así que Willy Waffel le da completamente igual.

Suena el teléfono.

Un lamentable accidente de esquí deja una habitación libre en el hotel Edelweiß.

—Qué suerte —dice Úrsula. Enseguida prepara todo y sale corriendo.

Hasta el túnel Amberg cerca de Feldkirch las carreteras están más o menos secas. Cuando atraviesa la montaña, al otro lado la recibe un mundo completamente diferente. La autovía está llena de nieve, el coche que la precede empieza a patinar y da media vuelta.

Lo que le faltaba, que la torpeza de ése bloquee el camino que aún le queda por recorrer.

El que la precede se desliza patinando hacia la derecha, atraviesa silbando las líneas guía y queda atascado en dirección contraria.

Por lo menos está fuera del camino.

Úrsula prosigue con cuidado.

Ha tardado más tiempo del que había previsto. Ha oscurecido ya, no llegará arriba antes de las seis. A pesar de que en el mapa parece estar justo al lado.

Cada vez nieva más, Úrsula ve un solo quitanieves y va en el otro sentido.

No es ninguna experta conductora de coches en invierno y, a pesar de la tracción en las cuatro ruedas, se siente insegura en su vehículo. Le parece como si fuera pisando huevos. En cualquier momento puede suceder algo, el coche puede derrapar.

Consigue llegar hasta Klösterle. Pasado este túnel los que van delante se detienen y ponen cadenas. No había pensado en ello y, además, no tiene.

En Langen repara en los letreros: uso obligatorio de cadenas para el Arlberg.

Una obligación que no puede cumplir no es ninguna obligación para ella. De alguna forma se las arreglará.

Los conos de luz de los coches que la preceden parecen ascender ahora por una pared vertical. Es endemoniadamente empinada. ¿Lo conseguirá ella? Úrsula no conoce el camino a Zürs, nunca estuvo allí. Pero sólo pueden quedar ya unos pocos kilómetros más. Renunciar poco antes de llegar a la meta no se corresponde con su estilo. Continúa el camino.

En algunos tramos las ruedas patinan de manera peligrosa. En la larga recta que viene tras las serpentinas se cruza con un coche que va a la velocidad del caracol. Cuesta abajo parece aún peor.

—Demuestra lo que sabes —le dice Úrsula a su coche, pues en absoluto le apetece quedarse atascada aquí, en medio de la nevada, en una estrecha carretera. Consigue llegar hasta el desvío. El paso del Arlberg recto; Zürs y Lech a la izquierda.

—Conseguido —dice, tuerce impulsiva y acelera para el trecho final, el coche se atraviesa. El corto y escarpado trayecto que sigue al desvío es puro hielo. Patina hacia atrás hasta la isleta.

—Mierda —grita. El choque no es muy brusco, una pequeña muralla de nieve la retiene. Ha quedado atascada. Las ruedas patinan, el coche no se mueve ni un centímetro hacia adelante ni hacia atrás. Maldita sea, ¡el próximo que venga seguro que le da por detrás! ¿Debe bajarse? ¿Y luego qué? Busca en el salpicadero el intermitente de aviso de peligro. No lo ha utilizado nunca. Qué situación más desagradable, quedar atrapada así, sin recursos, en la nieve. Qué idea tan estúpida la de ir a Zürs en coche. Golpea el volante con el puño, pero eso tampoco sirve de nada.

Tendrá que llamar para que la rescaten.

¡Ella!

Úrsula Winkler, jefe de ciento veinticuatro hombres y mujeres. Dueña de propiedades valoradas en millones. Señora de carreras y puestos de trabajo.

Está sencillamente atrapada en la nieve.

Pegada a una cuneta.

¡Inconcebible!

Lo que más le gustaría es disolverse en el aire y volverse a materializar en su salón.

Permanece furiosa en su asiento durante un tiempo. El coche se enfría rápido. Pero como la mitad trasera del vehículo y con ella el tubo de escape están sepultados bajo la nieve, no se atreve a darle marcha. Lo que faltaba ahora es que todos los gases fueran desviados al interior y se viera mañana frente a Walter.

Seguro que tendría algo que decir en relación a las cancelaciones.

¡Y sobre la vela mayor deteriorada!

¡Walter!

¿Qué habría hecho Walter en semejante situación? Hubiera intentado liberar el coche de alguna forma. Úrsula se pone el plumífero. Tiene que sujetarse en la puerta, el suelo está terriblemente resbaladizo. Y la oscuridad es absoluta.

Intenta quitar la nieve con las manos desnudas. Pero no tiene sentido. Se echa el aliento en los dedos helados. Sola no lo conseguirá nunca.

Entonces se aproximan por detrás dos faros de coche. Ella se vuelve en esa dirección. Poco después un Jeep se detiene al lado.

—¿Qué? ¿Problemas?

Un rostro redondo de varón se asoma por la ventanilla.

—¿Qué le hace pensar eso? —responde Úrsula.

—¡Era de suponer! —el hombre mete la cabeza, arranca y se marcha.

—Idiota —lo insulta—. ¡Chulo! ¡Imbécil! ¡Qué te has creído! —vuelve a sentarse en el gélido coche.

Matrícula de Frankfurt. ¡Y además eso! Se ha quedado perfectamente con ella. F-W-666.

Sigue nevando sin parar, por lo demás la zona parece como muerta.

Tal vez hayan cerrado la carretera, piensa Úrsula. Por peligro de aludes, podría incluso ser el caso. Entonces puede ir preparándose para una noche larga. Si al menos supiera a qué distancia queda Zürs. Quizá hasta podría ir a pie.

Dos faros perforan la oscuridad. Es el autobús de un hotel que se detiene junto a ella.

—El coche no puedo remolcárselo —gruñe el conductor—, pero la puedo llevar a usted. Mañana encarga que se lo recojan.

A Úrsula le parece fantástico.

De este modo no es preciso que se siga preocupando por el coche abandonado.

Rápidamente recoge su equipaje y sube.

Dos parejas de su edad se encuentran ya en el autobús. Le hacen sitio.

—¿Hacia dónde va usted?

—Al Post, a Lech —responde el conductor—. ¿Adónde tiene que ir usted?

—¡A Zürs, Hotel Edelweiß!

—¡Eso está de camino, la dejaré allí!

—¡Muchas gracias! —Úrsula respira hondo.

—Ha tenido suerte —comenta el caballero que está junto a ella.

—Sssíii, según se mire...

—Por esa razón venimos todos los años en tren, nos recogen en la estación de Langen y ¡no tenemos que vérnoslas con carreteras deslizantes!

—Buena idea —responde Úrsula. Ella no es muy amiga de viajar en tren, pero cómo va a meterse en una discusión semejante.

—Una sola inquilina en la casa, y no se tienen más que problemas con ella —escucha decir a una mujer que va detrás—. Lo atasca verdaderamente todo. Son viviendas de sólo dos y tres habitaciones, pero como propietario cuando uno va una vez al año, no le gusta estar tropezando continuamente contra algo. Ahora además ha puesto un columpio en el jardín. ¡En nuestro jardín compartido, entiéndase bien! Me enfadé mucho con las cosas que se permite esta persona. En la reunión de propietarios todos eran, gracias a Dios, de mi opinión. Ahora está con el resto de los trastos detrás de la casa. Madre soltera. ¡Cada vez que lo escucho!

—A mí también me parece que lo mejor es encerrar a los niños en un armario —se inmiscuye Úrsula. Esta gente le agrada. Lástima que ella no haya reservado también en el Post. Seguro que hubiera sido divertido.

Se hace un breve silencio en el autobús.

Ve los ojos del conductor por el espejo retrovisor.

Le habría encantado echarla fuera.

Entonces dice la bien alimentada mujer que está junto a ella:

—Realmente no se puede consentir todo.

—Bien, bien —apacigua uno de los hombres—, tiene la vivienda más pequeña de todas. ¡Dos habitaciones! Y es la única de nosotros que en realidad vive allí. ¡No podrá amontonarlo todo en la habitación de los niños: las cajas con las botellas de agua mineral, los monopatines, las bicicletas! ¡No le queda más sitio a la pequeña!

—¡Quia! —se vuelve a rebelar la primera—. ¡Eso no nos incumbe a nosotros! Eso es problema suyo. ¡Si no hubiera tenido hijos tendría espacio suficiente!

—Los inquilinos son verdaderamente una plaga —la apoya Úrsula—. Lo mejor sería que pagaran su alquiler y se hicieran luego invisibles. Mi marido esto ya lo...

—¡El Edelweiß, por favor! —la interrumpe el conductor.

—Oh, gracias. Lástima, sí entonces... —Úrsula desciende, el conductor le alcanza el equipaje. Le da un billete de veinte marcos. Una fortuna, le parece a ella, para un hombre de los Alpes.

Él la mira y mueve lentamente la cabeza.

—No estoy tan necesitado como para que me tenga que dar limosna.

Úrsula no acaba de entender la situación, pero se vuelve a guardar el billete. Se lo ha ahorrado, ¡tampoco está mal!

La deja con su enorme maleta rígida en medio de la carretera y acelera.

Cabeza de alcornoque, lo insulta Úrsula, e intenta arrastrar la maleta hasta el otro lado de la carretera. Pero la capa de nieve es muy irregular, la maleta va dando tumbos sin parar. A final la levanta por el asa. Empieza a notar el sudor por debajo del plumífero; poco antes de llegar a la entrada tiene que dejar el equipaje en el suelo. Decide entrar y llamar a alguien de la recepción. Entonces repara en un coche que aparca chirriando y atravesándose delante de la puerta. Es un Jeep-Mercedes con la matrícula de Frankfurt F-W-666. A Úrsula se le desfigura el rostro.

Muy bien.

¡Enseguida le podrá echar un sermón!

En la recepción hay varias personas. Algunas ya están vestidas de fiesta, otras aún con el traje de esquí.

—Tengo una reserva —dice—. ¡Winkler, Úrsula Winkler!

—¿Winkler? —responde una incrédula voz de hombre.

Ella se vuelve sorprendida.

Detrás se encuentra Willy Waffel.

—¡¡¿¿Usted??!!

Sólo atina a mirarla con los ojos abiertos de par en par.

—¿Es suyo el Jeep que está delante de la entrada?

Una muchacha delgada y rubia pregunta con descaro:

—¿Por qué? ¿Interrumpimos el paso?

Ajá, así que es esto, piensa Úrsula. La pequeña te viene un poco holgada. ¿Pero no está casado el caballero?

—¿Es usted su hija? —pregunta inocentemente.

Ella se ruboriza, él carraspea.

Tocado, piensa Úrsula y sonríe irónica.

—Interesante —comenta Úrsula mirándolo.

Esto puede resultar divertido.

Luego rellena su formulario de inscripción mientras un joven recoge su maleta.

Es evidente que le ha fastidiado a Willy Waffel la fiesta de fin de año. Él intenta permanecer lo más lejos posible del campo de visión de ella, lo que no resulta sencillo ya que todos están en el mismo salón para la cena de Nochevieja. La querida de Willy lleva un vestido negro de lentejuelas corto y muy ajustado. Descubre más de lo que deja intuir. Willy configura el perfecto contraste. Lo único reluciente en él son sus zapatos de charol. Lo demás ha debido de desesperar al sastre. Pero es sabido que el dinero embellece.

Úrsula disfruta por haber puesto a Willy Waffel en una situación embarazosa. A saber a qué isla del Caribe ha desterrado a su mujer para tener vía libre. Y luego va y aparece precisamente ella. Tiene que estar reventando de ira.

Comienzan a servir los aperitivos. El maître ha dispuesto un sitio para Úrsula en una larga mesa. Eso le parece bien, así no estará sola. Sorprendentemente hay mucha gente joven, y ella se pregunta cómo pueden costearse un hotel tan caro. ¿Cómo lo decía Lutz Wolff tan bien? Se descuenta de la herencia.

Ella no tiene a nadie a quien dejar algo en herencia. Tampoco quiere dejar nada en herencia. Se ha matado trabajando para ello. Y ha pagado. ¡Sobre todo eso!

Úrsula elige un vino añejo y noble. Es el más caro que puede ofrecer la carta de vinos. Sólo unas pocas horas, entonces su vida comenzará de nuevo. La duodécima campanada es suya.

Su vecino de mesa se esfuerza por integrarla. Ella no sabe mantener una conversación sobre pistas y esquí, le están dando toda clase de consejos para pasar los próximos días como no esquiadora. No puede dejar de ir en trineo de caballos de Lech a Zug. Allí, en la original hostería Auerhahn, se encontrarán mañana todos. No debe dejar de venir.

A Úrsula no le gusta tanta amabilidad. Le provoca desconfianza. ¿Qué es lo que quieren de ella? Decide no ir hasta allí. Pensará alguna otra cosa. Para ella sola.

Poco antes de las doce ve cómo Willy desaparece con su tesorito de la mano. Poco a poco se van reuniendo todos los huéspedes delante de la entrada. Úrsula se ha puesto por encima su visón y se suma al grupo. A Willy Waffel no consigue descubrirlo por ningún lado. Su Jeep se encuentra perfectamente alineado en el aparcamiento del hotel. Lástima que nunca le interesaran los coches, de lo contrario sabría ahora dónde se le puede cortar el circuito de los frenos a un vehículo así. La ofensa de dejarla tirada en medio de la carretera no se la piensa perdonar. «No enfadarse, sino devolver con creces», eso parece que escribieron los Kennedy en el escudo de la familia.

Las doce en punto, apretones de manos por doquier, todo el mundo tiene a alguien con quien brindar. Ella no. ¿Cómo fue en todos los años precedentes? ¿Brindó alguna vez con Walter a medianoche mirándolo profundamente a los ojos? ¿Le agradecía él el año transcurrido y le hacía promesas para el nuevo? No puede recordarlo. Tampoco puede representárselo. Más bien no.

Entra al bar. Un empleado circula con una botella de champán gigante y va llenando las copas.

—¿De dónde viene esto? —quiere saber Úrsula.

—Las primeras las paga la casa, las siguientes los clientes.

Esa especie de socialismo no le agrada a Úrsula en absoluto. Ella misma quiere decidir a quién invita y de quién acepta una invitación. Toma su copa y se va a la cama.

Presentimiento

En Oberlech, en el Goldenen Berg, se lo ha recomendado el director del hotel, siempre hay «movimiento». Quizá quiera decir que señoras solitarias y maduras como yo también pueden llevarse a alguno, supone Úrsula, pero sin embargo sigue su consejo. Mejor encontrarse entre la masa anónima que tener que soportar confidencias *tête-à-tête* en estrechas tabernas alpinas.

Tras un desayuno tardío se pone en camino. Su coche ya se encuentra delante de la puerta, las llaves las dejó anoche en recepción para que se lo remolcaran, la factura va con la habitación. Lo deja aparcado y toma un taxi hasta Lech. El sol se atreve a salir, la nieve refulge, y la clarísima luz le hace daño en los ojos. Hace una escala en la tienda de ropa más próxima para comprarse unas gafas de sol, y apenas da crédito a sus ojos. Un ascensor acristalado recorre las plantas, todas recubiertas de madera clara. Camina muy despacio. Allí se puede conseguir todo, desde un body de encaje hasta unas botas de esquí forradas, ¡pero a qué precios! Está espantada. En cambio, en la calle Goethe de Frankfurt, siempre está todo a precio de saldo.

En la planta superior, en la sección infantil, ve cómo una madre equipa a su hijo de cuatro años, contra su voluntad, con artículos de marca, luego desanda el camino lentamente. Piensa que le vendría bien un té en la barra del pequeño bar, entonces escucha una chillona voz de mujer.

—¡Oh sí, tesoro, esto es maravilloso! ¡Sencillamente magnífico! ¡Fabuloso! ¡Como hecho para mí! ¿No te parece?

Impresionada por la estridencia de la voz Úrsula busca con los ojos, en la sección femenina que se halla enfrente, a su propietaria.

Se trata del ligue de Willy Waffel.

Ante él, embutida en un traje de esquí de reflejos plateados de los pies a la cabeza, se pone de puntillas, gira delante del espejo, contonea las caderas, baila alrededor del gallo vejestorio hasta que éste no puede más. Asiente.

La vendedora trae los accesorios imprescindibles. El jersey para llevar debajo, los guantes, la cinta para la frente, las gafas de sol, todo a juego. Ya no se le ocurren más cosas.

La gacela da gritos de alegría.

—Oh, me lo llevo todo puesto —y escoge entonces, animada, una segunda prenda. Se coloca por delante una pieza negra reluciente y se vuelve hacia Willy que se halla dentro de un clásico traje de esquí azul oscuro.

Ahora le entra el pánico.

La vendedora le entrega la cuenta, él coge del brazo a su rubita y se la lleva consigo abajo, a la caja.

Úrsula lo ha observado todo en detalle. Ahora le ha entrado la curiosidad. Busca prenda tras prenda y suma las cifras. Al final llega aproximadamente a los cuatro mil marcos.

No es de extrañar que Willy tuviera tanta prisa, sonríe irónica para sus adentros.

El viejo parece ganar mucha pasta.

¿Irá bien de verdad su empresa?

Ella abandona el almacén con unas gafas de sol nuevas y un discreto gorro de lana con un tanto por ciento de angora.

Se imagina a Walter ante la escena que acaba de presenciar.

Seguro que le habría dado un ataque.

De no haber habido otro argumento en favor de que prefiriera a su desteñida esposa frente a una rubita, éste ya habría sido uno.

Úrsula se detiene brevemente y contempla a la multitud en la ancha pista, luego se va a Oberlech en tren. Nunca había estado tan cerca de los esquiadores, piensa mientras remonta el último tramo de nieve. Es un mundo muy peculiar. Una mezcla de deporte y diversión, de ver y ser visto, de despreocupación y búsqueda de pareja. Una muchedumbre palpitante la recibe en la enorme terraza del Goldenen Berg, una banda caldea el ambiente, y el alcohol a raudales hace el resto. Úrsula se hace un sitio. Ahora está allí, ahora también ella quiere ver qué pasa. Consigue, gracias a su tenacidad, agenciarse un taburete junto a la barra de madera. Se sienta con un suspiro de alivio y mira a su alrededor. Rostros sonrientes, gestos exagerados, calientes flirteos. Gritando pide un vino caliente, el único modo de hacerse entender en medio de este tumulto; le ponen dos, pero no protesta. Úrsula se descubre una nueva faceta.

Bebe a pequeños sorbos, procurando siempre de que alguien no le dé con el codo en el brazo o alguna otra parte del cuerpo. Tarea nada fácil, pues tras ella bailan rock and roll apiñados alrededor de cien esquiadores. Se gira, contempla la multitud, los cuerpos oscilantes, se ve dudando una y otra vez entre el rechazo y la diversión. Algunos hacen esfuerzos verdaderamente increíbles por llamar la atención de algún modo. Se destacan por encima de la masa unos brazos plateados que apuntan al cielo siguiendo el compás. Mira con mayor detenimiento. Por un momento se abre ante ella la muralla de parejitas; Úrsula ve lo que ya suponía, la rubita hace valer sus encantos. Sólo que Úrsula desde su taburete no alcanza a distinguir con o contra quién. La banda sigue caldeando de lo lindo el ambiente, luego hacen un descanso.

La rubita avanza directamente hacia Úrsula, y ésta se aparta espantada; luego comprende el motivo. Sólo tres taburetes más allá se encuentra Willy, insignificante, pequeño y gordo en medio del distinguido alboroto. Se abalanza sobre él gesticulando exageradamente. Él hace una mueca agria, Úrsula supone unos celos muy de andar por casa y se agazapa tras los hombres que tiene delante. No quiere que la vean. La rubita besa a su desconfiado promotor, y él habla con ella. Sería interesante saber qué le estará diciendo, piensa Úrsula y calcula cómo podría aproximarse a ellos. Para su sorpresa el taburete más próximo queda libre, se cala un poco más el gorro y se desliza hacia allí. Luego los espía de reojo por encima del hombro. Willy Waffel ahora está detrás de ella, a un lado, coge del brazo a su gatita con el traje de cuatro mil marcos. Ella lo mira haciendo pucheritos rojo granate.

—No, ratita, tienes que esperar un poco. Mi mujer no puede enterarse todavía...

Ajá, piensa Úrsula, ya me lo imaginaba. Aparta su rostro, con un leve giro a la derecha, del campo de visión y agudiza el oído.

—¡Pero me lo has prometido! —la vocecilla infantil suena acentuadamente desobediente.

—Aún no es el momento. Tú sabes que te quiero...

—¡Entonces regálame por lo menos el apartamento! Sabes perfectamente que de lo contrario ya no podrás visitarme. Mis padres preguntan sin parar...

Bueno, bueno, un apartamentito, Úrsula sonríe irónica para sus adentros. Vaya, Willy, viejo charlatán, ¡ahora estírate un poco!

—Me casaré contigo, ¡te lo he prometido! Pero tienes que esperar un poco...

Claro, claro, asiente Úrsula en silencio.

—Llevas diciéndolo desde hace medio año. ¡¡¡Cuánto tiempo más tengo que esperar!!!

—Ratita, chissst, estoy haciendo el negocio de mi vida. Cuando lo haya arreglado, todo será perfecto. Entonces me separaré enseguida y tendremos el dinero para nosotros. Mi mujer no sabe nada de esto. Pero primero tengo que engancharlo, compréndelo. ¡Eso no se hace de la noche a la mañana! —su voz suena sugestivamente suave—: Mira, te compraré todo lo que quieres tener...

—Sí, ya lo sé mi pequeño osito de peluche —dice ella con voz edulcorada, y a Úrsula se le salen los ojos de las órbitas—. A cambio yo también te regalo un conejito pequeño y dulce. ¿No te he mimado esta noche? ¿No se puso tu rabito muy cachondo conmigo? ¿No he galopado sobre ti con ligueros y zapatos de tacón? ¿No te he puesto los huevos bien duros? ¿No te he follado maravillosamente?

Úrsula no da crédito a sus oídos. ¿Esto sale de esa pequeña boquita roja de niña? ¿Palabrería de niñita pequeña para el tío mayor? Vuelve a mirar hacia atrás a hurtadillas. Las pupilas de Willy Waffel se han dilatado y la manita de la rubia está sin ningún complejo sobre sus pantalones. Justo en el centro.

Willy ya no dice nada.

Y si lo hace, Úrsula ya no puede oírlo.

Lástima.

Estaba entretenido.

An a Wunder hab i glaubt canta la banda a cuatro voces, y Úrsula disloca discreta el cuello en dirección a la pareja. La rubita le está enseñando el ritmo a su osito de peluche en estrecho abrazo. Cuando estén de vuelta en casa, él le habrá regalado no sólo un apartamento sino su empresa entera. Úrsula sonríe maliciosa. Una puta tan calculadora... se la regala al viejo pellejo. Con su acto heroico en la carretera quería impresionar a esta mozuela. Toma el segundo vaso, pero lo suelta de golpe. El vino caliente se derrama, le cae ardiente entre los dedos, gotea sobre la madera. Ella ni lo nota.

Una idea repentina la deja petrificada.

Luego se repone, sus ojos se han convertido en pequeñas ranuras.

Se vuelve en dirección a Willy Waffel.

Ya no está allí.

Los bamboleantes cuerpos humanos han vuelto a cerrar el agujero.

Úrsula se levanta.

Tiene que localizar un teléfono lo más rápidamente posible.

Cuando está bajando cae en la cuenta de que no ha pagado. Se le ha olvidado por completo.

Difícilmente puedo hacer una transferencia, se dice, y además de todos modos el servicio ha cometido una falta. Sólo había pedido *un* vino caliente. El que la hace la paga.

SOSPECHA

No resulta tan fácil localizar a Lutz Wolff desde Austria. No está en la oficina, donde salta el contestador automático. Deja grabada su dirección actual, la fecha y la hora. Luego lo intenta a través de información. Tiene una línea secreta. Quiere que le den los números de todos los Wolff de Frankfurt. Apenas son ochenta. Sin contar los apellidos dobles. A esos Úrsula los aparta, sin embargo, pensando en la madre de Lutz Wolff. La señorita de información es lenta y está cansada y además sólo puede darle tres números cada vez, luego vuelve a colgar. Úrsula, sentada en su cómoda habitación, promete no volver allí de vacaciones jamás. Al menos sin la guía telefónica de Frankfurt.

Decide comenzar con veintiún números de teléfono. Posiblemente la suerte le sea propicia y la señora Wolff se encuentre entre ellos.

En los primeros tres números no responde nadie. El cuarto está custodiado por un contestador automático. El quinto encuentra a una anciana señora ante una estufa que se alegra de que su familia no la haya olvidado por San Silvestre y que vuelve a colgar decepcionada. El sexto pertenece a un señor Wolff que supone que tras la llamada se oculta una broma pesada de su ex esposa y ruge por teléfono.

—¡Ya lo tienes todo, qué más quieres!

Los dos siguientes están mudos. Úrsula duda de que la tarea tenga algún sentido. Probablemente mamá Wolff e hijo celebran en alguna parte el ocaso de las rubitas. Y a cambio mamá Wolff le promete a su hijo otro adelanto de la herencia.

Úrsula trae una botella de agua mineral del minibar.

Es tiempo perdido, piensa mientras la abre. Hasta que llegue a telefonear a todos, se habrá hecho de noche, y entonces tampoco sabré si la señora Wolff se encontraba o no entre ellos. No obstante no puede, por amor a las cosas bien hechas, abandonar tan fácilmente. Marcará los restantes trece números y luego se irá a la sauna. Mañana estará de nuevo en Frankfurt, por tanto, qué importancia tiene.

Va marcando uno a uno todos los teléfonos de la lista con cierto desánimo.

Algunos se muestran amables, la mayoría, sin embargo, corta enseguida. Se huelen una trampa. Teléfono erótico, venta por teléfono, tanteo de una posibilidad de robo de la casa. Úrsula de pronto se ve como si fuera una vendedora ambulante y no le apetece proseguir. Sólo dos más y habrá acabado por fin. Una voz masculina consiente que le expliquen todo en detalle. Pregunta dos veces. Úrsula está a punto de colgar, no siente vocación de acompañante, entonces la voz dice de repente:

—Ya sé a quién se refiere. Está hablando de mi cuñada, Margarete Wolff. Tiene un número secreto. Y no sé si puedo dárselo a usted así sin más —Úrsula suspira interiormente. Los ochenta números en su totalidad no le hubiesen reportado nada. A excepción de una buena factura de teléfono.

—¿Le puedo hacer una propuesta?

—Sí, cómo no.

—¿Podría usted llamar a su cuñada y dejarle mi número para su hijo? Él mismo puede decidir entonces si quiere o no llamarme.

—Sí, pero Lutz se ha ido con su novia a esquiar unos días. Al menos eso tenía previsto si no me equivoco.

—¡Maravilloso! —se le escapa a Úrsula—. ¿Y adónde?

—Al Arlberg. Como siempre.

—Bueno, eso me viene de perlas. Precisamente ahí estoy yo también. ¿Me podría decir más exactamente dónde?

—Eso se lo dejo ahora a mi cuñada. Estoy seguro de que la llamará.

Úrsula permanece en su habitación y está indecisa. ¿Cuánto tiempo debe esperar? ¿Deja un aviso en recepción y se va a la sauna?

Se pone el traje de baño y se tumba en la cama con el albornoz del hotel. Se dedica entonces a analizar todos los detalles de la pintura de la pared que tiene enfrente. Al final podría trazar el motivo con los ojos cerrados, pero el teléfono sigue sin sonar.

Mira el reloj.

Lleva ya dos horas tirada allí. Y todavía no ha conseguido nada. Se levanta para marcharse y entonces suena. Úrsula descuelga deprisa.

—¿Winkler?

—Lutz Wolff, buenos días, señora Winkler. ¿Quería hablar usted conmigo?

—¡Sí! ¿Pero dónde está usted?

—En Frankfurt, en mi casa.

—Ah ya. Su tío pensaba que quizá estaría con su novia...

—Sí, eso es lo que teníamos proyectado. Pero ha habido algunos imprevistos.

¿Habrá cambiado de protector la pequeña rubia peligrosa? Úrsula rechaza pronto la idea. No se imagina a Lutz con una rubita como la novia de Waffel. De lo contrario tendría que cambiar inmediatamente de agencia de detectives.

—Bueno. Me he topado aquí por casualidad con algo que me da mucho que pensar. No sé todavía si voy en la dirección correcta, pero me temo que sí.

—Yo tengo también una novedad. ¡Pero cuente usted primero!

—¿Le dice algo el nombre de Willy Waffel?

—Embalajes-Waffel. Sí, desde luego.

—El señor Waffel casualmente está en el mismo hotel que yo. Y tiene con él a una chica muy cara que va a por todas. El señor Waffel necesitará en breve mucho dinero. Hoy me he dedicado a espiarlo y le oí decir a voz en grito que próximamente —cito— «haría el negocio de su vida».

Calla un momento y luego añade:

—Es fácil de suponer que el negocio soy yo.

Escucha un carraspeo breve y seco. Su detective responde entonces:

—Yo lo confirmaría.

Úrsula vacila un momento.

—¡¿Cómo?! —pregunta luego, pues en realidad aún no estaba convencida de su propia sospecha.

—Willy Waffel está sembrando intranquilidad en el sector llamando a sus clientes e intentando quitárselos. Con ofertas ridículamente bajas que van más allá de meros precios dumping.

Úrsula traga saliva.

—¿Qué meta persigue con eso?

—La quiere desecar y acto seguido comprar barato. ¡Entonces tendría todo, su empresa y su clientela, a un precio regalado!

—Es diabólico —dice Úrsula—. ¡Éste es peor que yo! ¡Un monstruo! ¡Imagíneselo! A mí, a mí me quiere arruinar. ¡La empresa de mi marido! ¡Construida durante treinta años! ¡Inconcebible! ¡Lo mato! —se deja caer sobre la cama—. ¡Creo que necesito un trago!

Úrsula respira hondo.

—¿Cómo se ha enterado? Quiero decir, ¿está usted seguro?

—¡Señora Winkler! Si le digo una cosa así puede suponer que es ciento por ciento como le digo. ¡Yo también tengo mi honor! ¡Y tenemos un buen nombre como usted bien sabe!

—¡Sí, sí, desde luego! Sencillamente estoy desconcertada. ¡Y sorprendida por su rápido éxito!

—¡Sssíii, cuando me ocupo de algo, casi siempre salen cosas a la luz! —su voz suena orgullosa, intercala una estudiada pausa—: Por cierto, se entiende que no le puedo revelar mis fuentes. Tengo mis contactos —también deja que esta información surta su efecto antes de que su voz vuelva a adquirir un tono neutro. Mientras tanto los pensamientos de Úrsula se precipitan—. Algo que sí es importante para usted, señora Winkler, Willy Waffel ha de tener un confidente en su empresa. Puede ir pensando ya quién podría ser...

—¿Un confidente? ¿Quiere usted decir que tengo un traidor en mis filas?

Úrsula se agarra la cabeza.

—¡Esto se pone cada vez mejor! —repasa deprisa los nombres del personal que podría estar implicado—. ¿Lo sabe usted ya? —pregunta ella al final.

—No. Tengo una sospecha, pero prefiero no decir nada hasta que no sea fundada.

—También yo tengo una sospecha —replica Úrsula—. Tal vez debería decirme lo que piensa y entonces le diría lo que pienso yo. Podría ser que pensáramos lo mismo —intenta sonsacarle un nombre.

—Puede ser que pensemos lo mismo. ¡Pero eso no quiere decir aún que estemos en lo cierto!

Cielos. Desde luego que no es esto lo que esperaba, pero el joven tiene estilo. Eso le gusta.

—Tiene usted razón. Mañana por la tarde estoy de vuelta en Frankfurt, ¿podríamos vernos pasado mañana?

—¿El domingo?

—Tiene que ser rápido. Si Willy Waffel me está quitando mis clientes, cada día cuenta. Esperar a nuestra cita del catorce de enero podría ser ya demasiado tarde. ¡Lo mismo a las diez que a las dos!

—Bien. Tenemos que preparar una estrategia. Pero todavía no le diga nada a Waffel. Primero necesitamos pruebas y no las tenemos aún. Por ahora sólo se puede demostrar que dos de sus clientes han cancelado los contratos por una oferta mejor. Eso no es suficiente.

—Eso ya lo sé. Por quién me toma. Mantendré de buen humor al osito de peluche.

—¿Cómo?

—Está bien. Nos vemos el domingo a las diez. ¿Quiere venir a mi casa? Prepararé un desayuno. A lo mejor encontramos el camino adecuado.

—Eso suena tentador. Bueno, bien, a las diez.

—Y, señor Wolff, ¡ha hecho usted un buen trabajo!

—Gracias, ¡usted también!

Úrsula ha tomado ya dos saunas y ahora se encuentra en una de las tumbonas relajándose. Poco a poco se va llenado la zona de los baños, sus vecinos de mesa le preguntan que dónde se ha metido hoy al mediodía y ella les cuenta algo de un largo y maravilloso paseo. Entonces llega lo que estaba esperando. La desigual parejita Waffel entrega toda su belleza a la despiadada luz de neón. Hay una diferencia de por lo menos treinta años, calcula Úrsula. Si no más. Willy da un respingo cuando la descubre en su tumbona. Úrsula le sonríe amable. Él intenta desesperadamente presentar una buena figura junto a su bien torneada acompañante. No puede conseguirlo. Demasiados excesos en los últimos treinta años y la naturaleza le ha perdonado demasiado pocos.

Su amiguita pasa pavoneándose provocativa.

—¿Te vienes a la sauna, tesorito? —dice chillando a pesar de que él va pegado a ella.

Un joven de una tumbona de enfrente se incorpora.

Al parecer confunde algo.

O es Willy el que confunde algo.

Cinco minutos más tarde Willy Waffel se planta de repente ante Úrsula. Se ha anudado una toalla en torno a la prominente barriga y la mira apocado desde las alturas.

—¿Ocurre algo? —pregunta ella, mientras se incorpora y se ajusta su bañador.

—Sí —responde él, distendido y vacilante—. ¿Puedo? —Señala la tumbona que hay junto a Úrsula.

—Claro —ella realiza el correspondiente movimiento con la mano y se pregunta a la vez qué es lo que va a pasar ahora. Oscuramente comienza a presentirlo.

Willy se deja caer con evidente desgana sobre el asiento.

Luego toma aire. Es evidente que este momento le resulta difícil. Abre la boca, se muestra dubitativo, pero por fin dejar escapar:

—Es..., mi mujer no sabe nada de esto. Usted me podría perjudicar seriamente, si ella se enterara.

Ajá, mira, piensa Úrsula. Lo que más le hubiera gustado ahora es escupirle a la cara que eso a ella le importa un pimiento comparado, con el hecho de que él quiera arruinarla.

Pero le sonríe tranquilizadora.

—Vamos, hombre, una entiende estas cosas. Es realmente joven y guapa. Y su mujer se encuentra además en esos años...

Probablemente es de mi edad, piensa al decirlo.

—Sí, sí, exacto —confirma él ferviente, agradecido por su comprensión—. ¡En eso tiene usted razón!

—Eso pensaba —le replica Úrsula—. Y ustedes dos hacen tan buena pareja —añade todavía.

—Sí, ¿de verdad lo cree usted? —ahora él rebosa ya de contento—. Sabe usted, eso pienso yo también. Con Bianca tengo la intención de... —se detiene de forma abrupta. Parece ser que en el último segundo ha caído en que difícilmente le puede explicar a Úrsula cómo piensa llegar hasta su dinero—. Sí, a mí —intenta ponerse a salvo—, a mí me lo parece también, pero sé muy bien que la historia con Bianca no tiene ningún futuro. Ninguno en absoluto. Tampoco quiero herir a mi mujer. Ha sido para mí durante todos estos años una buena esposa. Jamás sería capaz de una cosa así.

Mira a Úrsula de una forma inquisitiva. Como si quisiera comprobar que la ha convencido. Al parecer no está del todo satisfecho con el resultado.

—¡Nunca abandonaría a mi mujer! ¡Nunca! —asevera una vez más. Úrsula piensa si darle una bofetada en esa cara llena de satisfacción—. Una cosa así rozaría la traición —añade y remacha ese delito ficticio y horrendo con una resuelta inclinación de cabeza.

—¡En efecto, así es! —Úrsula lo mira a los ojos—. Le entiendo bien. ¡No se rompen viejos lazos!

—¡Sí, sí, exacto, exacto! Una aventura, nada más. Sabe usted —sonríe y hace un gesto para levantarse—, un poco de algo fresco, crocante, eso no perjudica a nadie. ¿No?

Úrsula contempla su piel marchita y la barriga que le cuelga por encima de la toalla.

—Sí —dice ella solemne—. En eso precisamente nos aventajan ustedes los hombres. Siguen atractivos hasta edades avanzadas.

—¡Eso es! —confirma él desde arriba—. Así es la naturaleza, señora Winkler.

Sonríe autosatisfecho y vuelve a inclinarse un poco hacia ella:

—Que no salga de aquí, lo nuestro fue también de ese modo. Bianca se enamoró de mí en el acto. Nunca tuvo un hombre como yo, me ha dicho. Eso ya es algo, ¿no?

—Sí, en efecto, eso es algo. ¿Qué hay entonces de la oferta que me quería hacer?

—Ah —vacila—, se está trabajando. Los días festivos, ya sabe. Volveré a meter prisa a mi gente cuando esté de vuelta. ¡De eso puede estar segura! —hunde la barriga y hace ademán de marcharse, pero se vuelve otra vez—: ¿Está realmente interesada?

—Quizá —dice ella despreocupadamente.

Él le sonríe con ironía:

—Sí, sí. Es que el hombre por naturaleza ha nacido para dirigir. Es un don divino. Ya verá, señora Winkler, su empresa estaría en buenas manos. ¡Recibirá de mí una oferta inigualable!

Da un paso, se detiene, retorna y se inclina una vez más hacia ella:

—Y, bueno, señora Winkler, de lo de mi oferta no debe enterarse mi mujer. Sólo cuando hayamos cerrado el trato. Va a ser una sorpresa para ella...

—Oh —Úrsula abre los ojos como platos—, ¡eso sí que es un regalo verdaderamente generoso! ¡Toda una empresa! ¡Qué original!

—Sí, ¿no es cierto? —dicho lo cual se marcha con su Bianca, que seguramente ha aprovechado bien el tiempo sin él, ya que poco después vuelve a estar allí el joven de enfrente.

—Cosas de la naturaleza —dice Úrsula en voz baja, y por primera vez desde hace tiempo tiene verdaderas ganas de reírse a mandíbula batiente.

El sábado por la mañana, desde la habitación del hotel, encarga por teléfono una bandeja de desayuno en Plöger, su tienda preferida de delicatessen en la Freßgasse de Frankfurt, pues de repente ha caído en la cuenta de que no tiene nada en su casa para ofrecer a su visita. Así que ordena que le preparen una selección de pequeñas delicias, y, adicionalmente, cosas tan normales como huevos, mantequilla y panecillos. Por si acaso también café. Afuera luce el sol, promete ser un día precioso. Vuelve a sentarse un poco al aire libre y luego pide la cuenta. El mazazo es tan duro que necesita un té de menta. ¡Las llamadas telefónicas fueron más caras que el vino! ¡Qué clase de tarifas tienen en Austria! ¡Por este precio podría estar telefoneando en su casa un mes entero! Nada de enfados, se dice, ¡pagar con la misma moneda! No volverá jamás al Arlberg.

El plan

Lutz Wolff es puntual. Eso le gusta. Para ella la disciplina tiene mucho valor. Conduce un Porsche. Eso le gusta menos, le parece que es el típico coche de un fanfarrón. Además a partir de ahí puede sacar conclusiones relativas a sus tarifas. Trae una botella de champán bajo el brazo.

—Oh —lo saluda—, parece que a usted las cosas le van bien de verdad...

—Es de nuestra bodega —sonríe irónico y eleva el champán—, y ése —señalando con el pulgar el Porsche por encima del hombro—, es de mi novia.

Santo cielo, piensa Úrsula, en comparación con éste Willy Waffel es un niño de pecho.

—Bueno, pero pase usted —le sostiene la puerta abierta.

Él mira a su alrededor y luego asiente con la cabeza.

—La felicito. De veras tiene usted un gusto exquisito.

Se acuerda de Uwe Schwarzenberg. Pero extrañamente esta vez tiene una sensación muy diferente. Este hombre no es alguien que diga lo que ella quiere escuchar. Irradia algo muy distinto. Sencillamente es un hombre que dice lo que piensa. Y que defiende su opinión. De lo contrario hubiera aparcado su coche a la vuelta de la esquina. Podía prever lo que ella pensaría.

A ella le alegra, proviniendo de su boca, incluso la más pequeña alabanza.

—Por favor, tome asiento.

Ha dispuesto con mucho estilo la mesa baja de metacrilato y señala el sofá de tres plazas color lino. Ella se acerca un sillón.

—Para desayunar no resulta tan práctico como la mesa de la cocina, pero pienso que también vale.

Él coloca su botella en medio de la mesa, entre las diferentes ensaladas de marisco.

—He puesto una a enfriarse en el frigorífico —se apresura a decir Úrsula.

—Ésta *está* fría —su tono picante le hace alzar la vista.

Le recuerda cada vez más a Walter.

No sólo cómo formula sus frases sino también su manera de estar ahí sentado. Derecho como una vela en una silla de conferencias. Constituye el contraste perfecto con el sofá blando y profundo.

—Sírvase usted, por favor —Úrsula observa cómo corta un panecillo y lo rellena con arenque fresco. Esto nunca lo entendió en Walter.

Extraño.

¿Tendría Walter un lío con Margarete?

Qué estupidez.

Sacude la cabeza con su propia ocurrencia.

Ya está viendo fantasmas.

Lutz Wolff se ha preparado bien. Saca las copias de dos cartas. Una dirigida a la empresa Distel, la otra a la empresa Auerbach. Remitente Embalajes-Waffel.

Úrsula mira a Lutz sorprendida. Esto no se lo esperaba.

—Verdaderamente tiene espías en todas partes —dice, y él sonríe halagado. Aquí está más claro que el agua. Willy Waffel ofrece, respecto del precio ofertado por EWW, sea el que fuere, un descuento del diez por ciento. Estas condiciones son la prueba por escrito de la última oferta de EWW. Las cartas están fechadas a mediados de noviembre. No habían pasado ni dos semanas de la muerte de Walter.

—Así que ambas empresas negociaron ya con la premisa de cancelar su contrato con nosotros. Sólo lo necesitaban como documento probatorio —Úrsula traga saliva—. Esto es un golpe bajo. ¡Ha sido mejor que ayer no lo supiese aún con todo detalle! —vuelve a ver a Willy Waffel de pie ante su poltrona y siente la espontánea necesidad de llamar a su mujer.

No, eso sería cobarde.

Le devolverá la moneda de otra forma.

Lutz la mira unos instantes, luego saca su triunfo de su elegante maletín de cuero de marca y diseño Porsche.

—Se enviaron dos cartas más.

A Úrsula le saltan chispas de los ojos. Ha mandado cartas a toda su clientela. Tanto a empresas con las que no trabajaba desde hacía años como a otras completamente nuevas.

Nadie le ha dado un consejo, nadie se ha exasperado ante esta forma de robar clientes.

Nadie ha sido lo suficientemente honesto como para enviarle una de estas cartas-Waffel. Ni siquiera de forma anónima o confidencial.

—¡Esto fastidia! —Úrsula respira hondo—. Primero tengo que digerirlo.

Se dirige a la cocina y pone a hervir agua para prepararse un té. Es una salida absurda, pero la tranquiliza.

Todos están contra ella.

Eso no es nada nuevo, pero nunca hasta ahora fue tan manifiesto.

Está completamente sola.

Con un traidor dentro de su propia empresa.

¿Qué haría Walter?

Vuelve al salón.

Lutz se ha levantado y ha cogido dos copas de champán de la vitrina. En ese preciso instante está abriendo su botella.

—¡Pienso que es el momento adecuado!

—¿Sí? ¿Cree usted? —Úrsula se sienta en su sillón—. ¡Yo en realidad no tengo el ánimo para celebraciones!

—¿Por qué no? Conocer al enemigo es algo que tiene ya mucho valor. Tanto más cuanto que él no sabe que lo sabemos. Tenemos los ases en la mano. ¡Y ahora pensaremos cómo jugarlos!

Tiene razón.

Tiene toda la razón del mundo.

Su buen humor retorna de golpe.

—Eso me gusta. ¡Sí, se trata de un juego a mi antojo! —brinda con él, las copas tintinean alegres.

Luego Úrsula vuelve a hojear los papeles.

—¿Ha sobornado usted a la secretaria de Willy Waffel? —pregunta de repente.

Lutz se encoge de hombros:

—Algo parecido.

—Antes de ayer, durante nuestra conversación, los dos teníamos una sospecha. ¿Existe ya algún indicio documental de quién está haciendo trampa en mi empresa?

—No. Todavía no. Quiero decir también que primero deberíamos librarnos de cualquier simple sospecha. Eso limita mucho la visión. Los informes estaban todos en un disquete. Así que tiene que ser alguien relacionado con el proceso de datos. Seguro que este círculo podemos ir delimitándolo ya.

Úrsula medita.

—Eso podrían haberlo hecho casi todos. La mayoría tienen acceso a las fichas de nuestros clientes. Unos porque preparan ofertas, otros porque llevan las liquidaciones, y finalmente están los que hacen los balances.

—¿Me podría dar los nombres de su junta directiva y de los empleados de las oficinas y, también, si es posible, un poco de información de fondo sobre la empresa?

—Los nombres son fáciles. Eso podríamos hacerlo ahora mismo. Pero del trasfondo no me he ocupado nunca. ¡Tampoco soy la madre Teresa!

—¡No, en efecto! —ríe abiertamente. Luego toma bloc de notas y estilográfica—. Pues bien, hagamos una lista.

Dos horas más tarde se despide. Sube a su coche y vuelve a saludarla sonriente. El motor suena grave y fiable.

Ella se queda inmóvil hasta que él dobla la primera esquina.

El Porsche encaja con él, piensa mientras vuelve a casa.

—Bueno, querido —le dice al marco de plata cuando ya está desmaquillada en la cama por la noche—, ¿te has buscado un nuevo campo de acción y me vas a dejar ahora en paz? Me vendría muy bien, ¡buenas noches!

La oferta

Su primera visita a la empresa la conduce a la mañana siguiente al despacho de su marido.

Se lo ha pensado mejor.

No se trasladará allí.

Para qué va a enfrentarse con él permanentemente.

Él tenía su mundo, ella tiene el suyo.

Y, además, ella tiene el despacho más bonito.

Atraviesa la secretaría y se sienta ante su escritorio. El correo de la mañana ya lo tiene ahí, Regina Lüdnitz es una mujer muy eficiente y perspicaz. ¿Será ella...?

Úrsula está preparada para todo. Su candidato preferido sería Manfred Kühnen. Pero Kühnen en su momento se separó de Waffel con un escándalo. No resulta muy verosímil que ahora lo repitiera por propia voluntad, aunque ¿no entregó acaso los secretos de Waffel a EWW? Posiblemente crea que de este modo obtendrá un puesto. ¿Quién lo sabe?

¿Y qué hay de su secretaria Braun-Schmidt? También podría ser Verena Müller, la de Contabilidad. Le viene a la mente Arnold Müller, del departamento jurídico. A lo mejor necesita dinero para su casa, si es que la tiene. Todo eso lo va a averiguar ahora justamente Lutz Wolff. El jefe de prensa, Rainer Witzmann, está asimismo informado de todo. Actúa siempre de una forma tan sigilosa. Como para fiarse de las aguas mansas. Eso vale también para Gernot Schaudt, su leal director de Exportación. No, eso es verdaderamente ridículo. ¿O tal vez no?

Produce una extraña sensación ver en casi todos los empleados a un traidor en potencia. A Úrsula le cuesta concentrarse. Durante todas las conversaciones que tiene a lo largo del día, la tortura la misma pregunta: ¿será él o no será? La reunión le recuerda los viejos tiempos del colegio. Nadie se esfuerza por hacer algo en serio, todos se dedican a hablar salvajemente por los codos entre sí. Es natural: cada uno de ellos se siente detective y Úrsula no puede tranquilizarlos. No quiere descubrir que Lutz Wolff se ha hecho cargo del asunto. Su empleado infiel debe sentirse seguro. Tal como había previsto, no ha entrado ningún otro pedido. Piensa en la máquina nueva que aún le dio tiempo a adquirir a Walter hace medio año. Cuatro millones de marcos invirtió en ella, y estaba claro que sólo se puede amortizar si se producen las setecientas cincuenta mil piezas calculadas al día, si se trabaja día y noche. Y entonces no parecía que ese plan pudiera convertirse en un problema en un tiempo no muy lejano.

—Tenemos que mantener nuestros veinticinco millones de ventas al año —introduce de repente en la discusión. Todos vuelven la mirada hacia ella—. Sí, señores míos. Nos concierne a todos; lo que ocurra con esta empresa es nuestro futuro en común. Esfuércense, intenten que se les ocurra algo. Necesitamos encargos, necesitamos dinero. Tenemos cancelaciones por 4,2 millones de marcos. Si nuestras ventas se deslizan por debajo de la frontera de los veinte millones de marcos, la situación será crítica. ¡Para todos nosotros! —cierra su archivador, se levanta y sale. Cuando cierra la puerta escucha cómo se forma un tumulto. Contra su voluntad le aflora una sonrisa irónica. Ahora a todos les entrará pánico, y su pequeño y repulsivo amigo se frotará las manos y creerá que lo va a lograr pronto.

Dos días después hay una carta certificada sobre su escritorio. Aunque se siente dueña de la situación, nota como le brota el sudor. ¡Así que ahora! Willy Waffel ha desenvainado el puñal.

Empuña el abrecartas, lo introduce en el sobre y va desgarrándolo poco a poco y casi con placer. Extrae la carta. Encabezamiento, halagos, bla, bla, bla, ella se limita a buscar la cantidad propuesta. Ahí la tiene. Indignada golpea con el puño sobre la mesa. Le ofrece quince millones de marcos, el cerdo, y se atreve además a escribirle que se trata, dada la difícil situación en la que se encuentra su empresa según informes de expertos del ramo, de una oferta absolutamente justa. ¡Le ofrece diez millones largos por debajo de su valor! Úrsula tiene que dominarse mucho. Lo que más le gustaría es llamarlo ahora mismo y ponerlo verde. Pero lo quiere atrapar bien. En compañía de su delicado cómplice. Telefonea a Lutz Wolff. Éste sonríe:

—Fantástico, la cosa ha ido más rápido de lo que yo me había imaginado. La verdad es que no es muy inteligente, de lo contrario hubiera esperado, para asegurarse más, otras dos semanas. ¡O incluso un mes!

—¿Tanto querría esperar usted? ¿Está usted loco? ¡Eso hubiera podido significar mi verdadera ruina!

—Desde luego que antes hubiéramos tenido que pensar algo. Pero ahora es mucho mejor. ¡Realmente fantástico!

Úrsula frunce el ceño.

—A un precio de quince millones no lo llamo yo precisamente fantástico. ¡A eso lo llamo yo una frescura!

—Puede ser. Pero nos suministra una maravillosa última prueba. Ahora podemos denunciarlo.

—Oh no. Entonces no encontraría nunca a su hombre o mujer camuflados. ¡Quiero que se delate!

—¿Cómo va a conseguirlo?

Los ojos azul acero de Úrsula se vuelven glaciales.

—Encontraré un camino. ¡Meditaré sobre esto y le informaré oportunamente! ¡Antes no emprenda nada, por favor!

Coge la carta, levanta el auricular y llama a Willy Waffel.

La centralita primero la conecta con una sección equivocada, y después la secretaria de Waffel le pregunta dos veces quién es ella en realidad. Cuando llega por fin a Waffel, Úrsula ya está al límite de sus nervios.

—Señor Waffel —comienza sin entretenerse con ningún saludo—, si logra usted alguna vez que su empresa funcione como la mía, ¡tendría que firmar con un *von*!

—¿Cómo dice?

—Su personal es inepto, duro de entendederas. ¡Ahora ya comprendo por qué quiere usted mi equipo! ¡Para poder despedir al suyo!

Waffel recapacita unos instantes, luego su tono de voz se vuelve servicial:

—Ah, ya veo, señora Winkler, ha recibido mi oferta y quiere decirme que la acepta.

A Úrsula se le contrae la comisura de los labios.
—¡Veo que encaja usted con su personal!
—¿Cómo?
—¡Lo que acaba de oír!
—Ajá... y qué dice usted de mi oferta...
—Es, eh, digna de reflexión...
—¡Sí, sí, eso pienso yo también!
—¡Digna de reflexión por su parte, señor Waffel! ¡Por su parte!
—¿Cómo he de entender eso?
—Pienso que su actividad principal es el cartonaje, la mía, en cambio, es el plástico. Nosotros también producimos cartones, desde luego, mediante el procedimiento del reciclado, como usted sabe, pero, sobre todo, tengo una empresa moderna y grande que trabaja con plásticos. Puede que eso a usted le resulte algo extraño. Nosotros realizamos operaciones más elevadas que usted, porque el cartón común, tal como usted lo procesa, se encuentra en franco retroceso. Cabe imaginar que su empresa resulte sobretasada con quince millones de marcos pero la mía está muy infravalorada con esa cifra. ¡Ésa es la diferencia entre nosotros dos! —hace una breve pausa—. ¡Entre otras! —añade.
Oye como él toma aire.
—Siento tener que desilusionarla, señora Winkler. Su empresa no vale más. En el ramo se ha corrido la voz de que no reciben más pedidos. Nadie les confía ningún trabajo serio. Clientes que antes estaban con ustedes, vuelven de repente a salir al mercado, buscan nuevos proveedores.
—¡Si usted lo dice!
—Y una cosa más, señora Winkler, usted sabe perfectamente que también nosotros nos dedicamos a la elaboración de plásticos. No somos tan grandes como usted, lo acepto, pero estamos en el sector. Por eso tenemos la suficiente experiencia como para reestructurar su empresa. Sabemos muy bien por qué su compañía va a la quiebra de manera irremediable.
—Y seguro que a usted le encantaría explicarme el porqué.
—Mala gestión en su forma más pura, señora Winkler. No tengo nada en contra de usted como mujer, pero en los negocios... Usted misma está viendo hacia dónde conduce eso.
Úrsula siente cómo le chasquea la mandíbula. Está a punto de morderse de pura rabia contenida. Se esfuerza por mantener un tono amable. Entonces dice despacio:

—Quisiera hacerle una propuesta, señor Waffel. Permita que lo invite a hacer un recorrido por mi empresa, luego hablamos de nuevo.

Reflexiona brevemente.

—Eso no cambiará en nada mi oferta.

—Bueno, a lo mejor sí. Podría echar un vistazo también a los balances.

—¡Sí, sí, con gusto!

—Incluso usted puede seleccionar a quienquiera para acompañarle e informarle.

Úrsula retiene el aliento.

Ahora veremos.

Espera en tensión.

—¡Pero no conozco a nadie en su empresa!

—¿Qué tal Manfred Kühnen?

Breve pausa.

—¿Kühnen? —pregunta Waffel.

Maldita sea, ahora va a desconfiar, se recrimina Úrsula.

—¡Sólo por encima de mi cadáver!

Así que Kühnen no es, piensa Úrsula. Disparo fallido. Lo borra mentalmente de su lista.

—Acompáñeme usted —propone él.

¡Mierda! ¡Hubiera podido ser tan fácil!

—¿Cuándo va a venir usted, señor Waffel?

Breve pausa.

—La agenda es cosa de mi secretaria. ¡Haré que la informe!

Chulo, piensa. Entonces le devuelve el golpe:

—¿Vendrá usted solo?

Él carraspea. La voz se hunde un poco:

—Ya sabe, va a ser una sorpresa...

—¡En realidad no estaba pensando en su mujer!

—Ah, eso, es eso, hace tiempo que se ha terminado, aquello eran vacaciones. Terminado del todo. Ya lo he olvidado. ¡Lo mejor es que también usted lo olvide!

Úrsula se pasa toda la tarde pensando. Si descarta a Kühnen, ¿quién es entonces? No es capaz de encontrar nada sospechoso en los demás. O es que todos son sospechosos.

Sale a comer para airear un poco sus pensamientos. La Fattoria le gustó bastante. Y, sobre todo, puede ir allí completamente sola.

Ha reservado mesa, pero cuando llega constata que no hubiese sido necesario. Ludwig también está allí, igualmente solo.

—¡Vaya, esto sí que es una sorpresa! —le dice clavándole la mirada.

Úrsula no siente tanto entusiasmo. Desde su mentira de fin de año lleva una espina clavada. Si hubiera visto su coche afuera, con seguridad habría dado media vuelta.

Ahora es demasiado tarde.

—¿Esperas a alguien? —pregunta ella optimista.

—No, podemos dedicarnos por completo el uno al otro. ¡Pero siéntate, por favor!

Lo examina unos instantes, pero él sonríe abiertamente y le acerca una silla.

Tal vez el tono algo mordaz sólo haya sido una figuración suya.

—¿Qué tal te va? —él le toma la mano—. He pensado en ti con frecuencia. Y pienso también a menudo en Walter. Pero creí que debía dejarte un poco en paz hasta que superaras tu dolor.

—¿No se trata más bien de que tu investigación no te deja tiempo para otras cosas?

Ella retira la mano.

Él sonríe:

—En realidad debería recordar que me conoces demasiado bien. Bueno, lo admito, he avanzado un buen trecho.

—Nunca entenderé qué es lo que puede fascinarte tanto. Lo muerto está muerto. El porqué es en realidad indiferente.

—Eso es precisamente lo que no es, querida Úrsula.

Viene el camarero, ambos piden pescado.

—Te tienes que representar el cuerpo humano de una forma plástica. Está claro que puede ser eliminado con todos los medios posibles. Pero míralo un poco más sutilmente. Piénsate el cuerpo *por dentro.* La enorme coordinación que es necesaria, la increíble cantidad de mecanismos que tienen que desencadenarse para que, por ejemplo, puedas mover un dedo. A ello se unen todos tus órganos que ejecutan sin interrupción el trabajo más difícil. Y ahora imagínate el sistema nervioso humano. Una maraña de vías principales y puntos de conexión, la red de ferrocarriles más tupida del mundo resulta ridícula comparada con él. Y ahora el sabotaje: se eliminan algunas señales de la red. Los trenes se detienen. Qué caos, qué catástrofe, todo se desbarajusta.

Úrsula lo ha escuchado con frialdad.

—Supongo que estás hablando del curare o de algo así. Y tus señales ferroviarias serán las sinapsis.

—Sí, eso es. Qué tragedia. Si ese diminuto punto de conexión entre las terminaciones de dos células nerviosas o entre el tejido nervioso y el muscular se paraliza, no funciona ya nada. El andamiaje completo del hombre se desmorona. *Exitus*. Muerte. ¡No vayas a decir ahora que esto no es fascinante!

—¿Podríamos brindar, a pesar de todo?

El camarero le ha servido a Úrsula de la botella de Ludwig.

Ella deja pasear el vino por la lengua, luego asiente con la cabeza mirándolo.

—¡De vinos entiendes, eso hay que concedértelo! ¿Tienes aún la botella de cumpleaños de Walter?

Ludwig resplandece de contento.

—Sigo esperando una ocasión especial. Un Saint Emilion Impérial del 47 no se abre así como así. Tiene que haber sucedido algo muy grande.

Úrsula sonríe:

—¿Estás esperando acaso tu boda?

—¡Bah, por lo que más quieras! He venido solo al mundo y solo me moriré. ¡Y las mujeres con las que he convivido comprendieron siempre tras un cierto tiempo que así debería seguir siendo!

Úrsula asiente.

—¿A qué esperas entonces? ¿Al próximo cumpleaños redondo? ¿O te la vas a llevar a la sepultura?

Ludwig mueve la cabeza:

—Ya me la beberé. Y desde luego pronto, ¡de eso puedes estar segura! —se inclina un poco hacia Úrsula por encima de la mesa:

—Estoy a punto de salir a la luz pública con los resultados de mis investigaciones. Lo que he averiguado en el campo de las toxinas de la saliva de los devoradores de insectos es revolucionario, eso te lo garantizo. Ningún experimento más en mi casa, en mi pequeño laboratorio. Mi trabajo va a causar furor, Ludwig Fehr entrará en la historia de la ciencia. Y cuando escuche por primera vez mi nombre en las noticias, entonces abriré el Château Cheval Blanc, en silencio, para mí solo.

Úrsula ha escuchado con interés.

—¿Tan lejos has llegado ya?

Ludwig vuelve a retreparse en su asiento. Su rostro se ha ruborizado por completo de pura excitación, su presión arterial vuelve a normalizarse poco a poco.

—Bueno, bien.

Ambos permanecen en silencio durante unos instantes.

—¿Dónde estará Walter ahora? —pregunta él de repente.

—Eso te lo puedo decir con exactitud —la comisura de la boca de Úrsula se encoge ligeramente—. Aún no me ha abandonado.

—¿Quieres decir que está aquí?

Úrsula se encoge de hombros.

—De vez en cuando lo noto. Ahora por ejemplo.

Ludwig alza su copa:

—¡Entonces brindemos con él!

Encuentro

Es la una de la madrugada cuando Úrsula se marcha de La Fattoria. Sin ser consciente de ello por completo, da un pequeño rodeo y pasa por delante de la fábrica. Tras recorrer un buen trecho, de repente pisa el freno. ¿No había luz en una de las ventanas? ¿Todavía estarán ahí las mujeres de la limpieza? No, es demasiado tarde para eso. ¿Un reflejo? ¿Tal vez la luna? Mira hacia arriba. Qué luna, el cielo está encapotado.

Gira, vuelve hacia atrás.

Si pudiera llegar al despacho de Walter sin ser vista. El arma de su cajón ahora por lo menos tendría algún sentido.

Conduce despacio hacia la fábrica. Todo está oscuro.

¿Dónde habrá sido?

¿En qué ventana vio la luz?

Detiene el coche en la carretera, permanece dentro.

¿O se habrá confundido?

¿Qué iba a querer nadie por la noche en la fábrica? Piensa en Willy Waffel. ¿Estará trabajando su agente?

¿Y qué hay si abandona ahora mismo la fábrica y se marcha sin que ella vea de quién se trata?

Se marcha, ¡naturalmente! ¡Cómo no ha caído en ello en el acto! ¡En el aparcamiento tiene que estar el coche correspondiente!

Toma su gruesa chaqueta del asiento de al lado y desciende en silencio del coche.

Deja deslizarse las llaves dentro del bolsillo, luego corre a lo largo del elevado muro hasta el portalón.

El aparcamiento se encuentra ante ella, se detiene un momento.

Hay tres coches.

Ninguno está justo a la entrada.

No sabe de quiénes son.

Qué fastidio no haberse preocupado nunca de los intereses de sus empleados. El único coche que podría reconocer es el nuevo BMW de Manfred Kühnen. Pero Kühnen ha sido excluido ya de la lista de los sospechosos, y tampoco hay ningún BMW en el aparcamiento.

En realidad, ahora sólo tendría que permanecer allí. La entrada de la fábrica se ve bien, es sólo cuestión de paciencia.

Pero ella no tiene paciencia.

No la ha tenido nunca, y en esta situación mucho menos.

Además teme haberse confundido.

Qué ridículo. La señora directora vigilando por la noche delante del edificio abandonado de su empresa.

Y todavía la descubrirán los de vigilancia.

Úrsula intenta interpretar las marcas fosforescentes de su reloj de pulsera.

La una y media. Y el servicio de vigilancia pasa en turnos de dos horas. Así que dentro de treinta minutos.

Atraviesa rápidamente el patio, abre despacio, se desliza por la cabina abandonada del portero hasta el recibidor de la entrada. A su alrededor reina la más absoluta oscuridad. Y el silencio. Escucha el zumbido de su propia sangre.

Va tanteando con cuidado hasta llegar a la ancha escalera que conduce a la primera planta.

Apenas ve dónde pisa.

Intenta dar siempre pasos iguales para pisar siempre más o menos en el centro de los oscuros escalones.

Ya casi arriba resbala con sus lisas suelas de cuero, cae con la rodilla derecha contra el borde del siguiente escalón.

El edificio vacío retumba y el terrible dolor le arranca lágrimas de los ojos.

Retiene la respiración y permanece inmóvil.

¿La habrá escuchado alguien?

Luego se reincorpora poco a poco, intenta distinguir alguna cosa en la oscuridad.

En vano.

Va subiendo el resto de los escalones pegada a la pared.

Se detiene en el descansillo de la escalera.

Aquí se encuentran los despachos de Kühnen, Walter y el suyo.

Contabilidad se halla una planta más arriba, justo encima de Walter. De ese lugar procedía el resplandor, según su apreciación. Así que adelante. A la planta siguiente.

¿Para qué debe prepararse?

¿Para enfrentarse a un criminal violento con antifaz negro? ¿A un diestro agente con una cámara diminuta? ¿Tal vez al propio Willy Waffel?

¿Se atrevería realmente a algo así?

¿Debe coger primero el revólver?

Mientras lo está pensando, oye un tintineo metálico.

Da un respingo.

¿De dónde pudo venir?

Sonó como un manojo de llaves.

Mira fijamente escalera arriba.

No se distingue nada.

Pero vino de arriba, está segura.

En silencio va subiendo peldaño tras peldaño. Ya ha recorrido la mitad. Enseguida sabrá lo que está pasando.

Un estallido sordo le hace volver la cabeza.

Eso fue una puerta.

En algún lugar se ha cerrado una puerta.

Ella está rígida como un garrote.

¡¿Qué puede significar esto?!

Afina el oído.

No se mueve nada más. Silencio absoluto.

Úrsula decide coger el revólver del despacho de Walter. Se descalza.

Así podrá moverse más rápido y no tendrá que preocuparse del ruido de sus tacones. Vuelve a descender por la escalera. Pero a pesar de que va sin zapatos, oye sus propios pasos y teme que en el silencio los pueda oír también alguna otra persona.

Úrsula recorre rápidamente el pasillo. Está más oscuro que la boca de un lobo, pero es consciente de que su silueta se recorta ante la gran ventana. Un ruido como de arañazos la estremece. Se aprieta contra la pared, agudiza la mirada.

¿Qué pudo ser eso?

¿Una puerta que se cerró despacio?

¿Dónde?

Avanza algunos pasos con la espalda pegada a la pared, su hombro choca de repente con algo ligero que se estrella con estrépito contra el suelo.

Una de las fotografías de paisajes enmarcadas.

Úrsula se queda petrificada.

Qué torpe.

Un ruidoso estampido hace que vuelva la cabeza.

¡Eso ha sido un disparo!

Contiene la respiración.

Tiene que llamar a la policía lo antes posible.

Y conseguir el revólver.

Quién sabe lo que puede pasar aún.

Su corazón palpita, y ella se esfuerza en avanzar con cuidado a lo largo de la pared. Espera al mismo tiempo que Regina Lüdnitz no haya cerrado con llave la secretaría. Podría resultar peligroso tener que buscar en la oscuridad la llave correcta.

Presiona el picaporte con suavidad.

¡Bien, abierto!

¡Mal! ¿Qué se piensa esta persona? Mañana la llamará al orden.

Ni persianas ni cortinas cubren la enorme ventana, a pesar de lo cual apenas entra luz. La noche es cerrada de veras. Por supuesto sus ojos se han acostumbrado ya a la oscuridad, sin embargo a duras penas puede reconocer nada. Se detiene un momento para orientarse. Luego se dirige despacio pero segura a la puerta intermedia acolchada. Tantea el picaporte liso y frío, lo presiona ligeramente hacia abajo. La puerta del despacho de Walter se abre sin hacer ruido alguno. ¡Tampoco está cerrada con llave! Úrsula no tolera la dejadez de sus empleados. ¿O fueron las señoras de la limpieza? ¡En cualquier caso aclarará la cuestión!

Hay un olor extraño. A cerrado, calcula. Nadie se atreve a ventilar aquí. Seguro que piensan que podría salir volando el alma de Walter. ¿O temen más bien que pudiera regresar?

Una leve sonrisa se posa en sus labios mientras recorre la poderosa mesa de escritorio. ¡Si al menos hubiera un poco más de claridad! Se agacha por el lado derecho del escritorio y busca tanteando el cajón superior. Una sensación imprecisa se apodera de ella. Úrsula se siente observada, nota un gélido escalofrío en la nuca. Como a cámara lenta gira la cabeza hacia la izquierda. Inclinado sobre ella pende un rostro. ¡Walter! Da un salto aterrorizada, se estrella dolorosamente contra la puntiaguda esquina del escritorio, se precipita hacia la puerta. Busca febril el interruptor de la luz, preparada para la huida. El fluorescente parpadea breve, luego arroja una luz estridente y fría sobre el negro sillón del escritorio de Walter, que está un poco apartado y orientado hacia la ventana. Una figura sobresale de él, la cabeza se balancea hacia abajo casi oculta por el ancho respaldo. Walter no puede ser, intenta tranquilizarse. Tiene que ser otro. ¿Pero quién?

Mira a su alrededor. Además de ella y de este cadáver, no ve a nadie.

¿Cadáver? ¿Muerto? ¿Muerto de verdad? ¿Y en el sillón de cuero de Walter?

Se aproxima vacilante, se detiene ante el escritorio. Ahora lo reconoce, si bien la muerte ha desfigurado sus rasgos. Es Gernot Schaudt. Tiene un horroroso agujero en la frente, sus ojos están desencajados, le cuelga la barbilla, por doquier hay manchas de sangre fresca. En el suelo se halla el revólver de Walter. Así que ése fue el disparo. Gernot Schaudt se ha matado. ¿O fue asesinato? ¿Qué venía a buscar el director de Exportación al despacho de Walter? Y si fue asesinato, ¿dónde está el asesino? ¿Tal vez aún en el edificio? ¿Tras ella?

Úrsula se vuelve, mira hacia la puerta. Nadie. Está completamente sola. Con un muerto.

¿Qué debe hacer? ¿Llamar a la policía? Mira hacia el teléfono y descubre una carta sobre el escritorio.

Quiere cogerlo, pero antes de hacerlo se lo piensa mejor.

No aparece ningún nombre, nada, el sobre está blanco como la leche.

¡Pero que esté aquí, en el escritorio de Walter, lo dice todo!

Úrsula respira hondo.

¡Así que era él! Gernot Schaudt, su leal director de Exportación, siempre fiable, siempre previsor, siempre de punta en blanco, ¡y ahora esto! Probablemente su mala conciencia no lo dejaba en paz. O Willy Waffel le habrá explicado que después del traspaso lo despediría como agradecimiento por su labor de espionaje. ¡Sería típico de Waffel!

Schaudt lo aclarará todo en la carta. Su traición, su suicidio.

Le echa otro vistazo. ¿Debe llamar ahora a la policía? Se imagina la luz de los coches, las sirenas, policías, preguntas por su presencia nocturna en la fábrica y los titulares. Ya descubrirá alguien a Gernot Schaudt mañana por la mañana. Entonces se podrá aclarar el asunto con la debida precaución. Las cosas siguen su camino.

Úrsula mira el reloj. Son casi las dos. Enseguida pasarán los del servicio de vigilancia. Mejor que apague la luz.

Siente un suave alivio cuando cierra la puerta tras de sí.

El caso está cerrado.

Willy Waffel se extrañará.

Se le frunce el entrecejo y una sonrisa furtiva le aflora en la comisura de la boca.

Un cadáver en el sillón

Transcurre el jueves sin que se descubra a Gernot Schaudt. Úrsula está asombrada. Nadie parece echarlo de menos. Al menos su mujer hubiera podido telefonear. Pero tampoco sus colegas lo mencionan. Probablemente todos creen que está enfermo. ¿Debe enviar a alguien al despacho de Walter? No lo ha hecho nunca hasta ahora, eso llamaría la atención. ¿Descubrirlo ella misma? La idea no le hace ninguna gracia.

Camino a casa hará una visita a Lutz Wolff. Al menos a él sí debería informarle sobre este nuevo acontecimiento. Entonces podrá cerrar el caso y no tendrá que cargarle más horas en la cuenta. Así que el tiempo apremia. Mira su reloj de pulsera. Las cuatro. ¿Estará abierta una agencia de detectives todavía a las cuatro? Por si acaso, llama por teléfono. Una secretaria le explica que no cierran hasta las seis y que Lutz Wolff estará reunido hasta las cinco.

—Me viene bien —asiente Úrsula y se pone en camino.

Si Gernot Schaudt no es descubierto tampoco mañana, tendrá que pensar algo. De ningún modo puede dejarlo allí dentro sentado todo el fin de semana. ¡Un jefe de Exportación descomponiéndose en el sillón de Walter!

Úrsula padece el tormento de una gigantesca caravana de coches a través de Frankfurt. Ha oscurecido ya y hace un frío húmedo. Las ventanillas laterales de su Golf están empañadas, y el limpiaparabrisas distribuye una sucia capa por la luna frontal. Comienza a lloviznar. Apenas ve nada, se orienta por el coche que la precede. Se aproxima a la torre del mercado a paso de tortuga.

A las cinco en punto entra en la agencia de detectives de Wolff. Todos parecen estar muy ocupados, casi todos pegados a un teléfono, se siente como en la Bolsa. Una mujer joven se fija en ella, le pregunta si tiene cita. No, pero Lutz Wolff la recibirá, da como fría respuesta. Cosecha una mirada escéptica, pero entra al despacho de Wolff. Llegará en cualquier momento. Eso le viene bien a Úrsula, así puede curiosear un poco a su alrededor.

Poco después, su detective se encuentra en el umbral de la puerta. Parece sorprendido, pero se recupera pronto:

—Muy buenas tardes, señora Winkler, no esperaba verla por aquí. ¿Ha ocurrido algo?

Úrsula se limita a asentir, y Lutz cierra la puerta antes de darle la mano y ofrecerle asiento. Se sienta tras su escritorio cromado y reluciente, pero vuelve a ponerse en pie de golpe:

—¿Le apetece algo de beber?

—¿Algo marcha mal? —le pregunta en lugar de responder.

—¿Por qué?

—Me da la sensación de que está usted muy... muy aturdido. ¡Nada que ver con su estilo!

Se deja caer en su sillón.

—He tenido un día muy ajetreado. Eso es todo. ¡Una historia se está torciendo y eso no me gusta!

—¿La nuestra?

—¡No, no! En absoluto —se defiende. Durante un breve lapso de tiempo se hace un silencio total en la sala. Luego cambia la expresión de su rostro, contempla a Úrsula con atención.

—¿Qué ocurre?

Ella deja que la frase se le derrita en la lengua:

—¡Estamos al final!

—¿Cómo? —él arruga la frente, se inclina hacia adelante—: ¡No la entiendo!

—¡El caso está resuelto! —Úrsula acentúa cada palabra—. ¡Por autoajusticiamiento!

—Quiere usted decir... ¿¡Quién!?

—Nuestro director de Exportación, ¡Gernot Schaudt! —Úrsula cuenta de manera sucinta lo ocurrido durante la pasada noche. Lutz está sentado derecho como una vela, inmóvil. Al final dice:

—¿Y sigue en el sillón de su marido? ¿Muerto? ¿Con una bala en la cabeza?

Úrsula asiente.

—¡No puede dejarlo allí sentado!

—¡Difícilmente puedo sacarlo tampoco!

—La calefacción sigue funcionando. Se pudrirá. ¡Pronto se le olerá por toda la empresa!

—Desde luego que tampoco quiero dejar que eso llegue tan lejos. ¿Qué haría usted?

Lutz fija la mirada, entornando los ojos, en la palmera que hay en la habitación, luego se retrepa en su silla reclinable.

—¡Lo descubrirán esta noche!

—¿Ah sí? ¿Quién lo va a descubrir?

—De forma natural. ¡Las señoras de la limpieza!

Úrsula no había pensado en ello. Claro. Eso suena lógico. Pero por otra parte parece menos lógico que se limpie cada noche un despacho que no se usa. Más bien improbable. Y a ello se añade pérdida de tiempo y de dinero.

—Veremos —Úrsula se encoge de hombros—. ¿Qué hacemos ahora con el señor Waffel?

—Cuando se descubra la carta, presumiblemente tendremos otra prueba en contra de Willy Waffel. ¡Con ello ha caído en la trampa!

—¡Esperemos que nadie se lleve la carta!

—También puede volver a la fábrica y denunciarlo a la policía. ¡Yo en su lugar lo habría hecho en el acto!

—¡No, no! Luces azules y el ti-to-ti-to por la noche delante de mi empresa. ¿Cree usted que quiero leer eso en todos los periódicos? Entonces perderíamos muy probablemente los clientes que aún nos quedan. No, no, el señor Schaudt debe ser sacado con total discreción por una ambulancia. Por mí, incluso en un coche fúnebre. Pero con eso se ha acabado todo. Que descanse en paz. ¡Pero yo me quedo fuera!

Lutz va asintiendo poco a poco.

—Bien, entiendo. ¡Esperemos hasta mañana a ver qué pasa!

Úrsula se levanta.

—Le mantendré informado en todo momento.

Lutz se adelanta hasta la puerta de su despacho, la abre para Úrsula. Ella asiente con la cabeza y hace ademán de pasar a su lado. De golpe se detiene en el umbral, retrocede como un rayo y susurra:

—¡Cierre la puerta!

Lutz la mira sin entender lo que pasa.

—¡Que cierre la puerta! ¡Ella está ahí!

—¿Quién está dónde? —él empuja la puerta.

—La novia de Willy Waffel está dando vueltas por su oficina. ¿Cómo ha llegado hasta aquí? ¿Qué hace aquí?

—¿Quién?

—Pues la rubita. ¡Le he hablado de ella!

—¡Muéstremela!

Lutz vuelve a abrir la puerta despacio. Pero Úrsula no puede ver ya a la chica. Una multitud de mamparas divisorias le tapan la visión.

—¡Allí! —en una de los grandes ventanales se refleja algo rojo contra la oscuridad—. Llevaba puesta una blusa roja, ¡tiene que ser ella!

—Ésa es Bianca Kleiner. Ayuda en las tareas de oficina. Hace balances, fotocopias, recados y cosas por el estilo. *¿Ésa* va a ser la novia de Willy Waffel?

—En Frankfurt viven miles de mujeres jóvenes. ¿Y usted ha contratado precisamente a la novia de Willy Waffel? ¡No puede ser verdad! ¿Y si se huele algo?

Lutz pone los ojos en blanco:

—Yo no lo sabía. ¿¡Cómo iba a imaginármelo?!

—¿No será por casualidad también novia suya?

—¿Mía? ¿Me quiere ofender?

—¡Dijo que la suya también era rubia!

—¡Eso qué tiene que ver!

Úrsula le lanza una breve mirada.

—Bueno, bien. Ocúpese de que yo salga de aquí sin que me vea. ¡Y de que no vaya a poner ni un dedo en ninguno de mis documentos! ¡Lo mejor será que me los lleve ahora mismo conmigo!

—¡El caso aún no está cerrado!

—¡Para mí sí!

—¡Guardaré los documentos bajo llave!

—Llevar consigo. ¡A casa! ¡Nada de cerrar bajo llave!

—Está bien. Bianca no va a saber nada de nuestras averiguaciones. ¡Se lo prometo!

—¿¿¿Bianca???

El descenso

Diez minutos más tarde Úrsula está intentando desaparcar su coche. Se lo han bloqueado parachoques contra parachoques. Lo que le faltaba. Ahora tiene que esperar a uno de los propietarios o abandonar el coche. Espera diez minutos, luego hace una señal a un taxi que pasa. Tiene suerte, se detiene. Mientras le da su dirección, ve pasar un Jeep por delante del gran edificio comercial. Se detiene atravesado sobre la acera. Úrsula se vuelve hacia él, luego rápidamente se inclina hacia el taxista:

—Espere un momento.

—¡Aquí bloqueo la circulación!

—Le daré cincuenta marcos extra. ¡Tengo que ver lo que pasa allí!

Willy Waffel desciende. Los coches tocan el claxon tras el taxi. El conductor conecta las luces de emergencia. Willy retorna poco después. Del brazo, la rubita, la empleada de la oficina de Lutz Wolff.

—¡Siga a esos dos!

—¿Vamos a jugar a policías y ladrones o qué?

—¡Le subo la recompensa a cien marcos si no me molesta con preguntas!

¿Dónde estuvo Willy Waffel? ¿Tal vez en la agencia de detectives? ¿Se conocen los ilustres caballeros? ¿Acaso se llama el verdadero enemigo Wolff y no Waffel? ¿Qué sentido tiene eso?

El Jeep desciende a trompicones de la acera, el taxi arranca.

—¡Desconecte los intermitentes! ¿O es que espera ayuda de esos dos?

El taxista la fulmina con una mirada desconfiada a través del retrovisor, pulsa luego interruptor de destellos rojos y se alinea tras el Jeep.

—¡No lo vaya a perder!

—¿No prefiere mejor conducir usted misma?

En circunstancias normales Úrsula se hubiese apeado furiosa. Pero ahora calla obstinada. Le sobreviene una furia insoportable. Y precisamente a este Wolff le ha contado todo. ¿Qué es lo que dijo antes? Ojalá que no desaparezca la carta como elemento de prueba. ¡Ja! ¿Y qué si él mismo la hace desaparecer ahora? ¿O tal vez fue asesinato y la carta es falsa para proteger al verdadero culpable? ¿Estaría alguno de los dos detrás de la puerta la última noche cuando ella descubrió a Schaudt?

Sus pensamientos dan vueltas. ¿Qué debe hacer? ¿Ir a la empresa? ¿Seguir a estos dos?

Su entrecejo se crispa de manera indómita.

—¡Qué bien que estés ahí, Walter! ¡Ahora te necesito!

—¿Qué pasa?

—Nada. ¡Siga usted!

El Jeep que va delante de ellos tiene prisa. Willy Waffel cambia a menudo de carril, dos veces el taxista tiene que saltarse un semáforo en rojo para no perderlo.

—Esto me puede costar el carné de conducir —maldice.

—¡Le compro uno nuevo! —replica Úrsula.

Llevan ya media hora tomando curvas tras el Jeep, ahora atraviesan el extrarradio de Frankfurt, se encuentran ya casi fuera de la ciudad. Según parece, Willy quiere irse al campo con la rubita. Úrsula acaba de decidir que es mejor volverse a la fábrica, cuando el todoterreno aminora la velocidad, se desvía por una barriada de las afueras densamente construida y el conductor se dedica a buscar aparcamiento en una calle repleta de coches estacionados.

—¿Y ahora? —pregunta el taxista.

—A esperar. ¡Pero de tal forma que no se nos tenga que ver necesariamente!

Willy Waffel coloca el Jeep atravesado a la puerta de un garaje y se apea. La rubita parece troncharse de risa por ese atrevimiento de él. Con gestualidad fanfarrona la conduce dentro de un local débilmente iluminado.

—¿Esto es lo que era?

—Acérquese más y entonces buscaremos una cabina de teléfono.

—¿Su marido, no? ¡A estos juegecitos no debería yo jugar!

—Echa-canitas-al-aire del mundo, uníos, ¿no es eso? ¡No me haga usted reír!

—¿Se ha acabado entonces el viaje?

—No, usted merece un poco más de mí. ¡Ahora nos vamos a otra parte!

El señor Waffel se ha retirado con su amante a una pizzería. Qué práctico, piensa Úrsula, pues un restaurante tiene siempre un pequeño hotelito anexo. La rubita se trabajará su apartamento, y Willy se sentirá halagado. Se queda con el nombre del establecimiento. Dos calles más adelante encuentra una cabina telefónica. Allí consulta la guía y llama a la pizzería.

—Buenas tardes, me gustaría hablar con el señor Waffel.

—¿El señor Waffel? No lo conozco.

—Me dijo que lo podría localizar esta tarde en su establecimiento. ¡Tiene que estar ahí!

—¿Qué aspecto tiene?

—Unos cincuenta, lleva una joven y rubia acompañante.

—Ajá. ¿Se refiere al señor Weber?

—¿No dije eso?

—Sí, es un buen cliente nuestro. ¡Un momento, por favor!

A través de un fondo de ruidos Úrsula oye una acalorada discusión. Sonríe irónica. Así que ahora te he echado a perder el juego, ¿eh? Espera hasta que Willy Waffel se pone al aparato con un vacilante «¿diga?», en ese momento cuelga.

Le da al taxista la dirección de la empresa y se repantiga en su asiento. La ligera llovizna ha desencadenado una nevisca invernal. Gordos y pesados copos de nieve se pegan a los cristales y a los abrigos y chaquetones de la gente que se apresura por las aceras. Sólo en las carreteras no acaba de cuajar la nieve. Lástima, piensa Úrsula. Una alfombra de nieve blanda y fresca a la entrada de su empresa le podría revelar algunos secretos. Así que no le queda más remedio que comprobarlo por sí misma.

Las manecillas del reloj de pulsera de Úrsula marcan las ocho cuando el taxista se detiene delante de la entrada de la empresa. Las ventanas siguen aún iluminadas. Probablemente las mujeres de la limpieza se encuentran a mitad de su trabajo.

—Ahí ya no hay nadie —dice él y señala a la caseta vacía de la entrada.

—Eso está bien —responde ella.

Es demasiado temprano todavía. No tiene ningún sentido ponerse ahora a deambular por allí arriba. ¿Habrá estado ya Lutz Wolff? ¿O todavía tiene que venir? ¿O está esperando ya? Su coche tendría que estar en alguna parte entonces.

—Espere un momento —Úrsula se dispone a bajarse.

—¡Oh, no! No antes de haber pagado. ¡Luego desaparece usted de aquí y yo me chupo un dedo!

—¡Eso no va a pasar!

—¿Lo sé yo?

198,30 marcos le pide el taxista. Incluido su premio de cien marcos. Úrsula de la un billete de doscientos y se queda esperando la vuelta con la mano extendida. Apenas ha descendido, el taxista acelera y se marcha.

—¡Idiota! —ruge tras él—, ¿quién te ha dicho que se ha acabado el trayecto?

Levanta la vista hacia el edificio. Está claro, podría entrar y telefonear pidiendo un taxi. Pero, ¿qué impresión produciría? ¿La jefa en medio de la noche y posiblemente también de la noche en que se descubra el cadáver de Gernot Schaudt? Las mujeres de la limpieza son la peor prensa de cotilleos. Buscará el Porsche de Lutz Wolff y luego se dirigirá a la cabina telefónica más próxima.

La nieve se le está pegando ya al pelo, los zapatos de tacón se le están calando y su ligero abrigo de cachemir tampoco está pensado para marchas invernales forzadas a temperaturas bajo cero. Úrsula se alza las solapas. ¡Qué tiempo más asqueroso! Pero está bien. Ahora las cosas son así y se las arreglará como sea.

Un ligero resplandor se proyecta sobre el aparcamiento desde las ventanas iluminadas. A pesar de eso no alcanza a verlo en su totalidad. Tiene que recorrerlo. Hasta ahora no había reparado nunca en la extensión que tiene. Al principio se enfada por ello, pero luego piensa: «¡Todo mío!». La idea le gusta. Cada metro cuadrado bajo la suela de sus zapatos es terreno que le pertenece. Y Willy Waffel puede ir rabiando si quiere esto. ¡No va a obtener nada! Casi llega a ponerse de buen humor. También porque no consigue descubrir ningún Porsche 928. Pero eso no quiere decir nada. Tal vez venga más tarde.

Se dirige a pie hacia Niederrad muy pegada al borde de la carretera. La zona está desierta, la carretera es amplia, pero poco iluminada y se encuentra en mal estado. Va pisando continuamente baches llenos de agua. Los coches le resultan más bien desagradables. Se siente condenada al claro cono de luz. Una sensación que detesta. Su esperanza de que tal vez pudiera pasar un taxi se desmorona. Tampoco aparece ninguna cabina telefónica. Seguro que la compañía telefónica supone que en una zona industrial todo el mundo tiene un móvil. Úrsula no. Y tampoco quiere ninguno. Prefiere seguir caminando. Así tiene tiempo para darle vueltas a todo en la cabeza, para aclarar sus ideas.

¿Cómo va a entrar Lutz Wolff en la fábrica?

Con una ganzúa.

¿De quién?

De su espía.

¿Gernot Schaudt?

Si era él. A lo mejor se limitó a desenmascarar al espía en la carta y quería dejar el documento de forma anónima sobre el escritorio de Walter. Y entonces lo sorprendió el asesino.

¿Por qué en ese caso el asesino no se llevó consigo la carta delatora?

Alguien lo interrumpió, ¿tal vez ella?

Un coche grande se aproxima veloz hacia ella con las luces largas. Asustada Úrsula da un paso al costado, se hunde con los zapatos en la tierra reblandecida. Una fuente de agua se le viene encima. Es evidente que el conductor no la ha visto. ¿O sí? Ella se para y sigue las luces traseras con la mirada. No está segura. ¿Era un Porsche?

¿Qué motivo tendría Lutz Wolff para su juego sucio? Cuál va a ser, ¡dinero! Negocio en común con Willy Waffel. Anticipo de la herencia. A lo mejor se refería simple y llanamente a *ella*. Lo mismo que Waffel con su «negocio».

Tiene los pies congelados. En casa lo primero que hará será tomar un baño de agua caliente. Hasta medianoche aún queda mucho.

La carta

A las doce y media Úrsula se encuentra ante el garaje abierto. Ha decidido dejar el Golf en el centro de la ciudad. El riesgo de encontrarlo encajonado como estaba tras un largo viaje en taxi le parece excesivo. En las manos tiene las llaves del coche de Walter.

Una extraña sensación.

Como si abriera su ataúd y se colocara junto a él.

Se queda quieta mirando el coche.

¿Alguna señal enemiga? La pintura metálica color antracita reluce, las ventanas tienen cristales oscuros tintados. Con la punta de los dedos acaricia la cerradura, luego abre lentamente. Nunca ha ido en el asiento del conductor. Se desliza dentro. Huele a Walter. Una mezcla indefinida de perfumes que lo constituían. Hacía tiempo que no estaba tan cerca de él. Casi espera verlo emerger por el espejo retrovisor. Como en una película en blanco y negro que vio hace años. Al frenar, un cadáver se deslizaba de repente desde el asiento posterior hacia adelante. Se da la vuelta rápidamente. Los asientos de atrás están vacíos. A excepción de su maletín. No lo había echado de menos hasta hoy. Extraño.

Esfuérzate, Úrsula, se trata de tu empresa. ¡De tu existencia!

Arranca el coche, el motor responde en el acto. Luego saca el Mercedes por la entrada. En las casas de enfrente ya están todas las luces apagadas. Eso está bien. Su vieja vecina se desmayaría. Creería que él había resucitado de verdad.

Ha dejado de nevar. El coche marcha bien. Amplio, suave y seguro. No obstante, Úrsula es feliz cuando lo deja en una calle adyacente, cerca de la empresa. Desciende e intenta cerrar la puerta del coche lo más suavemente posible. Ahora está mejor equipada que ayer. Úrsula se ha puesto pantalones oscuros y un abrigado chaquetón azul marino. Además de eso, zapatos con suela de goma. Lleva en la mano las llaves y una linterna.

Sus pensamientos dan vueltas incesantes alrededor de la carta. Si ha desaparecido, todo está claro. Entonces Lutz Wolff está envuelto en una historia cuyas dimensiones a ella no le resultan aún del todo claras. Si la carta está todavía allí, ¿entonces qué? ¿Dejarla donde está? ¿Abrirla y hacer por lo menos una copia?

Igual que anoche, el edificio está completamente a oscuras. Con lo cual al menos es seguro que aún no han encontrado a Gernot Schaudt. Úrsula atraviesa rápidamente el aparcamiento. Vuelve a haber allí algunos coches que no sabe a quién pertenecen. Ningún Porsche se encuentra entre ellos. Tampoco ningún Jeep. Entonces retrocede y abre la enorme puerta de cristal de la entrada, mira a su alrededor y se desliza dentro. De nuevo sólo puede avanzar a tientas. Varias veces siente la tentación de encender la linterna. Pero desiste porque si lo hace podría echarlo todo a perder, y avanza despacio, paso a paso. Úrsula ha alcanzado el primer peldaño de la escalera. Se detiene y cierra los ojos por un momento. Tal vez se adapten aún mejor sus pupilas, se acostumbren más sus ojos. No sirve de nada. ¿O sí? ¿No hay algo delante de ella? Úrsula fija la mirada en la oscuridad. No está segura. También puede ser un espejismo. Una sombra. No, algo no puede ser más negro que lo negro. Decide proseguir. No es nada. A pesar de ello su corazón late tan fuerte que puede oírlo. ¿De qué va a tener miedo en su propia empresa? Va subiendo peldaño tras peldaño. Cuando llega arriba, se detiene un momento. No ve nada y no oye nada. Se encuentra sola por completo. Y ahora hará enseguida lo que ha venido a hacer.

Con una mano colocada como guía sobre la pared derecha, Úrsula se apresura a recorrer el pasillo. Cuando se va a cambiar a la otra pared, su pie choca contra algo grande, blando. Del susto pierde el equilibrio, se precipita encima y pierde su linterna. Mientras cae espera recibir un golpe en la cabeza. Abre los ojos de par en par, pero no consigue ver nada. Permanece tumbada sin moverse. Pero no pasa nada. Úrsula se incorpora un poco a cámara lenta. Aterrada, retira la mano. Ha tocado tela. ¿Qué hay aquí junto a ella? ¿Otro cadáver más? ¿Gernot? Poco a poco se arrastra hacia atrás sobre el pulido suelo. Sigue preparada para el ataque. Lo único que no sabe es de qué lado podría venir. Y con qué. Su pie tropieza con algo. Se oye un chirrido suave. ¡La linterna! Se queda como petrificada unos instantes, luego la localiza y la coge deprisa, busca nerviosa el interruptor, lo desliza hacia adelante. A la luz de la lámpara aparece una bolsa de colada caída, apoyada junto a la puerta del lavabo de señoras. Olvidada. ¡Olvidada sin más por la mujer de la limpieza! Le dan ganas de reírse. ¡Qué estupidez! ¡Qué solemne tontería! De noche está descubriendo una chapuza tras otra. Debería venir más a menudo por las oficinas a medianoche y hacer informes sobre los desperfectos. Úrsula ilumina brevemente el pasillo en todas direcciones. Vacío. No se ve a nadie. Luego apantalla la linterna con la mano. Ahora corre riesgo. No quiere someter su corazón a un segundo sobresalto esta noche. ¡Eso le vendría muy bien a Willy Waffel!

Úrsula manipula el picaporte de la secretaría. Cerrado. ¡Bueno, esto marcha! Bien hecho. Abre con llave, cierra la puerta tras de sí. Atraviesa deprisa la habitación. La puerta acolchada del despacho de Walter también está cerrada. Ahora se lo han tomado en serio. ¿O es que lo han descubierto ya y yo no me he enterado de nada porque estuve todo el tiempo fuera de casa? Inspecciona la puerta. Ninguna faja policial, nada. Está bien. La llave gira con facilidad. Presiona el picaporte. Enseguida se encenderán los focos y ella irá a prisión por presunto asesinato. Willy Waffel se alegrará. No alcanza a reconocer nada. Lo que más le gustaría es encender la luz del techo o dirigir su linterna al escritorio. Pero la enorme ventana da a la calle. Y eso le parece demasiado peligroso. Entra lentamente en la habitación. Está templada y hay un olor dulzón. Así que sigue aquí. Dónde iba a estar si no. El escritorio se recorta como una sombra oscura, detrás el amplio sillón de cuero. Da la sensación de estar vacío. ¿Dónde está Gernot? El terror se apodera de Úrsula. Entonces lo ve. Se ha hundido por completo sobre sí mismo. Enfoca hacia él la luz amortiguada. No presenta ya un aspecto demasiado bueno. Úrsula retiene la respiración e ilumina fugazmente el escritorio. Allí está la carta. Respira.

¿Y ahora? Úrsula mete la mano en el bolsillo de su chaquetón y saca un par de guantes desechables. Ahora hay que actuar sin demora. Coge la carta y se dirige con ella al cuarto de la fotocopiadora. Éste no tiene ventanas, por fin puede encender la luz. El sobre está abierto. Un ejercicio fácil. Úrsula extrae una carta escrita en columna.

Querida señora Winkler,
sé que la he decepcionado. Usted
me ha tenido por un leal colaborador.
Seguro que ya habrá averiguado
que no lo era. Fue su marido
quien me obligó a evadir de los impuestos
esas elevadas sumas y transferirlas
al extranjero. Lo hice y con ello se
convirtió en realidad mi sueño de una casita idílica.
Sin embargo, la muerte repentina de su marido
ha cambiado las cosas.
Es sólo cuestión de tiempo hasta que se descubra todo.
No sólo que Walter y yo engañamos al fisco, sino que
yo mismo también engañé a Walter. No soy capaz
de afrontar las consecuencias.

Gernot Schaudt

Úrsula deja caer la carta.
¿Qué significa esto? ¿Pero de qué habla este Schaudt?
¿Walter lo había incitado al fraude?
Walter no habría tenido necesidad alguna de ello.
Schaudt ha estafado a la empresa.

¿Pero cómo?
¿Qué le va a pasar a ella cuando Hacienda venga a inspeccionar los impuestos?
¿Y dónde está el dinero? ¿En el extranjero?
Úrsula guarda la carta.
El extranjero es grande.
Y ella ya no puede hacerles preguntas a ninguno de los dos.

Orgasmo

Viernes por la mañana. Tras el desayuno Úrsula llama a un taxi para que la lleve al centro. Ése es el primer paso de hoy. Y luego tiene que apartar de algún modo a este suicida. Úrsula ha estado intentando descifrar durante toda la noche lo que Schaudt pudo haber querido decir. Pero no consigue explicárselo así sin más.

Lo único que está claro es que él no tuvo nada que ver con los precios dumping

¡Con eso no! ¿Con qué entonces?

Así que todo vuelve a empezar desde el principio.

Úrsula está agotada y muy nerviosa. Walter estuvo la mitad de la noche riéndose burlón de ella en su marco de plata hasta que lo puso de cara a la pared. Tampoco eso sirvió de nada. Estuvo tentada a gritarle, a arrojar la foto contra la pared con todas sus fuerzas. Pero no se atrevió. Quién sabe lo que hubiera pasado entonces. Así que ha pasado la noche consumiéndose en su incertidumbre.

Mientras espera a su taxi en el vestíbulo envuelta en su abrigo acolchado, suena el teléfono.

¿A estas horas?

Recelosa se dirige hacia él, lo coge. Es Lutz Wolff:

—Muy buenos días, señora Winkler. Sólo quisiera saber si hay algún acontecimiento nuevo.

Úrsula no dice nada al principio. Luego carraspea. Bueno, Gernot Schaudt no tuvo que ver con el dumping. ¿Qué importancia tiene eso para Lutz Wolff? Si en realidad hace causa común con Waffel, entonces sabe que Schaudt era el hombre equivocado. Y por ello no le interesaba tampoco la misiva. Decide mantener las cartas escondidas.

—No hay nada nuevo por desgracia.

—Bueno. Tantearé hoy un poco a Bianca. A lo mejor nos ofrece una fuente excelente.

—Sí, es posible. Quién sabe.

Llaman al timbre de la puerta.

—Ése es mi taxi, señor Wolff, hablamos más tarde.

Úrsula no deja de dar vueltas en su despacho. No tiene más que estafadores a su alrededor y ningún encargo. ¿Qué va a hacer?

Olvídate de Schaudt y concéntrate en los clientes, se dice.

¿Pero cómo? A fin de cuentas no puede salir del problema tirándose de los pelos. Tiene que iniciar una campaña. O tiene que renunciar a su plan de poner al descubierto al peón de Waffel. Las pruebas que tiene de Wolff bastan para una denuncia. Por competencia desleal. ¿Pero entonces? Seguirá teniendo al traidor a sus espaldas y Waffel no hará otra cosa que reírse. ¿Qué le puede ocurrir a él? Una multa, como mucho.

Derecho no significa justicia.

Le pide a Regina Lüdnitz que le traigan su bata blanca de faena y una gorra higiénica y se dirige a las naves de producción. La catástrofe no es aún total. Muchos clientes tienen contratos con varios años de validez. Tan rápido no se marchan. Las máquinas están funcionando todas. Úrsula se dirige a la nueva máquina de extrusión. Necesita entre dos y tres horas desde que se la conecta hasta poder ponerla en funcionamiento. Es una locura lo que se pierde en producción en este tiempo. En realidad no habría que parar la maquinaria nunca. Si fuera por ella, funcionaría las veinticuatro horas del día. También los fines de semana. Ella introduciría un sistema de trabajo totalmente nuevo. Tres semanas de trabajo ininterrumpido, ocho días libres. Pero el sindicato no quiere escucharla. Tampoco a los trabajadores, por cierto, pues cuando su marido sugirió este modelo, algunos votaron a favor en el acto. Está bien. Observa cómo el extrusionador calienta y funde el granulado plástico. Una tobera prensa el material a través de una amplia ranura; el material se convierte en una película plana e interminable. A Úrsula le parece bello desde un punto de vista estético. Y le entra la risa pensando en los denominados consumidores concienciados. Compran el queso porque lleva envase de cartón. El hecho de que el plástico haya retornado por motivos de higiene y conservación no le interesa a nadie. Lo principal es que tenga un aspecto ecológico. Puro engaño, como todo en la vida. Observa a uno de los trabajadores mientras carga sobre una carretilla elevadora varios rollos de película ya procesados. Cientos de pequeños recipientes penden unos junto a otros. Sólo que aún no han sido estampados. Tampoco se los va a estampar, pues son desperdicio. Úrsula sabe adónde los llevan. Los sigue a través de más máquinas. Cientos de recipientes producidos por prensado, tarrinas de yogur, pasan ahora por su lado. Son más baratos que obtenidos mediante inyección del plástico, se fabrican en mayores cantidades. Los trabajadores la saludan con la cabeza. Algunos incluso sonríen. Claro, aún no saben que en caja faltan 4,2 millones de marcos y que en el sillón de Walter hay un muerto sentado.

Úrsula va en busca del operario con el material de desecho. Está en la máquina cortadora.

Observa fascinada cómo arrastra uno de los largos rollos de plástico hasta el agujero que se abre en el suelo y sobre el que hay pintada una enorme calavera. Le da un extremo de la película a la máquina para que la devore y en el acto ésta, como el ogro de los cuentos, comienza a tragarse ávida como una fiera el resto de los largos metros. Quien se quede atascado allí con un pie, no tiene ninguna posibilidad. De un accidente así se diría en una fábrica de papel: la cantidad de impurezas se ha elevado. Lo cual significa sencillamente que el contenido de no papel es más elevado de lo habitual.

Úrsula contempla extasiada cómo la máquina engulle una plancha de plástico tras otra y las tritura convirtiéndolas en diminutos granos de plástico. El granulado con el que luego se vuelven a llenar las máquinas, la materia prima para los recipientes de plástico. El circuito perfecto. ¿Acaso debiera honrar alguna vez a Willy Waffel con una visita a su fábrica de cartón? ¿Hacer que le enseñen la empresa, su futura empresa *matriz*? Un paso demasiado próximo a su molino triturapapeles y se eternizaría en sus productos. Eso tiene que ser como un orgasmo para todo fabricante de verdad: encarnado en la obra de su vida. Sonríe irónica y se le frunce el entrecejo. Es demasiado bonito para ser verdad. Sólo hay un pequeño inconveniente. Él no va a saltar dentro voluntariamente, y ella no puede empujarlo. Eso sería asesinato. Fácil de demostrar. ¿Y si resbalara? ¿Ante testigos presenciales?

Un empleado se acerca a ella, le habla con timidez.

—Disculpe, señora Winkler, el señor Kühnen la está buscando.

—¿Ah sí? ¿Dónde?

—En el teléfono interno, ¡allí enfrente!

Gracias a Dios, ya han encontrado a Schaudt. ¡Qué rayo de esperanza el viernes al mediodía!

El teléfono interno está sujeto a la pared, el auricular está encima. Lo toma esperanzada, pero Kühnen sólo la informa de que Willy Waffel espera en la línea. Tiene un tono de voz despectivo.

Le viene a la punta de la lengua un arrogante «Ah, el señor Weber» cuando acepta la llamada.

—¿A qué se debe el feliz acontecimiento de su llamada? —dice en su lugar.

Willy Waffel calla desconcertado, luego carraspea.

—Se trataba de su ofrecimiento de visitar EWW. Quería volver sobre ese particular.

—¿Ahora mismo?

—Eh, ¿a qué se refiere?

—A si quiere visitar la empresa ahora mismo o tiene tiempo hasta el lunes.

—Sí, pensé que tal vez primero un vistazo a las cuentas...

—Primero la empresa, luego las cuentas.

—¡Por lo menos aquí arriba lo tienen todo bastante bien puesto!

—¿Arriba dónde?

—Pues aquí. ¡En su despacho!

Una oleada de adrenalina le sube por el cuerpo. Cree levitar o desmayarse en el acto. ¿Tiene la caradura de pavonearse por su despacho sin cita previa? Sí, ¿es que Regina Lüdnitz ha perdido la cabeza por completo?

Le tiembla la voz:

—¿Quién le ha dejado pasar?

—¡Unos empleados la estaban buscando y no me apetecía seguir de pie en el recibidor o en la secretaría!

—¡Ahora voy!

Lo echará. A patadas. Una caída desde la ventana podría equivaler a esa altura a un contacto con la máquina trituradora. Úrsula regresa a través de la sala de producción todo lo deprisa que se lo permite su entallado vestido. Tarda, no obstante, casi diez minutos hasta que llega por fin a la sección de oficinas. Mientras sube las escaleras hacia la primera planta se quita la gorra y se desabrocha la bata blanca. Un murmullo la detiene antes de llegar arriba del todo. El pasillo está lleno de gente. Media plantilla se encuentra allí, todos discuten nerviosos entre sí. ¿Qué ocurre, acaso ha dicho Willy Waffel que va a hacerse cargo de EWW?

Los más próximos ven llegar a Úrsula, interrumpen la conversación. Al final todos se vuelven hacia ella. Callan. Úrsula se detiene un momento, después se dirige a los empleados que tiene más cerca:

—¿Qué ocurre? ¿Pero qué ocurre?

No dicen nada, simplemente se apartan, se forma una calleja que conduce a la oficina de Regina Lüdnitz. Úrsula avanza impetuosa hacia ella. Regina Lüdnitz está tendida en el suelo, a todas luces inconsciente. Verena Müller y Arnold Müller se ocupan de ella. Willy Waffel está sentado en el escritorio, pálido como la cera. Úrsula dirige la mirada hacia su secretaria.

—¿Qué ha ocurrido? ¿Se ha caído? ¿Está enferma? ¿O qué?

Verena Müller sin decir palabra señala el despacho de Walter. La puerta se encuentra abierta de par en par.

—¿Qué hay ahí? —quiere saber Úrsula.

—No entre —Arnold Müller se levanta—. Según parece Gernot Schaudt se ha matado en el despacho de su marido. Lo ha descubierto el señor Waffel. No sabemos cuánto tiempo lleva ya ahí... eh... sentado.

Ahora controla tus reacciones, piensa Úrsula.

—Cómo, cómo puede suceder eso, quiero decir, no lo entiendo. ¿Y qué hay de la señora Lüdnitz? ¿Ha llamado ya alguien al médico? —Úrsula mira a su alrededor. Willy Waffel da la impresión de estar a punto de vomitar en cualquier momento. Se lo tiene bien merecido este fisgón. Pero qué fastidio que se entere él precisamente de la historia.

—La ambulancia viene de camino.

—¿Para Gernot Schaudt?

—¡Él está muerto!

—¿De verdad? —se acerca a la puerta, mira dentro del despacho de Walter, luego entra despacio. A la luz del día Gernot Schaudt presenta un aspecto verdaderamente terrible. Ha empezado ya a descomponerse, su rostro desencajado presenta manchas oscuras y de color almagre, con la sangre seca y los ojos desorbitados parece un muerto viviente de las películas de terror. No es de extrañar que la señora Lüdnitz haya perdido el conocimiento. Vuelve a la secretaría—. Pienso que debemos cerrar la puerta —dice en voz baja.

Regina Lüdnitz abre los ojos. Verena Müller le sujeta la cabeza, Arnold Müller cierra la botellita que mantenía bajo su nariz.

—No puede ser —es su primera frase.

—¡Sí, por desgracia sí! —replica Úrsula moviendo la cabeza—. ¡Es un golpe para todos nosotros! —diciendo esto sale al pasillo.

Entretanto se han congregado allí más de cincuenta personas, y cada vez vienen más. Durante unos instantes Úrsula se mantiene en silencio con la cabeza hundida, luego alza la vista.

—Ha ocurrido una desgracia terrible. Gernot Schaudt, nuestro apreciado y eficaz jefe de Exportación, ha muerto. Todavía no sabemos cómo pudo ocurrir. Tampoco por qué sucedió precisamente en el despacho de mi marido. Quien desee aún despedirse de él, puede hacerlo. Quisiera, no obstante, advertirles que lo que se encontrarán no es agradable de ver. Y les pediría, por favor, que no toquen nada. Ahora voy a poner al corriente a la policía.

Los funcionarios se comportan de una manera discreta, Willy Waffel no tanto. Apenas se ha recuperado un poco, dice con tono arrogante:

—Una empresa en la que se matan los empleados, ya ni siquiera vale quince millones. ¡Cuando esto se sepa, puede estar contenta si sigo manteniendo mi oferta en pie!

Los empleados reunidos en la secretaría miran compungidos primero a Willy Waffel, luego a Úrsula. Ella se dispone a responder con contundencia justo cuando empiezan a sacar a Gernot Schaudt en un ataúd metálico cerrado. Algunos se persignan, todos se apartan de forma automática.

El médico y los funcionarios de policía lo acompañan, se detienen junto a Úrsula.

—Un duro golpe para todos ustedes —dice amable el médico—. La causa de la muerte fue un disparo en la cabeza, pero todo parece indicar suicidio. En cualquier caso tenemos que esperar a la autopsia.

Así que lo primero nada de pesquisas desagradables, respira Úrsula y despide a los hombres aliviada. La comitiva se pone en movimiento. Tras el ataúd sale Willy Waffel. La habitación se queda vacía. En ordenada fila, en silencio, los empleados acompañan a Gernot Schaudt en su último recorrido a través de la empresa. Úrsula se queda. A través de la ventana observa que el patio se encuentra ya lleno de gente. Todos se despiden de su colega.

El maletín

Un duro golpe ha dicho el médico. En efecto, es un duro golpe el hecho de que precisamente Willy Waffel haya encontrado el cadáver. Por pura misericordia no le preguntó qué demonios hacía en el despacho de Walter. Pero le telefoneará antes de que abra su bocaza y convierta esto en un escándalo. Úrsula se sienta en su escritorio pensativa.

¿Cómo se puede detener a Willy Waffel, el charlatán veloz?

¿Cómo puede averiguarse lo que Schaudt quiso decir realmente?

Suena su teléfono.

El display indica una llamada de fuera.

¿Acaso no está Regina Lüdnitz?

Lo coge.

—Qué fantástico localizarla directamente, señora Winkler. ¡Lutz Wolff, buenos días!

—Sinceramente, señor Wolff, tengo que decirle que a mí no me parece en estos momentos tan fantástico. Acaban de llevarse a Gernot Schaudt.

—Bueno, gracias a Dios. ¿Quién lo ha descubierto?

—Willy Waffel.

—¡No!

—¡Sí! ¡Y el asunto con su Bianca no me parece tampoco tan fantástico, ya que estamos en ello!

—Bueno, no es *mi* Bianca, pero la puedo entender en cierto sentido. No obstante, ella no supone ningún peligro. ¿O piensa usted lo contrario?

—Usted es el que puede explicarme lo que pienso...

—¿Cree usted acaso que hago causa común con Waffel?

—La recogió de su oficina.

—Seguro que él no entra voluntariamente en una agencia de detectives. La habrá esperado abajo. Pero si usted ya no confía en mí, tendremos que anular el contrato. Esto ya no tiene ningún sentido.

Úrsula dibuja con un bolígrafo pequeñas cruces en su bloc de notas. Durante unos instantes callan los dos.

Se escucha un ruido en la línea. Úrsula mira rápido a su pantalla. No sabe distinguir si alguien está escuchando.

—Un momento, por favor —coloca su auricular sobre la mesa y sale corriendo hacia la secretaría. Regina Lüdnitz sostiene aún el auricular en la mano. Alza la vista asustada cuando Úrsula entra impetuosa.

—¿Qué está haciendo usted?

—Iba a llamar a mi novio para que me recoja. No me encuentro bien, señora Winkler, quisiera marcharme a casa —mientras lo dice su mirada está completamente en el vacío, a través de Úrsula.

—Ah ya, sí. Entiendo —si tiene novio, entonces difícilmente pudo ser la amante de Walter. Úrsula va a cerrar de nuevo la puerta tras de sí, pero se vuelve hacia ella—. Le deseo que se mejore. ¿Pero cómo es que ha conducido al señor Waffel sin mi permiso al despacho de Walter?

—Me dijo que estaba acordado la visita con usted y que quería ver su futuro despacho de dirección. Algo que no he entendido en absoluto. ¿Es que nos vamos a fusionar? —sus ojos vuelven a mostrar algo de vida.

—Willy Waffel espera que las cancelaciones de las que usted también está enterada nos partan por la mitad. Pero puede esperar sentado. ¡Es un sinvergüenza y nada más!

Regina Lüdnitz asiente moviendo con lentitud la cabeza.

Úrsula cierra la puerta.

—No sé si escuchó alguien o no. En cualquier caso me resulta desagradable tratar estos temas por teléfono.

—Bien, me alegraría que viniera a verme.

—No, venga usted a mi casa. Esta tarde a las ocho. ¿Puede ser?

Lutz Wolff vacila un poco. Seguro que tiene una cita, piensa cínica, tendrá que darle una paseo a su novia con el Porsche de *ella*.

—Bueno. Sí, bien, iré.

Úrsula vuelve a echar mano al auricular:

—Señor Witzmann, ocúpese, por favor, de que la empresa EWW se despida como es debido de su empleado. Vaya reservando ya un espacio para la edición de mañana sábado en el *Frankfurter Allgemeine Zeitung* y en el *Frankfurter Rundschau*, en los dos casos a tres columnas. En la sección de necrológicas, usted ya sabe. El texto lo mandaremos más tarde. ¡Tan pronto como tenga una propuesta, pásese por favor por mi despacho!

Úrsula conduce rápido hacia su casa. Ya que voy a poner anuncios, podría ofrecer también el Mercedes, piensa, y mientras lo hace, de repente el maletín le salta a la vista. Que Walter lo dejara así sin más en el asiento de atrás no es realmente su estilo. Con lo puntilloso que era con todo. Pero desde su muerte Úrsula tampoco ha mirado en el maletero. Tal vez debería hacerlo nada más llegar a casa.

El maletero está completamente vacío. Típico de Walter. Se lleva el maletín consigo. Le parece pesado. En un primer momento piensa en sus trabajadores, que sacan bocadillos y termos durante las pausas. La idea de que Walter llevara consigo un termo le resulta más bien improbable. Casi le entra la risa al pensarlo.

Falta poco para que sean las ocho. Ya no le queda mucho tiempo. Enseguida pone agua a calentar para el té, y coloca el maletín sobre la mesa de la cocina. Luego sube al piso de arriba para ponerse cómoda.

—Me podrías ayudar con Willy Waffel. Entonces tendrías al menos una tarea— le dice de pasada a Walter en su marquito de plata. ¿No le podría dar esta noche sencillamente un ataque?

Llaman al timbre de la puerta.

Úrsula se examina veloz en el espejo. Tiene que volver urgentemente a la peluquería. Quizá consiga mañana una cita en Zieger. Se pinta un poco los labios y baja rápidamente.

Lutz Wolff lleva su maletín en una mano y en la otra trae una botella de vino.

—Venga, nos quedamos en la cocina. Iba a preparar un té —Úrsula quita el maletín de Walter de la mesa, luego mira en la nevera. La señora Paul ha hecho la compra por ella. Otra vez ha vuelto a fijarse más en los precios baratos que en la calidad. Y que no se lo pueda meter en la cabeza. Coloca embutido y queso en una bandeja y añade unos panecillos. Lutz se va a comer esto. Sirve el té de menta y se sienta—. ¿O preferiría usted vino? ¿Cerveza?

—Me adhiero al té.

—¡Eso está bien!

Le cuenta a Lutz lo ocurrido a lo largo del día. Hasta llegar a la respuesta de Regina, cómo se pudo llegar a ese punto.

—¡Este señor Waffel es un verdadero sinvergüenza!

—¡Simplemente oír su nombre ya me pone furiosa! Pero tengo que detenerlo antes de que difunda mentiras en el sector. ¿Cómo puedo hacerlo?

Lutz se pasa la mano por su cabello corto y negro.

—Tenemos que dejarlo mudo como a un muerto.

—¡Lo preferiría muerto del todo! —Úrsula coloca bruscamente la tetera sobre la mesa.

Lutz ríe.

—Sí, me lo puedo imaginar. Pero no nos hará ese favor. Le podemos denunciar, pero eso necesariamente no frenará su energía. Tal vez de forma provisional, y luego volverá a la carga para intentar aniquilarla.

—¡Atrayentes perspectivas! —Úrsula bebe un sorbo de té. En sus años mozos Lutz Wolff podría haberle gustado. Su profesión, sin embargo, le habría parecido demasiado inconsistente. Detective. ¿Qué le parecerá a su novia?

—La llave para cerrar la palabrería de Willy podría llamarse Bianca. Unas cuantas fotos inequívocas presumiblemente podrían frenarlo. ¿Qué le parece?

Úrsula sonríe.

—Sí, me gusta —luego balancea la cabeza en señal de reparo—: ¿Quién nos asegura que aún le interese la opinión de su mujer? ¿Y si lo que quiere en realidad es separarse?

—Sí. Pero sólo una vez que consiga la pasta de ella. Utilizando a su mujer, como usted misma escuchó. Seguro que no se podrá separar sin presentar quiebra. Eso habría que considerarlo con más detalle.

—Lástima que no llevara conmigo una cámara de vídeo en Oberlech. ¡Hubiese sido la prueba perfecta! —Úrsula vacila, luego mira a Lutz de reojo—. Aún me quedaría una dirección. Pero probablemente yo misma la he echado a perder —le resume a Lutz su trabajo detectivesco en el coche, lo de la pizzería y la llamada telefónica. Él sonríe.

—Bueno. Me puedo imaginar que esa llamada lo habrá puesto muy nervioso. Gracias a ella sabemos al menos que se hace llamar por otro nombre cuando sale con Bianca por Frankfurt. Así que no debe de serle indiferente que la historia permanezca en secreto. Me pasaré por esa pizzería.

Úrsula toma un trago de verdoso té. Luego deposita la taza de porcelana lentamente sobre la mesa, mira a Lutz Wolff a los ojos.

—¡Si usted me engaña, incluso sería capaz de asesinarlo!

El hombre que tiene enfrente queda perplejo, luego sacude levemente la cabeza.

—Bianca no es indicio alguno de que yo esté haciendo juego sucio, sino una verdadera suerte. Ella nos suministra la munición contra Waffel.

Úrsula lo contempla impasible.

—Bien, ¡bebamos por ello!

Los expedientes

La señora Zieger pudo darle una cita pronto. Estos saben bien que hay más peluquerías, piensa Úrsula el sábado a las ocho de la mañana y una hora más tarde se pone en camino.

—¿No es espantoso? —la saluda el señor Zieger con un tono sensacionalista.

—¿Qué? —pregunta Úrsula *in albis.*

Él agita el *FAZ* delante de su cara.

—Pues esto. Su esquela. ¡Su empleado!

Oh Dios, lo había olvidado por completo.

—Un caso verdaderamente trágico. Sí. Traiga un momento —se sienta y hojea las páginas de anuncios mientras el peluquero se impacienta de pie tras ella—. He doblado la punta. ¿Me permite que se lo enseñe en un momento? —extiende su mano y señala la página correspondiente.

—Ah, muy agudo —replica Úrsula.

Situado en la parte superior derecha. Muy llamativo. Muy bien. EWW se preocupa por sus empleados.

—¿De qué murió el difunto señor Schaudt? —el señor Zieger se inclina curioso hacia adelante.

—De una bala en la cabeza —le responde Úrsula—, pero se arrepiente apenas lo acaba de decir.

Embalajes-Walter Winkler
Lamenta la pérdida de su jefe de Exportación
Gernot Schaudt
Nos ha afectado a todos su muy temprana muerte. Hemos perdido a un compañero fiel, leal y querido. En agradecimiento de los años pasados y con vivísimo recuerdo.
EWW La Dirección y el personal

Echa un vistazo al espejo. La expresión de su rostro delata lo que la espera la próxima media hora. Él querrá saberlo todo. Hasta el más pequeño detalle.

—El pelo su mujer no me lo iba a...

—Mi mujer tuvo que ir urgentemente a correos. Lo siento. Necesitará por lo menos treinta minutos. ¿Si yo mientras tanto...?

Él la condenará a estar treinta minutos tras la cortina hasta que se entere de todo. Úrsula se entrega suspirando a su destino.

Ante ella hay un fin de semana completo, tiempo suficiente para pensarlo todo de manera exhaustiva. Úrsula se contempla en el espejo de su baño. Desde luego es un terrible charlatán, pero sabe cortar y teñir. Eso hay que concedérselo al señor Zieger.

Se cambia de ropa. Cuelga el vestido en el balcón para que se ventile, busca un jersey cálido y amplio y unos pantalones viejos y cómodos. Lo primero que hará ahora es desayunar con total tranquilidad. Dispone sobre una bandeja té de menta, panecillos, mantequilla y miel y se lo lleva todo al salón.

En realidad le van bien las cosas.

Si no le estuviera pinchando la carne esa espina llamada Waffel, le iría incluso muy bien.

Se bebe despacio su té y mira al jardín a través del gran ventanal. Aún quedan restos de nieve, pero ha subido la temperatura. El sol se atreve incluso a salir un poco.

Qué maravilla.
Puede decidir por sí sola lo que quiere hacer hoy.
Puede salir de paseo, quedarse sentada, trabajar, leer.
Nadie la obliga a ir de caza, subir una montaña o la condena a esperar en fríos puertos.
Se sirve otra taza.
Walter era fuerte. Incluso cuando un débil como Schaudt arroje sombras sobre él. No tenía competencia. Y tampoco hay nadie que lo iguale. Ella ahora eso lo tiene claro.
Pero está contenta de haberse librado de él.
A pesar de todo.
Se acuerda del maletín.
Veamos qué lingotes de oro arrastraba consigo. Dentro hay unos expedientes, se lo había imaginado. Siempre llevaba publicidad de barcos y folletos de novedades del mercado o montones de expedientes.
Los saca. Abultan bastante. Varios separadores ponen orden al contenido. Sin embargo no hay inscripción alguna.
Úrsula revisa la cubierta, empieza desde el principio.
Contratos de bancos. Bien, los conoce todos, hace poco que estuvo ocupándose de ellos. ¿Qué querría hacer con las copias?
Los hojea. Los diferentes vencimientos se remontan bastante en el tiempo. Hasta 1986.
Desde luego que ella no se remontó tanto en sus investigaciones. Se limitó a examinar los contratos más recientes.
Comienza a comparar los documentos.
Resulta interesante que las condiciones se vayan haciendo llamativamente mejores con el paso del tiempo a pesar de que la situación monetaria empeoró de forma muy nítida en los últimos años. Hace dos años, sobre todo el señor Wiedenroth, volvió a hacer una mejora sustantiva. Bien, sabía que les había concedido buenas condiciones. Pero a ella no le había llamado nunca la atención de una forma tan clara como con el listado cronológico. En ese caso Julius Wiedenroth trabajó casi contra su propio banco. ¿Y ahora de repente se comporta de una manera tan extraña debido, al parecer, a la mala coyuntura y a la difícil situación económica?
También el señor Nordlohne trató a EWW de una forma a todas luces preferente. ¿Cómo concedió a Walter de la noche a la mañana un préstamo casi sin intereses de más de 250.000 mar-

cos? Mira la fecha, intenta recordar. ¿Para qué habría necesitado la empresa 250.000 marcos adicionales?

La tetera silba. Coloca las verdes hojas de menta directamente sobre el fondo de la taza, luego vierte despacio el agua caliente.

¿250.000 marcos? El coche no costó 250.000 marcos, ¡sin embargo el Swan! ¿Pero por qué? ¿Qué hizo entonces con los 250.000 marcos que había sacado de la cuenta privada para el Swan?

Lo deja todo y sale corriendo hacia su despacho. ¿Dónde están los extractos de banco de hace cinco años? Ordenadamente apiñados unos junto a otros en un gran cajón. Saca algunos, entonces encuentra el año correspondiente. Vuelve deprisa a los expedientes de Walter. En efecto. La misma fecha. ¿Significa esto que ese asqueroso barco costó 500.000 marcos en lugar de los 250.000 reconocidos por él? ¿Acaso no se atrevió a decírselo? ¿Modificar a otra cantidad el contrato de compra, por ella?

Casi le entra la risa.

¿Qué imagen tenía de ella?

Verdaderamente una muy diferente a la que ella tenía de sí misma.

¡Inconcebible!

Sigue pasando hojas.

Otro contrato con un banco. En Luxemburgo. ¿Por qué diablos en Luxemburgo? ¡Allí no tenían cuenta alguna!

Úrsula frunce el ceño.

Nosotros no.

¡Él sí!

¿En el extranjero?

Apertura de cuenta, primer ingreso: 250.000 marcos. La fecha casi coincide con la del préstamo. Sólo dos días más tarde. ¿Qué puede significar esto?

¿Para qué necesitabas una cuenta secreta, Walter?

¿Qué me estabas ocultando?

¿Para qué utilizaste a Gernot Schaudt en todo esto?

Extracciones regulares, siempre de la misma cantidad: ocho mil marcos. Compara los períodos de tiempo. Unas veces cuatro semanas, otras seis o incluso ocho. Pero siempre exactamente ocho mil marcos. Siempre pagados en mano, sin transferencias. No hay más indicaciones, se topa con el siguiente separador.

Más contratos. Esta vez con el Ayuntamiento. Se trata de aguas residuales. Esto lo tiene Úrsula aún en la memoria. Hubo conversaciones sin término sobre las aguas residuales de la fábrica de embalajes. Una comisión municipal de aguas residuales les exigió hace dos años la instalación de una técnica totalmente nueva. Los análisis de sus aguas residuales daban resultados nocivos para el medio ambiente. Walter estaba furioso. Tras arduas conversaciones consiguió luego que todo siguiera como estaba. Al final Úrsula se retiró de las negociaciones, sencillamente no resistía seguir escuchando.

Walter había encuadernado aquí con primor los protocolos de todas las negociaciones.

Sigue hojeando.

Lo ha conservado todo. Se topa con el permiso de construcción para las nuevas naves del almacén, con los contratos de leasing de coches y con una exhaustiva correspondencia con la delegación de Hacienda. Hay protocolos por todas partes. Qué condiciones presentaban las exigencias originarias y en qué quedaban al final. La mayoría de las veces de forma sorprendentemente favorable para EWW.

Siempre admiró la capacidad de negociación de Walter. Pero ahora por primera vez le llama la atención la frecuencia con que la consiguió imponer sus posturas. O salvar la cabeza, en lo que se refiere a las aguas residuales, a la delegación de Hacienda o incluso al permiso de construcción, que al principio parecía imposible y luego se lo concedieron. Con menos impuestos de los que amenazaban al principio.

En realidad fue un hombre muy especial. A pesar de todo.

Trae la tetera de la cocina, se sirve con cuidado. Bien, la menta se ha posado ya.

Le encanta beber el té así de caliente.

Da un sorbo precavido de la delicada taza de porcelana.

La siguiente hoja separadora.

Úrsula continúa hojeando.

—¡Uy! —él té caliente se le derrama por entre los dedos y le cae en los pantalones cuando presurosa suelta la taza.

¿Qué es esto?

Una foto en color de una pareja en una pose comprometida. Una mujer de largo cabello negro, ataviada exclusivamente con liguero, medias negras y zapatos de tacón, monta sobre un hombre que tiene la boca enormemente abierta. ¿Walter? Difícil de distinguir. Úrsula sale corriendo a buscar una lupa.

Abre cajones al azar, no consigue aclarar sus pensamientos. ¿Qué significa esto? ¿Walter con una prostituta?

Aparecen las gafas para leer de Walter. Mejor que nada.

Vuelve corriendo.

No, no es Walter. ¿Quién entonces?

Sigue hojeando febril.

Otra foto. La misma pareja. Sólo que esta vez el hombre se ha incorporado, desde luego para poder ver mejor cómo ella se la mama.

Úrsula se arrellana, respira hondo. Esto es increíble. Se trata de Julius Wiedenroth. El director del banco como un potro cachondo en la cama de una puta. Úrsula conoce a su mujer. Un ser recatado y gris. Deforme y triste. No es de extrañar.

Sigue hojeando.

Tercer acto. Se distingue bien el rostro al rojo vivo de Julius mientras embiste a la mujer desde atrás. De frente a la cámara. No debería esforzarse uno tanto si tiene la tensión alta, piensa Úrsula. El rostro de la mujer no resulta visible en ninguna de las imágenes. También ahora vuelven a cubrirlo los negros cabellos. ¿Quién es ella?

Ni un dato. Ni una línea.

Úrsula sigue hojeando.

Cuarto acto. La mujer se encuentra entre las piernas de él. Algo parecido habíamos visto ya, piensa Úrsula. Siguiente página. Pero, un momento, vuelve a la página anterior.

Se trata de otro hombre.

Úrsula coge su taza, bebe un sorbo, luego mira impasible unos instantes al jardín sin percibir nada.

Chantaje.

El secreto del éxito de Walter era el chantaje.

Tan corriente, vulgar y sencillo.

El arte de su persuasión no se basaba en ningún genio brillante, tampoco en estrategias de negociación invencibles, sino, en recursos tan sumamente poco espectaculares como una sencilla foto.

¡Qué sorpresa!

Sigue pasando hojas deprisa.

Sexo en todas las posturas. La cámara colocada siempre en el mismo sitio, siempre la misma mujer, hombres siempre diferentes. A algunos los conoce, a otros no. Pero detrás de todo este montaje presiente quién se refociló con la morena alta. Los nombres de los firmantes en los diferentes contratos podrían descifrar el enigma del bajo vientre. La última foto —no le sorprende— muestra a Gernot Schaudt. Y detrás una relación con considerables pagos entre 30.000 y 60.000 marcos.

—¡Walter, maldito perro! —dice en voz alta—. ¡Trucos! ¡Nada más que trucos! ¿Necesitabas de esto? —se le crispa el rostro. Sale corriendo hacia el dormitorio. La foto de Walter está boca abajo. ¿La derribó ella esta mañana sin querer? No lo sabe— ¿Te has destronado tú mismo?

Lo deja tirado, abre su armario. Necesita urgentemente aire fresco. Correr. Y meditar. Si Walter tomó en cada una de sus trampas a la misma mujer, naturalmente tuvo que haberla conocido bien. Durante años. ¿Tal vez él mismo la...? Úrsula saca su plumífero. Tiene que encontrar a esta fulana. ¿Pero cómo? ¿Sobre la base del cabello negro? ¿De la habitación? ¿Dónde puede conseguir información?

Baja corriendo con la cazadora. El rompecabezas poco a poco va adquiriendo sentido. Así que para eso necesitaba una cuenta en Luxemburgo. ¡Tiene que ir allí!

Y esa mujer es la figura clave.

En algún lugar ocultaría tal vez las correspondientes cartas. Con este mozo. ¡Y con esta zorra!

¿Pero dónde?

Úrsula, se ordena, tranquilízate. Reflexiona con lucidez al respecto. Sal al aire fresco y pon orden en tus pensamientos.

¡Y luego empiezas a buscar!

La desconocida

Úrsula busca todo el sábado y la mitad del domingo. Revisa de forma sistemática el despacho, abre y vacía cada cajón, hojea todos los archivadores, mira en toda la casa detrás de cada cuadro, revuelve en el sótano y examina incluso el cuarto de la calefacción y el garaje. Nada.

El domingo por la tarde vuelve a coger su plumífero. La búsqueda sin éxito la desquicia. Necesita una salida.

Y mientras da amplios paseos por el campo, se le ocurre de repente cómo podría quitarse verdaderamente a Willy Waffel de encima. Fotos comprometidas con Bianca, tal como propuso Lutz, le resultan muy inseguras. Posiblemente no sean ya un medio efectivo de presión, entretanto quién sabe qué poder ejerce sobre él el bajo vientre de Bianca. A lo mejor hace tiempo que le da igual la reacción de su mujer. Aunque Lutz piense de otra forma. Además, semejantes fotos son difíciles de obtener. ¿Se va a meter Wolff con una cámara debajo de la cama? Y si fuera el caso, ¿debajo de cuál? Más sencillo y seguro que también más efectivo sería una foto de Waffel con la morena en posturas impactantes. Allí la cámara fotográfica parece ser un sólido ingrediente del mobiliario. Y tendría sin más a Waffel en un puño. Podría emplear la foto tanto contra su mujer como contra su querida.

Úrsula da un puntapié a una gran piedra que aparece en su camino, sonríe con ironía.

Bueno, en casa no ha encontrado nada sobre la gran desconocida. Pero tratará de descubrirla. Y si la morena trabajó para Walter, puede hacerlo también para ella. Ocho mil marcos son ocho mil marcos. Concertará mañana por la mañana una cita en Luxemburgo y se irá para allá tan rápido como sea posible. Probablemente allí encuentre un par de puntos de apoyo. Y, sobre todo, podrían estar flotando de un lado para otro unos cuantos millones sin dueño. Qué bien haber encontrado los documentos y, sonríe irónica, qué fastidio para el banco.

El consejero de valores en Luxemburgo le explica telefónicamente, el lunes por la mañana en su despacho, que una entrega no presentaría mayor problema en su caso. Sólo necesitaría un certificado que la acreditara como única heredera. Úrsula concierta una cita para el día siguiente y encarga a su abogado que le prepare todos los documentos requeridos. Luego telefonea a su jefe de prensa. Debe informar a tiempo —a ella y a sus empleados— de la fecha y hora exactas del entierro de Gernot Schaudt. Ese mismo deseo lo han expresado ya esta mañana más de veinte trabajadores de la empresa, y también se ha visto desbordado por llamadas procedentes del exterior, le explica Rainer Witzmann.

—Dígale a la gente que a usted no se le paga para eso. Que se dirijan a su esposa —replica Úrsula malhumorada—. Ponga al teléfono a uno de nuestros aprendices. ¡Y haga usted su trabajo!

Úrsula cuelga y marca el número de la agencia de detectives Wolff.

—Bueno, ¿qué hay de nuevo?

—He alquilado una habitación para esta semana en la pensión referida y me trasladaré a ella esta tarde. Me he hecho pasar por representante. Si Waffel es de verdad cliente fijo de este establecimiento, tendrá que salirme necesariamente al paso.

—¡Pero Bianca también! ¡Y ella lo reconocerá!

—¡Ya me cuido de ello!

—¿Con peluca y barba postiza o cómo?

—¡Eso déjelo de mi cuenta!

—Espero que no haya pedido la habitación más cara!

—Apenas repercutirá en la cuenta total.

Úrsula calla. Esta perspectiva no la tranquiliza. Muy al contrario.

—Bueno, espero que tenga éxito.

Cuelga. Llega Regina Lüdnitz con el correo matutino. Va vestida de negro y está pálida. Ha pasado la noche completamente en vela. Estos jóvenes no resisten nada. Si la señora Lüdnitz pide ahora la baja médica, esto sería un coste innecesario. Y tendría que buscar una sustituta durante cuatro o seis semanas.

—Quédese tres días en casa, señora Lüdnitz. Recupérese del susto. La señora Braun-Schmidt podrá hacer su trabajo estos tres días.

Úrsula recibe una mirada de agradecimiento. En efecto, acepta la oferta, constata Úrsula. Ello no habla precisamente de una enorme conciencia del deber. Pero está bien. Lo puede traer a colación cuando se trate de la próxima subida de sueldo.

Pero tras la reunión del lunes tampoco a Úrsula la retiene ninguna cosa más en la empresa. Va a ver a su abogado, recoge la carpeta que le han preparado y lo examina todo en casa. También el mejor trayecto para ir en coche a Luxemburgo. Autopista a través de Koblenz o de Mannheim, debería seguir siendo igual.

Poco después de la una del día siguiente llega a la capital del Gran Ducado. Se dirige al centro de la ciudad y pide allí a un taxista que le explique el camino. El banco posee garaje subterráneo. Qué práctico. Así no hay ningún problema de aparcamiento y se garantiza la discreción. Aparca su Golf entre dos limusinas. Al bajarse mira curiosa las matrículas. De Alemania, naturalmente. Otras nacionalidades tampoco tienen necesidad de limpiar su dinero en el extranjero. Podría resultar interesante colocar aquí una cámara durante algunos días...

Por otra parte, piensa, mientras saca su bolso del maletero, podría informarse también de cómo se las compuso Walter. ¿Por qué va a preocuparse precisamente ella de las gordas barrigas de los políticos? ¿Y pagar luego también las curas de adelgazamiento?

Harald Fuchs, el consejero de valores con el que habló por teléfono ayer, la está esperando. Las puertas de su despacho están abiertas de par en par. Úrsula vacila un momento en el umbral, pero él se levanta en el acto, viene hacia ella con la mano tendida y le da el pésame. Luego le ofrece asiento. A continuación se sienta él y cruza las manos expectante.

Úrsula se inclina sobre su silla un poco hacia adelante y le extiende el certificado de herencia:

—¿Cuánto dinero hay en esta cuenta, señor Fuchs?

Él parece ser extremadamente servicial, repasa el documento con sumo detalle:

—Todo correcto, señora Winkler. Podemos liquidar esto enseguida.

—¿Cuánto?

Harald Fuchs junta las puntas de los dedos, con absoluta precisión.

—Cinco millones.

—¿¿Cuánto??

—5,36 millones.

—¡Esto es increíble!

Él sonríe con amabilidad:

—¡Todo hombre tiene su pequeño secreto!

Úrsula asiente furiosa y piensa en la desconocida.

En contacto

Elisabeth Stein era el único nombre que le resultaba desconocido en los documentos. Arranca el coche en el garaje subterráneo.

¡Tiene que ser ella!

Nada más pasar la frontera, Úrsula se dirige a la cabina más próxima y pide en información el número de teléfono de Elisabeth Stein en Frankfurt. Si la Stein se encuentra en la guía telefónica, a ser posible con indicación de la calle, esta noche va a resultar muy entretenida. Lo que más le interesa a Úrsula, sin embargo, es la cuestión de si Walter tuvo relaciones con ella.

Pero la dama o no tiene teléfono o tiene un número secreto o vive en otra ciudad. En cualquier caso, información no puede darle ninguna pista de Elisabeth Stein.

Hubiese sido demasiado bonito.

Úrsula se sienta al volante y prosigue el viaje. Posiblemente utilice algún diminutivo. ¿Lisa? ¿Lisbeth? ¿Betty? Con Betty a Úrsula le entra la risa sin querer. Betty sería el nombre artístico adecuado para una prostituta. ¿Debería darse una vuelta por el barrio chino, quizá? Por otra parte, Betty podría tener también una profesión absolutamente normal y haberse limitado a ganar un dinero adicional con Walter. A lo mejor es incluso ama de casa y tiene dos dulces niñitos.

Después de dar vueltas y más vueltas al asunto, decide estudiar primero con calma la guía telefónica de Frankfurt. Preferentemente una antigua, cuando los números secretos no podía permitírselos todo el mundo.

El mismo miércoles por la mañana encarga a Rainer Witzmann que le suministre una guía telefónica vieja. Ella no ha encontrado ninguna en casa. Las guías telefónicas no se hallaban entre las cosas que solieran conservar Walter o ella. Pero eso no debería suponer dificultad alguna para su oficina de Información y Prensa. Media hora más tarde llaman a su puerta, pero en lugar de su jefe de prensa se presenta ante ella Manfred Kühnen. Sin la secretaria de dirección esto es un puro caos, piensa Úrsula y le ofrece asiento a Kühnen. La expresión de su rostro es impasible, su americana es azul cian con corbata amarillo chillón.

—Esperemos que ninguna cancelación más.

—Lamentablemente en los últimos tiempos no hemos recibido ningún pedido que hubiese podido cancelarse. Eso me preocupa. Y tampoco tenemos nuevos clientes con los que pudiéramos tapar el agujero de 4,2 millones, eso me preocupa también. Y seguimos sin saber quién nos está haciendo la pascua. ¡Quiero decir que tendríamos que hacer algo!

Piensa en Luxemburgo y de buena gana sonreiría irónica.

—¿Sí? ¿Y qué es lo que se le ocurre, señor Kühnen?

Ahora propondrá una agencia de detectives.

—¡O una agencia de detectives profesional o libera usted a uno de nosotros para esa tarea!

—Ah, ¿y en quién ha pensado?

Manfred Kühnen se frota la nariz, luego se encoge de hombros:

—Por ejemplo en mí. Conozco bastante bien el ramo. Sólo tendría que ocuparme de ello con dedicación exclusiva. Para eso se necesita tiempo. ¡Así de pasada, junto con el trabajo de verdad, no funciona!

Úrsula asiente.

—Sí, ya entiendo. ¿Quién lo va a sustituir durante ese período? ¿Y cuánto tiempo pensaba usted?

—En principio una semana. Durante ese período no sería preciso que me sustituyera nadie.

—Bien, lo pensaré.

Kühnen se levanta, se vuelve hacia Úrsula.

—Hay una cosa más. Kirsching S. L. desearía que se le hiciera una oferta. En condiciones especialmente buenas, dijo el gerente cuando me llamó antes. Me temo que ahí vuelve a haber gato encerrado.

Úrsula hace una mueca y respira hondo.

—Tiene usted razón, ha llegado el momento de que acabemos con el fantasma. Hágale una oferta a precio de coste. Y póngasela por escrito. También que se trata de un acuerdo único para un cliente de muchos años. Una especie de regalo de agradecimiento. Que más tarde no pueda remitirse a ese precio. Y luego ya veremos. Si, a pesar de todo, se pasa a la competencia, entonces nuestro oponente también acabará consigo mismo más tarde o más temprano. Pues nadie es capaz de trabajar mucho tiempo por debajo del precio de coste.

Kühnen se dirige a la puerta:

—Ahora la cuestión es quién se arruinará antes. Él o nosotros...

Kühnen tiene razón, piensa Úrsula. Tiene que suceder algo. Tiene que encontrar rápidamente a esta Elisabeth y aplicársela a Waffel.

Vuelven a llamar a la puerta. Un empleado de la oficina de Prensa le trae tres guías telefónicas de Frankfurt de los últimos tres años. Úrsula entorna los ojos, luego se pone a hojear. ¡Ahora es el momento!

En la primera ya encuentra algo. Se indica un número de teléfono, pero ninguna dirección. ¡Al menos eso! Aliviada marca el número. Ti-ti-ti no existe abonado con este número.

Úrsula cuelga decepcionada. Hojea las otras dos, el mismo número, ninguna dirección. Así que nada, falsa alarma. Úrsula tamborilea con los dedos sobre la guía, mira hacia el cielo. Entre las nubes grises aparece un ligero azul.

También a ella le vendría bien un ligero azul en su horizonte personal, piensa. Entonces se detiene. Se le ha ocurrido una idea, busca de inmediato el número de teléfono del *Frankfurter Rundschau.*

Al día siguiente su anuncio se destaca en la parte superior derecha a tres columnas y con doble filete. Úrsula arranca la página y la coloca a su lado sobre la mesa de la cocina. En caso de que Elisabeth Stein lea el *Frankfurter Rundschau*, tiene que saber de lo que se trata.

8000 marcos para E. S.
Por favor contactar urgentemente con U. W.

Úrsula reflexiona sobre si Elisabeth la llamará en privado o a la empresa. Con Walter seguro que lo hacían a través de la empresa. Pero para una conversación de esta especie Úrsula prefiere el marco hogareño. Quién sabe si en la empresa no hay alguien que lo escucha todo. Como Regina Lüdnitz ya está hoy de vuelta, puede pasarle a casa todas las llamadas que se produzcan.

Precisamente va a coger el teléfono para llamar a su secretaria, cuando éste suena. La cosa ha marchado rápido, piensa Úrsula contenta y descuelga.

—Qué suerte que la localizo —es Lutz Wolff.

—¿Hay novedades? —Úrsula se lleva el teléfono a la cocina.

—Bien se puede decir. ¿Nos podemos ver?

—Por teléfono no me puede...

—No, realmente no. ¿Podría pasar usted hoy por aquí?

Úrsula se acerca con dos dedos su anuncio.

—Imposible. Espero una llamada urgente. Y además aquí.

—Hum, un momento —Úrsula escucha de forma amortiguada cómo Lutz conversa con alguien, luego vuelve a ponerse.

—Bien. En una cita que tengo hoy por la mañana me puede sustituir un colaborador, pero no puedo cancelar una reunión que tengo esta tarde. Si le viene bien, ¡me paso por su casa ahora mismo!

Una hora más tarde están sentados los dos en el salón. Úrsula ha hecho café para Lutz Wolff, para ella un té.

Lutz se encuentra muy arrellanado en el sillón. Lleva vaqueros y un jersey de cuello alto de color beige. A Úrsula le parece quizá demasiado informal, pero bueno, se trata sólo de una visita. Se pasa los cinco dedos por el cabello, luego sacude la cabeza:

—¡Algo así sólo se vive en el cine! —sonríe y sus dientes uniformes relampaguean.

—¡Vamos, por favor! —lo ataja Úrsula con frialdad.

Lutz se inclina un poco hacia adelante.

—Se lo tiene que imaginar. Los he visto a los dos sentados en el restaurante, por cierto, no se come nada mal allí. El hotel es un asco, una verdadera fonducha, pero el restaurante es pasable, así que los observo allí y me puedo imaginar lo que sigue. Preparo los aparatos, cámara de fotos y cinta magnetofónica, y entonces los oigo subir por la escalera. El hotel tiene sólo un pasillo, así que pude contemplar cómodamente cómo entraban en la número siete. Corrí deprisa a recepción, como de costumbre se encontraba vacía, me agencié las llaves de la habitación cinco, las de la nueve no estaban allí, y con ellas escapé de nuevo para arriba, examiné la habitación. Desde el balcón tenía una visión muy buena, la luz estaba aún encendida y, con las prisas, no habían corrido del todo las cortinas. En cualquier caso estaban metidos ya en materia —sonríe irónico—, son de los acelerados. Resultaba ideal. Me puse en posición de disparo —se ríe a carcajadas.

—¡Pare! —Úrsula golpea indignada con tres dedos sobre la superficie de la mesa—. ¿Qué es lo que resulta tan gracioso en que dos personas se acuesten?

Lutz sigue riendo sin parar.

—¡Esto! —Coloca unas fotos en blanco y negro sobre la mesa—. ¡Resulta sencillamente increíble!

Úrsula mira la foto superior. Willy Waffel en camiseta y calcetines se ha arrojado con todo su peso sobre Bianca, de la que sólo se ven en la cama piernas y rubios cabellos.

—Extremadamente erótico —asiente Úrsula—. ¡Lo único que la señora resulta difícil de distinguir!

—Enseguida se la ve mejor —sonríe Lutz.

—¡Ya está bien! —replica Úrsula sin éxito. En la segunda foto de pronto aparecen tres personas en escena. Una está algo borrosa por efecto del teleobjetivo, pero claramente lleva sombrero y abrigo. Bianca mira con ojos enormes por debajo de Willy.

—¿Qué es esto? —Úrsula analiza en detalle la imagen—. ¿Quién es? —mira a Lutz que se está secando las lágrimas de los ojos. Úrsula sacude la cabeza y pasa una foto más.

La persona del abrigo se dirige manifiesta y contundentemente contra Willy. Willy se ha incorporado, está arrodillado sobre la cama, intenta defenderse. Su pene se bambolea desamparado por debajo de la camiseta. Bianca intenta esconderse bajo la manta.

En la foto siguiente la mujer del sombrero está quieta. Señala con su índice extendido a Willy. Él se ha hundido sobre sí mismo, evidentemente se ha quedado sin habla. De Bianca sólo se ve un montículo bajo la manta.

Último acto, la mujer ha arrojado todas las ropas sobre la cama. Bianca a vuelto ha emerger, se está poniendo una camisa por la cabeza. Willy se viste los calzoncillos. Ahora se distingue con nitidez a la mujer.

—¡La señora Waffel! ¡Dios mío, su mujer! —Úrsula mira a Lutz colérica—. ¿Por qué se ríe usted tan estúpidamente? Con esto se ha venido a pique nuestro plan. ¡Bianca ha acabado con su papel! —y mi plan se ha arruinado también, piensa furiosa. Precisamente ahora esta tonta tiene que descubrir a su marido.

—Lo siento —Lutz frunce la frente—, la situación era sencillamente única. Yo estoy al acecho en la habitación cinco y la señora Waffel en la habitación nueve. Eso hay que imaginárselo. Por cierto, ella también había contratado un detective. ¡Habían planeado el golpe para pillarlos *in fraganti*!

Úrsula medita. ¿Debe hablarle de Elisabeth Stein? ¿Pero no la tendrá entonces en sus manos por chantaje? Le parece muy peligroso. Seguro que Walter no tenía ningún confidente. Como mucho Ludwig. Pero incluso esto le parece inverosímil.

—¿Y por qué encuentra usted todo esto tan gracioso?

—Porque seguro que Willy Waffel no se atreverá ya a seguir con sus proyectos de separación. Con lo cual se desinfla también el negocio de su vida, el que quería hacer para vivir con Bianca.

—Esperemos que no se equivoque usted. ¿Por qué iba a renunciar tan pronto a sus planes?

—Hum —Lutz vuelve a mirar las fotos—. Me parece que ahora tiene suficiente con salvar su matrimonio y sus propiedades. Creo que el destino nos fue propicio —arruga el entrecejo.

Úrsula lo mira fijamente.

—¡Cómo no se nos habrá ocurrido a nosotros!

Él bebe su café, la observa por encima de la taza.

—¿Ocurre algo?

—Es que resulta tan extraño. Usted tiene algunas cosas que me recuerdan mucho a mi marido.

Lutz deposita la taza sobre la mesa.

—¿Ah, sí? ¿Por ejemplo, qué?

—Su modo de comer, lo que come y también cómo se le frunce el entrecejo.

Lutz medita. Luego sonríe.

—Puedo preguntarle a mi madre si tenemos algún Winkler en la familia. ¡Al final lo mismo estamos emparentados! —Lutz la mira y luego vuelve a reír a carcajadas—. ¡Eso sería terrible!

Úrsula entorna los ojos irritada.

—¿Qué es lo que sería tan terrible?

Lutz sigue riendo:

—¡Entonces tendría que hacerle un precio de familia!

Úrsula no lo encuentra en absoluto gracioso. Se dispone a hablar con él precisamente del estado de la cuenta cuando suena el teléfono.

—¡Está usted hoy de muy buen humor! —dice ella malévola mientras se levanta. Había dejado el teléfono en la cocina. Úrsula cierra la puerta tras de sí.

La llamada telefónica

—Sí —responde Úrsula.

—No estoy llamando a Sí —dice una voz femenina irritada.

—¿La señora Stein? —pregunta Úrsula con cautela.

—¿La señora Winkler? —el tono no ha mejorado.

—Sí —responde Úrsula.

Se hace un breve silencio en la línea. No irá a colgar ahora, teme Úrsula.

—Supongo que el anuncio de hoy en el *Frankfurter Rundschau* iba dirigido a mí.

—No sabía cómo hubiera podido localizarla de otra forma.

Vuelve a hacerse el silencio.

El vacío la pone nerviosa.

—Estoy en su agenda de direcciones —se escucha con sobriedad a través de la línea.

Úrsula toma aire. Luego se sienta. ¡No puede ser verdad!

—No husmeo en las cosas de él —intenta salvarse.

—Muy honesta —el tono de sarcasmo no se puede pasar por alto.

—¿Puedo verla, señora Stein?

—¿Con qué propósito?

—Posiblemente usted me puede ayudar.

—¡Ha descubierto las fotos!

—¡Exacto!

Elisabeth vacila:

—¿Y cómo ha averiguado mi nombre?

—Estuve en Luxemburgo. Dc forma completamente legal.

Otra vez silencio.

Úrsula recorre la mesa con la mirada buscando un lápiz.

—Supongo que quiere ofrecerme usted un trabajito —la voz suena suave, como si Elisabeth no estuviese sola.

Úrsula reflexiona. ¿Sigue teniendo un trabajito? ¿Y qué si Lutz lleva razón y el asunto se ha resuelto con la intervención de la señora Waffel?

—Tal vez. En cualquier caso quisiera hablar con usted.

—No tengo tiempo para conversaciones. ¡Tengo que trabajar!

Úrsula saca un boli de debajo del periódico.

—La conversación vale para mí ocho mil marcos.

Calma.

Maldita sea, ¿qué pasa? ¿Por qué no dice nada?

—¡No vale ocho mil marcos!

Úrsula calla desconcertada. Esto no le había sucedido nunca.

—¡Para mí sí!

—¡Eso es problema suyo!

Úrsula querría por fin aclararse. Lutz también podría estar hace tiempo con la oreja pegada a la puerta de la cocina.

—¿Debo hacerle llegar el dinero por adelantado —riesgo, riesgo, todas las neuronas parpadean en rojo—, o se lo puedo llevar yo?

—¡La volveré a llamar, *ciao*!

Clic, ha colgado. Úrsula deja caer el bolígrafo. ¡Mierda! Ahora está en el mismo punto donde estaba antes.

Se levanta de un salto. ¡La agenda de direcciones! Tiene que encontrar la agenda de Walter, entonces se habrá resuelto el enigma. Pero primero tiene que librarse de Lutz Wolff.

Retorna al salón, Lutz se encuentra de pie junto a la ventana, mirando al jardín.

—Maravilloso terreno —dice—, como hecho a medida para fiestas de verano nocturnas y tumultuosas. Seguro que aquí han festejado mucho, ¿no es verdad?

¿Fiestas de verano nocturnas? ¿Cómo se le ocurre ahora eso?

—Ni una sola fiesta —se coloca junto a él—. ¡Nunca se nos ocurrió una idea así!

—¿No? —La mira sorprendido—. Bueno, no quisiera ofenderla pero su marido tuvo que ser un santo varón bien extraño. No era precisamente un hombre muy alegre, ¿verdad?

¡Qué le importará eso a este joven grosero!

¿Debe responderle?

Él sonríe:

—Ahora se le frunce a usted el entrecejo. ¡Antes había dicho que era una característica de su marido!

—También lo era —responde Úrsula indignada y se da la vuelta. Aún no ha acabado de asentarse en el mundo y se atreve a criticar a su marido, piensa ella furiosa—. Usted es alegre de una forma verdaderamente llamativa —dice por encima del hombro mientras comienza a quitar la mesa. Esperemos que entienda la indirecta.

—Hay escenas de la vida que me divierten por sí solas. Continuamente. Si con ello desaparecieran los problemas del mundo, a fin de cuentas sería la solución más elegante. Bianca, por cierto, se ha dado de baja tres días por enfermedad —Lutz vuelve a reírse.

Úrsula se gira hacia él con las tazas en la mano:

—Con ello se habría resuelto entonces el caso de manera automática. Por sí solo. ¡Sin nuestra —respectivamente sin *su*— intervención!

La sonrisa se le apaga en el rostro.

—¿Quiere decir algo determinado con ello?

—Rara vez digo algo indeterminado.

—No resulta fácil trabajar con usted, señora Winkler.

—Si resultara fácil, no estaría donde estoy ahora.

—¿Dónde está usted, señora Winkler, dónde?

Pasa ante ella, coge su abrigo.

—Que tenga un buen día —cuando lo dice ya está fuera.

Úrsula se queda de pie como clavada. Escucha arrancar el motor y alejarse. Entonces sacude la cabeza y va a la cocina. Nadie le había hablado así nunca, piensa mientras coloca el lavavajillas. Luego se pone a buscar. La agenda de direcciones de Walter tiene que estar en alguna parte. Repasa el contenido de uno de los cajones, lo cierra, lo vuelve a abrir, pues no se ha fijado en lo que estaba viendo. Qué es lo que pasa, se reprende. ¿Dónde está tu concentración?

Suena el teléfono.

Rainer Witzmann comunica a Úrsula que el entierro de Gernot Schaudt se ha dispuesto para el viernes, a las catorce horas.

—Bien —Úrsula ha abierto la puerta de un armario, examina el interior con una mano—. ¡Bien! Coloque, por favor, el aviso correspondiente en el tablón de anuncios. Los que asistan pueden compensar el tiempo con horas extras —cierra la puerta del armario—. Eso, naturalmente, no lo escriba, pero comuníqueselo, por favor, a Administración.

Luego Úrsula sigue buscando. Era una agenda roja encuadernada en piel. No puede haberse disuelto sin más. Se rinde después de una hora. A lo mejor está en la mesa de su despacho. Donde estaba el revólver. Vuelve a ver ante ella el rostro de Schaudt con el tiro en la cabeza. Eso Walter no se lo hubiera imaginado jamás. Se acuerda del permiso de armas que tiene que enseñar a la policía. ¿Pero dónde lo habrá guardado? La búsqueda vuelve a desatarse. Probablemente estará también en uno de los cajones. Mañana no tendrá más remedio que ocuparse del contenido de su escritorio.

Úrsula pone agua a calentar. Y mientras contempla cómo empieza a hervir, una furia hacia Lutz Wolff comienza a apoderarse de ella. ¿Qué es lo que se ha creído tratándola así? Tendrá que aprender su lección cuando venga la factura. Vierte furiosa la menta del paquete en la tetera. Y eso será mañana, con toda seguridad.

El teléfono vuelve a sonar.

A lo mejor Elisabeth Stein se lo ha pensado mejor.

Es Manfred Kühnen.

—Disculpe usted si la molesto, señora Winkler, pero de repente el señor Waffel tiene mucha prisa. Quiere visitar mañana la fábrica con usted.

Ja, piensa Úrsula, Lutz Wolff, muchacho sabihondo, ¿qué dices ahora?

—¿Ha hablado usted mismo con él?

—Él no habla conmigo. Me ha informado la señora Lüdnitz.

—Mañana estamos en el entierro del señor Schaudt. ¿Se lo ha dicho ella?

—Le dijo que sólo podía mantener el precio ofrecido si la operación se hacía enseguida. De lo contrario la empresa no sería ya salvable —Manfred Kühnen carraspea. Luego su voz baja de tono—: Señora Winkler, creo que tenemos que hablar. La señora Lüdnitz ha quedado bastante consternada con la notificación, la gente comienza a tener la sensación de que sus puestos de trabajo peligran, de que de hecho usted quiere vender. ¿No debería aclarar la situación?

—Lo claro es que el señor Waffel debe ver la empresa tranquilamente. Tal vez nos conduzca a la pista de quién nos quiere doblegar con precios dumping. Puede pensarse todas las ofertas que quiera, no venderé.

Úrsula se sienta en la cocina.

Bueno, ahora muy despacio.

Willy Waffel quiere hacer su agostillo antes de que se lo lleven los demonios. Posiblemente ya tiene a alguien a quien le ha prometido mi empresa a un precio más elevado para retirarse luego con la diferencia. Medita. Eso podrían ser alrededor de diez millones. Bueno, ¿se querrá llevar con él a Bianca?

O quizá se ha propuesto conservar su empresa. ¿Sin que se entere su esposa? ¿Sacar buen provecho del régimen de partición de bienes? ¿Será ella tan tonta? Con suma probabilidad Waffel mantendrá el negocio estrictamente separado de la mirada inquisitiva de su mujer. De este modo en principio ella no tiene por qué enterarse de nada. Hasta la separación. ¿Y luego?

Garantizado que tiene previsto un bonito plan, el viejo zorro. A ella, a Úrsula, la quiere engañar; engaña a su mujer, y engañará a Bianca tan pronto como Elisabeth Stein haga valer sus encantos. De eso está segura.

Un parásito, un usurero repulsivo.

Úrsula sirve té verde en su delicada taza de porcelana mientras sonríe furiosa. ¿Qué diría el señor jefe de detectives si supiera que Willy ha resucitado de nuevo?

El entierro

Úrsula se encuentra detrás de la familia Schaudt, de luto riguroso, y contempla el ataúd que está siendo sepultado. Cómo se repite todo. Se adelanta, arroja un puñado de tierra sobre la caja. El sonido sordo que produce le recorre la médula. Ni pensar que un día le sucederá lo mismo. Una cita con los gusanos. Polvo eres y en polvo te convertirás. Yo no soy polvo, se rebela, en mi caso fueron óvulo y espermatozoide. Estrecha la mano de la viuda y se inclina hacia los dos niños. Los tres vestidos con ropas demasiado caras. Luego regresa a su sitio.

Úrsula se siente incómoda. Tiene los zapatos manchados de barro, el frío húmedo se le cuela por el abrigo. Se alza el cuello. En realidad le hubiera gustado marcharse ahora. Pero quiere ver quiénes han venido de la empresa. Por razones técnico-administrativas. Y aquí, junto a la sepultura, dispone de la mejor panorámica.

Sorprendentemente mucha gente ha acompañado a Gernot Schaudt hasta su última morada, le parece. No tanta como a Walter, pero con Walter el gentío era explicable por razones formales. La de aquí viene por amistad. Tiene que haber sido una persona querida.

Ella observa los muchos hombres y mujeres vestidos de negro que hay junto a ella. Otra vez siente escalofríos, de repente descubre a alguien que le hace olvidar en el acto todas sus reflexiones. Willy Waffel tiene la desfachatez de jugar a compungido.

La saluda con la cabeza. Cuando se encuentra ante la sepultura abierta, Úrsula siente el fuerte impulso de adelantarse dos pasos. Un pequeño empujón y todo estaría resuelto.

Walter se retorcería en su tumba si supiera de qué forma tan vergonzante este tipo la quiere engañar. Su obra de una vida en común. ¡Y ahora este saco de sebo!

¡Venga, tíralo dentro! Oye una voz con nitidez. Úrsula vuelve la cabeza. No hay nadie detrás. ¿¿Qué fue eso??

Willy Waffel expresa sus condolencias con mímica teatral. Cerdo, piensa Úrsula y contempla su rostro obeso y enrojecido y el caro abrigo azul oscuro que debe acreditarlo como serio hombre de negocios.

Él alza la vista y la mira a los ojos. Úrsula baja deprisa la mirada. Él no debe adivinar lo que ella está pensando.

Cuando vuelve a alzar la vista, él se ha ido.

Úrsula sepulta las manos en el abrigo. Ella tampoco se va a quedar mucho más. Ha visto lo que quería ver. Ya sólo aguarda la oportunidad propicia para despedirse de la familia. No le apetece el convite del funeral. Ya sólo la palabra le pone mal cuerpo. De pronto le tiende la mano una mujer alta y delgada con un gorrito elegante y una red negra cubriéndole los ojos.

—Gracias, pero no formo parte de la familia —dice Úrsula esquiva.

—¿Señora Winkler? Soy Elisabeth Stein.

Úrsula se queda sin palabras ante la sorpresa.

—Cómo, ¿qué hace usted aquí? —pregunta al final en voz baja.

—Conocí a Gernot Scchaudt —hizo una pausa—. Entre la masa se vive en el anonimato.

Úrsula saluda con la cabeza a la señora Schaudt.

—Hasta luego —entonces se adelanta por el sendero convertido en barrizal hasta llegar al amplio camino cubierto de gravilla del cementerio. Elisabeth Stein la sigue, durante un tiempo caminan la una junto a la otra en silencio. Úrsula se siente pequeña y reducida al lado de Elisabeth Stein. Tiene clase esta señora, reconoce Úrsula llena de envidia. A duras penas resulta imaginable que sea la misma persona que la puta de la foto.

—¿Vamos a visitar a su marido, ya que estamos aquí?

—¿Cómo? —Úrsula la mira incrédula. Una idea así no se le hubiera ocurrido jamás. A decir verdad, no tuvo este pensamiento ni una sola vez desde su entierro. Y, en consecuencia, tampoco ha estado aquí nunca. Y para qué además. Hizo poner una lápida de mármol sobre la tumba para ahorrarse todo tipo de molestias con la jardinería y cualquier otra factura. Una cosa limpia y sencilla.

Úrsula se encoge de hombros.

—Sí, si usted quiere —está pensando cuál de los senderos laterales podía ser el camino de la tumba de Walter, cuando Elisabeth Stein ha tomado ya uno decidida. Bueno ahora Úrsula está perpleja del todo. E intranquila.

Sobre la lápida de Walter hay un pequeño jarrón con tres rosas muertas de frío. No rojas, sino amarillas.

—¿Las trajo usted? —Úrsula estruja sus manos dentro del bolsillo del abrigo. ¿Qué significa esto?

Elisabeth asiente levemente con la cabeza, pero no dice nada.

—¿Quiere decirme algo con ello?

Dios mío, ¿acaso fue su amante? ¿Tenía una segunda mujer?

—Me ayudó cuando yo ya no veía ningún camino. ¡Eso es todo!

¿Walter? ¿Como noble samaritano?

—¿¡Y usted en pago se acostó con él!? —Úrsula la mira a la cara, intenta distinguir los ojos a través de la tupida red.

—Sólo una vez. Lo vi como posibilidad para mostrarle lo que sabía hacer. Y como señal de agradecimiento. Para él fue probablemente más bien la toma de posesión de un territorio. Igual que cuando un gato deja sus marcas.

Úrsula convierte sus manos en puños dentro de los bolsillos del abrigo. ¿Y se lo dice así sin más? ¿Así sin más? ¿Aquí, delante de Walter?

Elisabeth la mira sonriente:

—Luego no me tocó nunca más. Probablemente también porque todos los demás... —se detiene, mira las rosas antes de volver a alzar la vista—. Se lo quiero explicar, señora Winkler. Aquí no se trata de los ocho mil marcos. Hoy ya no. ¡Se trata de que usted entienda!

—Sí —Úrsula respira hondo—, entonces explíquemelo. Estoy... —sí, ¿cómo está? ¿Herida? ¿Intrigada? Úrsula escudriña dentro de sí. ¿Furiosa?

Desanda el camino junto a Elisabeth.

Está vacía. Completamente vacía.

RUPTURA

Las dos mujeres están sentadas en el Uva algo apartadas, en una mesa pequeña.

La sala contigua con la larga mesa la familia la reservó según parece demasiado tarde y resulta a todas luces insuficiente. El personal, inquieto, intenta salvar la situación. En el salón de invitados se van juntando mesas sin parar, se cubren, del bufé vienen tartas y pasteles hasta que llega toda la comitiva fúnebre. El mesonero ha salido pitando para conseguir refuerzos.

A Úrsula le viene bien el tumulto. Así ellas pueden estar sentadas en su rincón sin ser molestadas.

Viene la camarera. Elisabeth pide un café, Úrsula un té. Y un licor de frutas.

—Ahora lo necesito —le dice a Elisabeth. Elisabeth se quita su sombrerito. Tiene profundos ojos castaños y lleva recogido su negro cabello. Los rasgos de la cara son delicados, casi aristocráticos, la nariz noble, delgada. En realidad una belleza. ¿Qué la ha podido mover a hacer esos trabajitos? ¿Amor a Walter?

Elisabeth se acaricia el peinado, luego coloca la delgada mano de largos dedos tranquilamente sobre la mesa. Uñas cuidadas, pero nada de laca. Y ningún anillo. Ni uno solo.

—Walter la describió a usted como una mujer dura. Muy resistente.

—¿Sí? ¿Lo hizo? ¿Walter le habló de mí? ¡Eso me sorprende!

—Sí, seguro. La tenía en alta estima.

—Siempre pensé que jamás reparaba en mí.

—Tal vez no supiera expresar bien sus sentimientos.

Inconcebible, ahora deja que una extraña le explique cómo era su marido. ¡Y ella además la escucha!

—Eh, señora Stein, ¿cómo llegó usted entonces a... los trabajitos? ¿Lo había hecho ya... antes? ¿O era en exclusiva para Walter?

Elisabeth sonríe. Una sonrisa cálida, pero también fresca. ¿Sólo una vez? piensa Úrsula. ¿De verdad una sola vez?

—Quisiera contarle algo sobre la esencia de una puta. Sobre el sentido y el sinsentido de las normas burguesas. No le va a costar nada. ¿Quiere oírlo?

Más cosas no puede traer el viernes. Y por qué no. Úrsula asiente.

—Usted estaba casada con Walter. ¿Le gustaba acostarse con él?

—¡No sabía que eso le incumbiera! —Úrsula crispa enojada la frente.

—No lo pregunto por curiosidad. A mí me da completamente igual. Lo pregunto por usted. Para que pueda aclararse respecto de algunas cosas.

Úrsula calla. Traen las bebidas, Úrsula se toma el licor de un trago.

—Quiere usted también uno —le pregunta a Elisabeth mientras deposita sobre la mesa la copa vacía.

—¿Si le ayuda a usted?

¡Esta mujer es una impertinente! Pero a Úrsula le va gustando, poco a poco. Se distiende.

—Me ayuda. Dos dobles —le pide a la camarera.

—Así que, bueno. Bien, acláreme usted. Le cuento lo que probablemente usted ya sabe. Al principio divertía, sí. Luego fue, bueno, nunca le di demasiadas vueltas a la cabeza. ¡A Walter le fue útil precisamente!

—Walter no me contó nada. No vaya a pensar eso. Pero vea, lo que dice usted es el día a día matrimonial en miles de alcobas. O mejor, el noche a noche. Los hombres lo necesitan, piensan las mujeres, y las mujeres se aburren haciéndolo. A algunas las desquicia, otras se sienten utilizadas, y las hay que sienten asco. Por dinero es un empleo como otro cualquiera. Un trabajo que se hace bien y por el que acto seguido se cobra dinero. ¿Entiende? Si, según parece, los señores lo necesitan y con ese argumento quieren forzar a sus mujeres a alguna cosa, entonces deben pagar por ello. En ese caso no es preciso que la mujer piense en la merienda de mañana, sino que puede concentrarse en su trabajo. Si llega, no ha de pagar con jadeos, sino con pasta. Eso es sumamente motivador. ¡Créame!

—¿Y usted piensa que hubiera debido hacerme pagar por mi propio marido? Yo no necesitaba dinero en absoluto.

—Tal vez necesitara usted alguna otra cosa. ¿Qué deseaba usted?

—¡Una casa en el Algarve!

—Lo ve. Si hubiera hecho un rompecabezas con ella, habría mantenido la alegría en el juego, eso es todo.

—¿Un rompecabezas? ¿Cómo?

—Bueno, pues fotografiar la casa de sus sueños en el Algarve, ampliarla sobre cartón y recortarla como un rompecabezas. Y cada vez se añade un trozo al puzzle hasta que la imagen está completa. Qué le parece, con qué frecuencia lo hubiera usted arrastrado a la cama. Usted hubiera disfrutado, ¡y él también!

Úrsula se arrellana en su asiento.

—Nunca se me hubiera ocurrido una cosa así. Y a Walter tampoco. Probablemente lo hubiera encontrado tonto.

—¡No le hubiera parecido tonto si usted se hubiera negado a acostarse con él!

Sirven los licores, Úrsula brinda con Elisabeth.

—¡Nunca me había topado con una mujer como usted!

—¿Tiene amistades femeninas?

Ambas beben de un trago.

—No cultivo ninguna amistad. Conmigo misma siempre tuve bastante.

—¿Tiene usted animales?

—¿Para qué?

Elisabeth deposita lentamente su copa sobre la mesa.

—¿No piensa usted que un día podría ser una anciana huraña? ¿A la que nadie quiere? ¿Abandonada y sola?

Úrsula nota los efectos del alcohol. Nunca bebe nada.

—Nunca he pedido nada. Nunca he mendigado nada. No necesito amor de nadie.

—Todo ser vivo necesita amor. Ya sea hombre, animal o planta. Del mismo modo que necesitamos el sol para vivir. ¡Sin amor nos venimos a pique!

—¡Usted tal vez! —Úrsula sonríe, pues acaban de venirle las fotos a la memoria.

—Oh, no, señora Winkler. El sexo es algo natural. Pero de manera permanente con la misma pareja a la larga puede dejar de producir placer. Falta la chispa, el fuego. Un hombre puede tal vez satisfacer en su mujer sus necesidades. Una mujer no puede. Tiene que producirse un cosquilleo en el estómago, ha de querer tenerlo, ahora mismo. ¡Haga eso tras cuatro años de matrimonio!

—¡Yo estuve treinta años casada!

—¿Y?

—Sí, es cierto. Tiene usted razón. —Úrsula piensa en Rainhard. Puede recordar con precisión esa sensación. Arrastrar, punzar, quemar, toda ella lo llamaba a gritos. Ahora podría jactarse de que también tiene esa experiencia. No, mejor no.

—Sabe usted, la mayoría de los hombres amenazan a sus mujeres con buscarse otra. Según el lema: en la calle quiere cualquiera. Lo gracioso del caso es que esa mujer de la calle sólo quiere porque en casa tiene a un aburrido exactamente igual a ese que cree que se la ha ligado. Cuando la mayoría de las veces es a la inversa. Ha caído en la trampa de la mujer y sin embargo se siente como un semental maravilloso. Y con esa canita al aire, ella le juega una mala pasada al viejo que tiene en casa. ¡En realidad es el semental maravilloso el que ha de tener cuidado de que no le pongan cuernos de esta manera!

Úrsula medita esa idea. Suena lógica.

—¿Nos tomamos otro? —pregunta, ya con ligeros problemas de articulación fonética.

—¡Si luego cogemos un taxi!

—¿A tu casa o a la mía? —Se ríe con su propio chiste. ¿Cuánto tiempo hacía que no se reía?

Elisabeth ríe también. Hace una señal a la camarera.

—Usted parece que tiene aguante —dice Úrsula moviendo la cabeza.

—¿Con relación a qué?

Úrsula vuelve a reír. Arrastra el té frío hasta el borde de la mesa.

—Éste se lo puede llevar —le sonríe a la camarera y toma las dos copas de licor—. Yo no aguanto licor alguno —le alcanza a Elisabeth una copa—, mañana estoy muerta. ¡Menos mal que es fin de semana! ¡Salud!

Úrsula se quita bajo la mesa sus zapatos fríos como el hielo y estira sus pies hasta el radiador viejo y grande que hay al lado. Esto no lo había hecho jamás en su vida. Se siente como si hubiera dinamitado un carro de combate.

—Probablemente es la primera vez en mi vida que estoy verdaderamente borracha, pero antes dígame, por favor, ¡de dónde saca esa sabiduría!

—Quien presta oídos a la vida, se entera de algunas cosas, señora Winkler. Y yo no sólo la he oído y mirado sino que estoy inmersa en ella. Y cuando quise bailar sobre la cuerda floja, se convirtió en soga. Luché pero a la vez no veía por dónde librarme. Entonces apareció su marido. Y me aclaró lo que me faltaba. Hoy sé que todo en la vida es mera fachada. Los honorables padres de familia que ven a escondidas películas porno con niños, los importantes señores que hacen que les orinen encima en los prostíbulos, los detentadores del poder que montan campos de violación, y el hombre de al lado que amenaza a su mujer con buscarse otra en la calle. Todos ellos se creen civilizados, y en verdad sólo son esclavos de sus rabos. ¿Qué dijo Heiner Geißler? Si en Yugoslavia las mujeres hubiesen estado en el poder, no hubieran enviado a sus hijos a una guerra tan sangrienta, tan deshumanizada. Un hombre que se dio cuenta. ¡Un respeto!

Úrsula introduce los dedos de los pies entre las costillas del radiador.

—Dice usted cosas sobre las que yo no había pensado jamás. Para mí sólo hubo un hombre en mi vida. No pensaba en otros. ¡Walter era fuerte y no se dejó influir por nadie!

—Usted quiere decir que era terco y desconsiderado.

Úrsula mira a Elisabeth con los ojos muy abiertos. Ésta se encoge ligeramente de hombros.

—¿O no?

—Debería haberme contado antes lo del rompecabezas. ¡Ahora tendría una casa en el Algarve!

—¿Aún se la puede comprar?

—¿Puedo? —Elisabeth sonríe y hace una señal a la camarera. —Creo que debemos irnos. Esto se está llenando y no queremos que nos escuchen. ¡De lo contrario al final usted va a terminar siendo tema de conversación en su empresa!

—Allí de momento tenemos otras preocupaciones —replica Úrsula, como despedida rápidamente pide dos dobles más y se dedica a pescar sus zapatos. A la vez repara en que no ha hablado todavía con Elisabeth Stein sobre el verdadero tema, sobre Willy Waffel.

Crucecitas

A Úrsula le retumba la cabeza cuando se despierta a la mañana siguiente. Por la noche, como no podía dormirse a pesar del licor, se tomó dos somníferos, bebida como estaba, con un vaso de whisky. Tantea aturdida buscando su despertador. Las diez y cuarto. No recuerda haber dormido tanto nunca.

—Bonitas amigas tienes —le dice a Walter en su marco de plata—, ¿me queréis matar?

Bosteza y vuelve a dejarse caer. Afuera resplandece el sol, además. Pero le faltan energías para levantarse y bajar las persianas. Se da la vuelta con la espalda contra los rayos de sol e intenta volver a dormirse. Está notando como se desliza hacia las profundidades del sueño cuando suena el teléfono. Abre los ojos y de golpe el zumbido se instala otra vez en su cabeza.

A tientas pesca el auricular:

—¿Hola?

—¡Hola! —la voz despierta de Elisabeth Stein apenas puede soportarse—. ¿Qué tal, todo va bien?

—¡Oh, Dios!

—Eso no suena bien precisamente. ¿Qué ocurre?

Úrsula está a punto de soltar un exabrupto, pero se frena. La voz suena de hecho preocupada, ni una pizca sarcástica:

—Mi cabeza está a punto de explotar —dice con trabajo—. ¡No era licor, era nitroglicerina!

Elisabeth ríe. Luminosa y alegre como unas campanas.

Úrsula aparta el auricular.

—¿Tiene alguien que la cuide?

¿Que me cuide? Curioso pensamiento, Úrsula por un momento no sabe qué debe responder.

—No necesito a nadie —se defiende. Pero nota que no ha sonado muy convincente.

—¡Está claro, vamos para allá!

—¿Cómo?

—¿Está usted lo suficientemente en forma como para abrirnos la puerta? Yo la vuelvo a meter en vereda, ya verá. A fin de cuentas yo fui quien le preparó la tostada...

—Oh, no me hable usted de tostadas. Que me entran ganas de devolver —Úrsula nota cómo se le rebela el estómago. Consigue llegar a tiempo al cuarto de baño. Todo le da vueltas, y la cabeza se le ha convertido en un carrusel gigante. Devuelve con dificultad, hasta que le falla el equilibrio y tiene que ponerse de rodillas ante la taza. Irrumpe el sudor, tiene la frente húmeda y a la vez siente frío. Cuando ya no viene nada más, se mueve a tientas en el baño, se cepilla los dientes y se lava la cara. No puede más. Luego se vuelve a hundir en la cama desfallecida. El auricular está junto al teléfono. Le cuesta un enorme esfuerzo colgarlo; cierra los ojos agotada. Walter, ya voy, es el único pensamiento que es capaz aún de concebir.

Un ruido continuo, chillón trepa lentamente por su conciencia. Al final acaba por percibirlo el entendimiento. Es el timbre de la puerta. Hay alguien en la puerta de la casa. ¿Quién puede ser? Entonces le viene Elisabeth a la mente. ¿Será realmente ella...? Ahora vamos, dijo. ¿A quién se refería con el plural?

Úrsula se levanta. En el acto siente mareos. Necesita su tiempo hasta llegar al portero automático.

—¿Sí? —masculla, y otra vez le vuelven a entrar sudores.

—¡Elisabeth!

¡Así que ha venido! Úrsula pulsa el botón y no se espera a saludar a la visita. Se vuelve a la cama lentamente. Ni se le pasa por la cabeza que ahora Elisabeth podría saquear la casa o, cuando menos, husmear. Úrsula es incapaz de todo pensamiento.

Poco después llaman a la puerta del dormitorio.

Úrsula ha vuelto a cerrar los ojos, la puerta se abre sin hacer ruido.

—No se asuste, somos nosotras —la voz de Elisabeth llega a sus oídos desde lejos. Una mano fría se posa sobre su frente. Oye al fondo una delicada vocecilla infantil, pero no se fía de sus sentidos.

Elisabeth se coloca el índice sobre la boca. Su pequeña hija sonríe y asiente con la cabeza. Juntas corren las cortinas, luego se van a la cocina. La pequeña vacía el cesto que ha traído Elisabeth. Carne de vaca y verdura para un cocido con sustancia, té de hinojo y miel. Elisabeth pone agua a calentar, luego se pone a buscar una olla exprés.

—¿Está esa señora muy mala? —pregunta su hija.

Elisabeth le da un beso.

—Tiene dolor de cabeza. ¡No hay que hacer ningún ruido!

—¡Yo no hago ningún ruido, mami!

—¡Tú eres mi supertesoro!

Luego echa dos aspirinas efervescentes en un vaso de agua y se lo da a su hija.

—¿Se lo llevas por favor a la señora Winkler y le dices que es aspirina? ¿No se te va a olvidar, eh? Aspirina, aspirina.

La niña contempla fascinada las tabletas efervescentes, asiente con la cabeza y va balanceando el vaso escaleras arriba.

Úrsula abre un ojo cuando la puerta del dormitorio comienza a abrirse. Tiene una sed terrible. Pero ahora no se fía de lo que le muestran sus ojos. ¿Está alucinando?

—Mamá dice que te lo bebas. Se llama aspitina.

Úrsula traga con la boca seca.

—¿Quién eres tú?

—Yo.

Úrsula se apoya sobre un codo.

—¿Y cómo te llamas?

—Jill —le alcanza el vaso a Úrsula—. Es aspitina, ¡te va a sentar bien!

—Aspirina. Sí, gracias. Es una buena idea —se bebe el vaso de un solo trago, luego se vuelve ha dejar caer sobre la cama—. ¿Dónde está tu mamá ahora?

—Te está haciendo una sopa. Para que se te ponga buena la cabeza.

Jill recoge el vaso de Úrsula, la contempla unos instantes y se va.

La aspirina le sienta bien. Nota como recobra su estado de ánimo. Una niña preciosa, piensa. A pesar de lo cual está sorprendida, Elisabeth no dijo ni una palabra de la pequeña. Y no se parece tampoco a su madre con sus cabellos largos y rubios.

La puerta vuelve a abrirse. Entra Elisabeth con un termo de té y un gran recipiente sobre una bandeja.

—Té de hinojos, señora Winkler. Ahora necesita muchos líquidos, y lo mejor es que eleve un poco las piernas. ¿Tiene en alguna parte un cojín?

—Esto es... Me pone usted en un apuro, señora Stein. No estoy acostumbrada a algo así...

Elisabeth coloca la bandeja sobre la mesilla de noche y para ello quita la foto de Walter.

—Bueno, aquí lo tenemos, a nuestro amigo —dice mientras lo hace. Luego mulle la almohada de Úrsula bajo su espalda y le coloca la de Walter bajo las piernas—. Lo mejor es que se beba una taza y duerma después un poco. El cocido de carne necesita su tiempo. ¿Si le podemos suministrar alguna cosa más?

—No, muchas gracias. ¿Pero no tiene usted que..., no tiene usted obligaciones?

—Mi compromiso me lo he traído conmigo. Está abajo vigilando la olla exprés. No se preocupe por nosotras. ¡Nos daremos luego un paseo con el tiempo maravilloso que hace y hoy por la tarde usted ya estará mejor!

Úrsula toma con cuidado un sorbo de té de hinojos.

—Entonces llévese la llave. ¡Está colgada en la entrada!

Se oye decirlo y no lo cree. ¿Qué ha ocurrido en ella? ¿Le confía las llaves de su casa a una persona absolutamente desconocida? Úrsula escudriña su interior, pero no detecta sentimiento negativo alguno, ninguna desconfianza. Probablemente se debe a que toda su defensa corporal está luchando contra los dolores de cabeza y descuida todo lo demás.

Úrsula apura el té, luego se duerme.

Pasarán treinta minutos largos hasta que esté listo el cocido en la olla exprés. Elisabeth va con Jill al salón. El sol entra a raudales. Abre la puerta del jardín y se sienta en los escalones. Sólo lleva puestos unos jeans y una camisa vaquera, pero no corre viento y la temperatura es agradable. Elisabeth se estira gozosa, apoya su cabeza sobre la luna de vidrio y orienta su cara al sol. Jill va dando saltos en el jardín de un lado para otro.

—¿Juegas conmigo, mamá?

Elisabeth bosteza contenida.

—¿A qué quieres jugar, Jill?

—Al escondite. El jardín es tan bonito. Me buscas, ¿eh? Yo me escondo allí debajo del abeto, tú no me puedes encontrar enseguida, ¿vale?

—Bueno, ¡yo te busco!

Úrsula oye entredormida la cristalina risa infantil. La incorpora a su sueño, en el que ella recorre un rastrojo enorme. Las espigas segadas y secas crujen bajo sus pies, no tiene meta, ni prisa, se limita a correr. El cielo es de un azul transparente, pasan nubes blancas, los pájaros trinan y los niños ríen. De pronto se abre ante ella una grieta en la tierra que se va haciendo cada vez más ancha, Úrsula se detiene aterrorizada, luego retrocede. Una sombra hace que mire hacia arriba. Las nubes blancas se han oscurecido, cubren el sol, se convierten en un frente gigantesco que desciende más y más y amenaza con aplastarla. Ella mira a su alrededor buscando una vía de escape. Las espigas han adquirido un color negro profundo, y están alineadas unas junto a otras como miles de crucecitas. La amenazante capa de nubes negras está suspendida justo encima de ella, la atenaza. A Úrsula ya sólo le queda el salto a la grieta, a lo desconocido. Salta, y despierta.

Intercambio

Úrsula se despierta empapada en sudor y su corazón late muy acelerado. Sólo era un sueño, se dice y quiere reírse. Pero no lo consigue. Lo ve todo ante sí con nitidez. ¿Cómo es que no lo ha olvidado en el acto? ¿Cómo es que nunca puede recordar ningún sueño?

Úrsula se pone un camisón limpio e intenta espantar sus pensamientos. Abajo todo está en calma. Las dos estarán de paseo, piensa. Se toma otro vaso de té y vuelve a tumbarse.

Elisabeth ha apartado del fuego el cocido ya listo y ha salido con Jill. Cuando vuelven alrededor de las dos, se encuentran a Úrsula, abajo, en el salón. Se ha puesto una bata y está en el sofá bajo una manta de pelo de camello.

—Qué bien que estéis aquí —las saluda. Y lo dice de corazón—. No soportaba estar más tiempo arriba. No sé por qué, pero no he tenido más que sueños horribles.

—Tal vez su subconsciente le esté dando vueltas a alguna cosa. Una sopa le hará bien ahora. Y a nosotras también, ¿o no, Jill?

Elisabeth prepara rápido la mesa junto al sofá mientras vuelve a calentar el cocido. Jill se sienta espontáneamente junto a Úrsula.

—¿Duele todavía? —le pregunta y le toca la frente con un dedo.

—Está mucho mejor, gracias —dice Úrsula y se siente desconcertada. No tiene ni idea de cómo se trata a los niños. Elisabeth viene con la olla y un enorme cucharón.

—¡Bueno, es muy sustancioso, con mucha carne de vaca y verduras!

Úrsula mueve la cabeza.

—No sé qué decir. En realidad quería darle dinero *a usted* y ahora *me* está atendiendo usted en mi propia casa. Algo así no me había ocurrido jamás. ¡Me tiene que decir lo que se ha gastado!

Elisabeth ríe con ganas:

—¡Un pimiento le voy a decir!

—¡Mamá, eso no se dice! —Jill está separando todos los trocitos de puerro y zanahoria en el borde del plato.

—Va a un jardín de infancia católico —le dice Elisabeth a Úrsula guiñando un ojo.

Entre las tres se lo comen casi todo. Úrsula da cucharadas lentas y aprovecha la ocasión para observar a Elisabeth a hurtadillas. Con su camisa vaquera y los jeans transmite una actitud juvenil y despreocupada, su estilo está libre de complicaciones. Tiene algo, consigue cautivarte.

¿Qué podrá ser?, medita Úrsula.

Cuando va a echar mano a su servilleta, de repente lo ve claro. Calidez, la idea le viene como un relámpago. Calidez de corazón. Y se siente sorprendida de haber llegado a sentirla.

A Jill le apetece salir un poco más al jardín, y Elisabeth prepara un té para Úrsula y un café para ella. Luego se sienta.

—¿Se encuentra mejor ahora?

—Me ha salvado usted la vida —suspira Úrsula—. Ojalá que por ello gane una plaza en el cielo.

—Eso no me corre tanta prisa —sonríe—. ¿Pero seguro que a usted le da vueltas en la cabeza algo en lo que yo puedo ayudarla?

Willy Waffel, piensa Úrsula, pero en cierto modo se resiste a hablar de él ahora.

—¿Profesional? —insiste Elisabeth—, ¿personal?

Úrsula suspira.

—No sé por dónde empezar —y tampoco está segura de cuánto puede contarle. Al final empieza por el momento en que tuvo claro que alguien quería arruinar la empresa. Le habla de Lutz Wolff, de sus encuentros en Oberlech y de su viaje a Luxemburgo tras descubrir los expedientes secretos de Walter. Úrsula describe su idea de continuar con el álbum fotográfico de Walter, luego la sesión de fotos con la señora Waffel, el encuentro explosivo del matrimonio, que al principio parecía cambiarlo todo. Cuando Úrsula pone punto final a su relato con la recentísima llamada de Willy Waffel a su empresa, ya ha oscurecido. Jill se ha acurrucado junto a su madre, Úrsula sostiene en las manos su taza de té vacía.

—Bueno —dice Elisabeth tras una breve pausa—. Conozco a Willy Waffel. Lo que usted tal vez no sabe es que tiene un muy buen amigo que siempre lo ayudaba un poco cuando se trataba del todo por el todo. En pago Willy arreglaba de vez en cuando un encuentro para él.

—¿Arreglaba un encuentro? ¿Con quién, para qué?

—Willy siempre ha comprado chicas hasta que llegó Bianca. La pequeña todavía no sabe con exactitud lo que está haciendo, pero tiene poder sobre él. ¿Gracioso, no?

—Hum —Úrsula coloca la taza sobre la mesa—. ¿Y quién es ese amigo? ¿Me lo va a decir también?

—Cuando lo sepa, se le aclararán algunas cosas.

—¡Entonces hágalo, por favor!

Elisabeth acaricia amorosamente la cabeza de su hija. Jill se repantiga y rezonga satisfecha.

—¡Julius Wiedenroth!

Elisabeth juega con los cabellos de Jill y observa a Úrsula.

—¡No! —Úrsula golpea con el puño sobre el sofá—. Esto sí que es bueno. Y a él le conté con todo lujo de detalles que alguien intentaba arruinarnos con precios dumping, ¡esto es increíble! Por eso aquella expresión en el rostro, ¡se estaba muriendo de risa conmigo!

—Bueno, Willy ya intentó una vez algo parecido, ¡sólo que Walter lo tenía en sus manos a través de Wiedenroth!

—¿Y eso cómo?

—Si hubiese habido un escándalo en torno a Wiedenroth y éste hubiera tenido que abandonar su puesto, también Willy habría dejado de estar cubierto con sus créditos-buena-voluntad. ¡Muy sencillo!

Úrsula se arrellana en su asiento.

—Muy sencillo —sacude la cabeza—. Yo estaba en un guindo. No sabía nada de nada. Siempre pensé que Walter lo hacía todo con... con facilidad. ¿Por qué me dejaba al margen?

Elisabeth cierra brevemente los ojos, luego frunce la frente:

—Yo diría que sólo quería ser para usted un Superman.

—No quiso correr el riesgo de que yo pudiera ponerme a su mismo nivel.

Elisabeth se encoge de hombros.

Úrsula baja la voz:

—Todavía sigue intentando dominarme. ¿Puede entender usted esto, señora Stein? A veces lo puedo oler, sentir. Quiero decir, ¡hago cosas y tengo la nítida sensación de que no soy yo!

—Tal vez haya tomado usted alguna cosa de él, señora Winkler. De manera inconsciente, y ahora repara usted en ello.

Úrsula entorna los ojos. Se le frunce el entrecejo, se lo palpa.

—¿Puede estar dentro de mí? ¿Una parte de él? ¿Su psique? ¿Algo?

—¿Que se ha metido dentro de usted tras su muerte? Y eso quién puede saberlo con certeza. Posiblemente usted le haya ofrecido el sustrato apropiado —Elisabeth señala las cejas de Úrsula—. Eso lo conozco también de él. Siempre que estaba furioso o excitado, empezaba eso. ¿Lo hace usted desde hace tiempo?

Úrsula sacude con vehemencia la cabeza.

—¡Precisamente no! Vino, ahora se ha ido. ¿O ahora está en usted?

Elisabeth ríe.

—En mí no estuvo nunca. No soy receptiva para tales cosas, ni víctima de esotéricos, maestros de brujería y demás gurús y profetas. Usted no tiene más que reírse resueltamente de él desde lo más profundo de su alma, ¡así se librará de él!

Úrsula suspira.

—Eso no pude hacerlo ni siquiera mientras estuvo vivo...

—¿Nos vamos a casa ya? ¡Tengo hambre! —Jill se incorpora, se despega del regazo materno—. Me aburro. ¿Tienes vídeos?

—¿Vídeos? —pregunta Úrsula perpleja—. ¿Qué clase de vídeos?

—¡Pues vídeos infantiles, claro! —Úrsula cosecha una mirada de Jill que parece declararla extraterrestre perdida—. *El Rey León, La Bella y la Bestia, Pipi Calzaslargas*, ¡algo así!

Úrsula mira desamparada a su televisor.

—Ni siquiera tengo aparato de vídeo...

—¿Eres tan pobre?

Úrsula mira a Jill desconcertada y luego suelta una gran carcajada.

—¡Sí, eso es! Soy... no sé tampoco lo que soy. ¡Quizá no estoy muy al día!

—¿Se pega lo que tienes? —Jill la contempla con curiosidad, pero permanece, por si acaso, muy arrimada a su madre.

—¡No, no! —se defiende Úrsula—. ¿Qué te parecería ahora una pizzería? ¿Es eso casi como un vídeo o algo parecido?

—¡Una pizza no es un video! —Jill hace una mueca—. ¡Eso lo sabe hasta un niño!

—No seas tan redicha, señoritina —Elisabeth le da un empujoncito, luego se incorpora:

—¿Se encuentra ya bien?

—¡Vamos a intentarlo, a ver qué pasa!

Visita

Domingo por la mañana. Tiempo para dormir a gusto. Consciente de ello Úrsula se da la vuelta, estira el edredón y se mulle adecuadamente la almohada. Pero el anhelado sueño no quiere hacer acto de presencia, los primeros pensamientos se cuelan ya en su vigilia. Intenta evadirse, pero no lo consigue. Abre los ojos para mirar el reloj. Su mirada encuentra a Walter.

—Qué —dice en voz alta—, ¿tampoco tú lo hubieras pensado, no? —y siguiendo un impulso repentino coge la foto y le estampa un beso—. Walter, viejo déspota. Muerto casi me resultas simpático. ¿Por qué has esperado tanto?

Úrsula devuelve el marco de plata a su sitio y se tapa de nuevo, cierra los ojos. Pocos segundos después los vuelve a abrir. Siente que viene algo, una sensación, una certeza como una marea que empieza muy lejos pero que convierte en pesada la atmósfera y que llegará de manera inevitable. Úrsula yace en su cama preparada para el cataclismo, contiene la respiración y no se mueve. Le zumba la cabeza y le dan escalofríos. El sudor le baña todo el cuerpo. Mira fijamente la pared de enfrente. Pronto se partirá el aire, como la tierra en su sueño, y él hará acto de presencia. Se incorpora de golpe, ruge «¡Vete! ¡Fuera!», toma la foto, la hace volar a través de la habitación contra el armario y sale corriendo. No se detiene hasta llegar al salón, se coloca tiritando junto a la puerta de salida al jardín. El sol cae sobre los escalones en los que ayer estuvo sentada Elisabeth. Úrsula se pasa la mano por la frente. Sigues enferma, se dice. Esto son ecos de ayer, pesadillas matutinas. Probablemente en realidad se trató de una intoxicación etílica.

Úrsula decide volver a subir. Abre las persianas de su dormitorio, deja entrar el sol y se inclina luego a recoger la foto de Walter. El cristal ha quedado intacto. Sus ojos miran burlones. ¿Qué es lo que dijo Elisabeth? Que me ría. Resueltamente, desde lo más profundo del alma. Úrsula devuelve la fotografía a su lugar de forma brusca.

—Hoy me voy a casa de Elisabeth, querido. Me ha invitado. Eso es para reírse, ¿no? ¡Pues ríete! —se dirige a la puerta del baño y vuelve la cabeza una vez más hacia Walter en su marco de plata—. Te puedes venir tú también —sonríe cínica antes de cerrar de un golpe la puerta tras de sí—, ¡entonces los dos tendremos algo de que reírnos!

Conduce despacio por Bornheim con el dedo puesto en el plano. Le parece que todas las calles son iguales. Bloque de viviendas tras bloque de viviendas, en medio centros comerciales con jardines de infancia y escuelas. Un auténtico barrio dormitorio, piensa Úrsula, y la sola idea de tener que vivir aquí le produce escalofríos. ¿Pero cómo se puede desarrollar en un entorno así una niña como Jill? Todos los bloques iguales, todas las viviendas con la misma planta, cien veces, mil veces, ¿qué aspecto tendrán ahí los cerebros por dentro? Conformismo, socialismo, comunismo, caldos de cultivo del afán de nivelación de clases, de la envidia entre clases, de la criminalidad. Exactamente como ya lo había visto Walter. A Úrsula le habría encantado marcharse en el acto. Pero ha encontrado la calle. Ahora sólo le falta el bloque. ¿Podrá dejar aquí su coche?

Lo estaciona en un aparcamiento gigante, mira desconfiada a su alrededor y controla dos veces que el antirrobo esté echado y el coche bien cerrado. Luego pinza su bolso bajo el brazo, por seguridad, y se dirige al bloque 8 A bordeando paredes de cemento descubierto que parecen no acabarse nunca. *Grafitti* intercalados con consignas políticas se van apiñando más según ella se aproxima a la entrada. Se detiene un momento ante la puerta exterior de dos hojas de cristal. Una grieta profunda divide en dos la gruesa luna de vidrio. Como si por aquí hubiera pasado la guerra, piensa Úrsula y empuja hacia el recibidor la pesada puerta oscilante. En la toscamente enfoscada pared hay un panel con multitud de timbres. Ella comienza a leer impaciente. Resulta tedioso y hay muchos nombres extranjeros entremezclados. Apenas ha llegado a la mitad con su dedo índice cuando oye abrirse la puerta del ascensor. Úrsula, preocupada por su seguridad, se vuelve rápidamente. Jill le sale al encuentro dando saltos de felicidad, detrás se halla Elisabeth con unos pantalones de cuero marrón oscuro y un jersey de color beige. Está guapa, en perfecto contraste con su entorno.

—Qué bien que haya venido —Elisabeth permanece con un pie puesto en la puerta del ascensor—. Venga, aproveche que está aquí. Hay que esperar siempre una eternidad. Sólo hay uno —mientras lo dice parece tan feliz como si hubiera acabado de presentar el ascensor de cristal que conduce a su *penthouse.* Úrsula le da la mano, la puerta se cierra tras Jill, y el artilugio comienza a subir con un quejido asmático—. Es un señor algo viejo, pero hace su servicio —sonríe Elisabeth.

—¡Todavía! —responde Úrsula con aspereza, pues observa el indicador de pisos y está calculando ya a qué velocidad se caerían desde la octava planta. Bastaría para un reencuentro con Walter.

—¿Cómo puede vivir usted aquí? —pregunta Úrsula y contempla con repugnancia las arañadas paredes.

—Ah, un buen número de sus trabajadores viven también aquí —replica Elisabeth con desenvoltura.

—¿Qué? ¿Y eso por qué? ¿Ninguno de ellos tiene buen gusto?

Elisabeth la mira.

—Ganando dos mil ochocientos marcos brutos y teniendo que alimentar con ellos a una familia, los alquileres de mil doscientos marcos de aquí están más que sobrados. A una familia normal le quedan entonces sólo mil marcos para el resto del mes, para coche, comida y ropa. ¡Con ello, la cuestión del gusto, seguramente se resuelve por sí misma!

Úrsula calla. También porque el ascensor se detiene de golpe y se despide de los viajeros con un sonoro chasquido.

Jill se adelanta de un salto por el largo pasillo y se detiene delante de una de las horrorosas puertas marrones.

—¡Aquí vivimos nosotras! —le dice a Úrsula orgullosa y señala el gran pato de madera pintada que adorna la puerta hasta su mitad—. Lo hice yo para que Jill sepa cuál es nuestro piso —explica Elisabeth y abre la puerta—. ¡Por favor!

Úrsula se queda sorprendida. Un luminoso recibidor ampliado ópticamente mediante espejos conduce a un salón abierto. Una moqueta de color crema ennoblece la gran habitación, un cómodo tresillo forrado en cálidas telas lo hace acogedor. En la esquina está la zona del comedor con una mesa ovalada de tono claro y sillas altas y finas. A través de un mostrador se ve la cocina revestida parcialmente de acero. Por doquier cuelgan grandes láminas de artistas contemporáneos.

—No me lo esperaba —confiesa Úrsula.

—Cómo iba a hacerlo —Elisabeth señala el sofá—. Por favor, póngase cómoda, he puesto a calentar agua para el té. Supongo que le apetece.

—Desde luego —asiente, entonces nota cómo una pequeña mano se desliza dentro de la suya.

—Ahora te voy a enseñar cómo son las cintas de vídeo —determina Jill y se la lleva consigo.

Elisabeth las sigue con la mirada y una sonrisa en los ojos.

La mesa está puesta, el té listo, los bizcochos preparados, sólo que no hay rastro de Úrsula ni de Jill. Elisabeth mira desde una esquina al sillón. En el televisor se ve una película de dibujos animados, pero ellas no están sentadas delante. Elisabeth se dirige sin hacer ruido a la habitación de los niños. Úrsula y Jill han acampado en el suelo y están jugando a Cuando los animales abandonaron el bosque. Jill le está explicando a Úrsula la problemática de la liebre cazada en el bosque, cuando descubre a Elisabeth.

—Mami, todavía no podemos ir. ¡El juego no se ha acabado aún!

—Su hija gana —Úrsula se inclina hacia un costado y tira el dado desde el otro.

—Cuatro —dice Jill espontánea—. Ahora me puedes echar. ¡Pero no tienes que hacerlo si no quieres!

Elisabeth sonríe y va al salón. Coloca las dos tazas de té y la tetera en una bandeja, vuelve y se arrodilla entre las dos.

—En realidad es un simple parchís —dice, mientras le sirve a Úrsula una taza de té—. El rojo de aquí —señala una de las fichitas—, es Willy Waffel. Cree que le queda poco para llegar a la meta, pero no sabe que todos los amarillos se han confabulado contra él.

Úrsula agudiza los oídos, Jill protesta.

—¡Éste no es Willy Waffel, sino que es el zorro!

—¿Se le ha ocurrido algo?

—¡Cinco! —grita triunfante Jill—. ¡Pronto estaré dentro! ¡Te toca!

—Ah, no necesitaba que se me ocurriera. Es un as que no me gusta perder.

Úrsula arroja el dado y reflexiona. ¿Se trata del dinero? Saca un uno.

—Mi oferta sigue en pie —dice vacilante, con la mano suspendida sobre el tablero de juego. Con un uno podría ahora echar a Jill poco antes de llegar a su guarida, entonces tendría que volver con su ficha al punto de partida. Mira a Jill, ésta arruga la pequeña naricita y se aparta el flequillo de la frente de un soplido.

—Los adultos deberían dejar ganar siempre a los niños —sugiere Jill a Úrsula y la mira con ojos enormes.

—¿Y eso por qué? —pregunta Úrsula.

—¡Porque sois mayores!

—Ajá. Eso desde luego es un argumento —Úrsula estira un poco una pierna. Se vuelve hacia Elisabeth en busca de ayuda. Ésta se encoge de hombros sonriente.

—Pero también quiero algo a cambio si te dejo ganar ahora. ¿De acuerdo?

Jill recorre su habitación rápidamente con la vista.

—Puedes quedarte con ese loro, o con el libro de dibujos que me regalaron por mi cumpleaños. De todas formas, no me gusta. ¿De acuerdo?

Úrsula mueve la cabeza.

—Quiero algo que no se puede comprar.

—¿Te pinto algo?

—Eso sería también una bonita idea, pero en realidad estaba pensando en un besito.

—De acuerdo —Jill arroja el dado y consigue triunfante con un dos entrar a su guarida—, ¡tendrás las dos cosas! ¡He ganado!

Se levanta de un salto y le da un beso a Úrsula. En toda su vida nunca había sentido unos labios infantiles, ni siquiera en su propia infancia. No era muy querida por los demás niños, siempre había sido ajena a la ternura infantil. Respira hondo y sigue con la mirada a Jill, que sale corriendo y riendo a carcajadas de la habitación. Entonces mira a Elisabeth.

—Poco a poco empiezo a envidiarla —Úrsula comienza a recoger las figuritas del juego—. ¿Tengo ahora, con cincuenta y tres años, que cuestionarme mi vida?

—¡Oh no! —la contradice Elisabeth—. No tiene que hacerlo. Seguro que no. Mire usted, yo he tenido que luchar. El padre de Jill habría disfrutado si hubiese ido corriendo a arrodillarme ante él. Usted tiene que saber que, antes de tener a Jill, yo trabajaba para una empresa de cosméticos como representante libre. Siempre estaba de viaje, ganaba bastante dinero, me divertía mi trabajo. Tenía un apartamento precioso en Sachsenhausen. Al padre de Jill lo veía cada tanto, nos entendíamos bien, hasta que llegó la niña. El nacimiento le pareció fantástico y también los primeros tiempos que siguieron. Luego de repente comprendió que yo ya no podía seguir trabajando. De pronto el dinero se convirtió en problema, se había esfumado la vida despreocupada sin responsabilidades. Se marchó con su dinero al extranjero. No tuve ninguna opción; con el bebé no podía estar viajando días enteros, mi empresa encontró un sustituto. Yo no, yo no veía salida alguna. Se me agotaron los ahorros. El padre de Jill pagaba la manutención mínima a través de una dirección postal en Alemania. Él, que en una noche de hotel gastaba despreocupadamente mil marcos, se alimentaba a base de champán y langosta y sólo conducía coches grandes, aportaba para la vida y bienestar de su hija apenas el subsidio de desempleo. Fuimos a juicio. Allí interpretó el papel de hombre incomprendido y arruinado. El juez le preguntó conmovido si podía aportar entonces los doscientos cincuenta y seis marcos al mes. De dónde iba a sacar yo el resto, hasta completar los mil marcos que según la estadística cuesta en realidad un niño, incluyendo equipamiento, ropa, alimentación y canguro, de eso nadie quiso saber nada. El Tribunal Superior dio por sentado que esto las mujeres lo consiguen de alguna forma. No tienen ingreso alguno ni la posibilidad de ir a trabajar con un bebé en brazos, pero eso no hace al caso. A mí al menos nadie me preguntó cómo me las iba a apañar para mantenernos vivas mi bebé y yo. El padre de Jill me dijo entonces indulgente que tal vez pudiera cuidar a la pequeña alguna media tarde. Y no había más, a fin de cuentas no podía descuidar sus negocios. Ése fue el momento en el que hubiera podido pegarle un tiro; o mejor aún, castrarlo. Por así decir como servicio amoroso suplementario, para que al pobre no se le pueda hacer pasar otra vez violentamente por caja por culpa de su semen tan valioso. A pesar de ello, jamás me hubiera puesto de rodillas. Al final sólo me quedaba recurrir a la Asistencia Social. Eso fui postergándolo porque era demasiado orgullosa. Cuando los bancos no quisieron seguir contribuyendo, apareció su marido. Por él desde luego que vendí mi cuerpo, pero conservé mi orgullo y mi alma. ¿Lo entiende?

Úrsula se levanta despacio, estira la espalda.

—¡Tendría que haberle pegado un tiro a ese tipo! —dice entonces—. ¿Qué se lo impidió?

—¡No es digno de que yo me manche los dedos con él!

Elisabeth se levanta asimismo.

Úrsula asiente.

—¡Y usted tiene a Jill!

—¡Sí, yo tengo a Jill!

—¿Puede volver a trabajar?

—Desde que Jill está en el jardín de infancia, he vuelto a la empresa de cosmética. Aunque en servicio interno.

—Bien. ¿Me enseña usted su lugar de trabajo?

Elisabeth reflexiona un momento, luego sonríe irónica.

—¿Se refiere usted para mi ocupación transitoria?

Úrsula asiente.

—Y explíqueme entonces, por favor, cómo podemos dar jaque mate a Willy Waffel.

El dormitorio es grande y diáfano, y a Úrsula le resulta difícil establecer una relación entre esta habitación y las fotos. Elisabeth se sienta sobre la cama y acaricia con ambas manos el edredón de pluma enfundado en flores de cálidos tonos, que con el peso se eleva a su izquierda y a su derecha.

—Laura Ashley en el burdel —dice al hacerlo—, ¿habría podido imaginárselo?

Úrsula no responde. Detrás de Elisabeth ha descubierto una foto de Walter colocada sobre una mesilla. Lo muestra sonriente. Hay una pequeña cinta negra sujeta en una esquina del marco de madera.

—¿Habla usted con él también todas las noches? —quiere saber Úrsula.

—No. A veces le doy las gracias —Elisabeth se levanta y pasa ante ella hacia la puerta. Señala una lámina enorme de Spitzweg enmarcada. Reproduce a una familia dando un paseo dominical. Al fondo del todo la devota hembra protegida por una sombrilla, luego la petulante hija pequeña bajo un sombrero gigantesco y por último el patriarca que, autosatisfecho y con vientre prominente, se pavonea orgulloso delante de las dos—. Mi cuadro preferido —comenta Elisabeth—. ¡ Cada mañana me recuerda que me gusta vivir como vivo!

Entonces lo descuelga.

En la pared hay un agujero redondo, lo suficientemente grande para un objetivo.

—Walter se encontraba del otro lado, en el vestíbulo, trabajaba con una película muy sensible. Previamente habíamos comentado lo que quería obtener y yo me inventaba alguna excusa para dejar la luz encendida.

—¿El propio Walter? —en cierto modo Úrsula había supuesto tácitamente que otra persona accionaría el disparador. ¿Pero Walter? Por un momento se siente como mareada.

Elisabeth la mira brevemente, luego vuelve a colgar el cuadro.

—No quería tener ningún cómplice. Y era un perfeccionista. Encargó un cuadro en el que el objetivo quedaba perfectamente camuflado. No levantaba sospechas ni mirándolo con detenimiento.

—¿Tiene todavía ese cuadro?

Elisabeth mueve la cabeza.

—Ya no lo necesito. Fue un corte en mi vida. Yo era una puta, lo hice de manera consciente, y aún hoy estoy orgullosa de ello, pues aprendí muchas cosas. ¡Pero ya pasó!

—¿No me preguntó usted por teléfono si se trataba de un trabajito? ¿No estaba pensado en eso?

—Sólo quería saber lo que deseaba usted. Hacerme una foto. A fin de cuentas usted tenía el expediente secreto en las manos. Eso podía significar también un peligro para mí.

—¿Ha creído usted que iba a denunciar a mi propio marido?

— En todo caso preferí pensar que usted quería ofrecerme un trabajito. Eso me ha mostrado dónde se encuentra usted.

—¿Dónde os habéis metido? —Jill está en la puerta—. ¿Qué estáis haciendo ahí?

Elisabeth se revuelve pelo juguetona.

—Úrsula quería ver dónde duermo.

—¿Por qué, se va a quedar? ¡También puede dormir conmigo!

Úrsula se dirige de nuevo hacia el Spitzweg.

—¡Me recuerda a Willy Waffel!

—¿Va a dormir también con nosotras? —Jill tira impaciente de la mano de su madre—. ¡Ven ya de una vez!

Elisabeth cede sonriente.

—Willy Waffel no dormirá con nosotras —le va diciendo a su hija y espera hasta pasar junto a Úrsula—. ¡Pronto va a dormir en el banco de un parque! —diciéndolo cierra la puerta y le guiña un ojo a Úrsula. Vaya, piensa Úrsula, ¡la cosa empieza a ponerse interesante!

Confianza

Durante la reunión del lunes Úrsula transmite una confianza que resulta llamativa. Repasan las diferentes secciones, las cuestiones habituales relativas a resultados, particularidades, cifras. Cuando ya no queda nada más por tratar digno de mención, ella se cree en la obligación de explicar su buen humor.

—Casi es demasiado prematuro para decir algo, pero creo que nuestros problemas se van a resolver pronto —dice a quienes la rodean.

—Es una lástima que no se pudieran resolver los problemas de Gernot Schaudt —replica Rainer Witzmann en voz baja.

Úrsula queda paralizada. Luego mira al lugar vacante, justo a su derecha.

—Todavía no sabemos siquiera de qué problema se trataba —mira a uno por uno—. ¿O conocen ustedes más detalles? —ninguno responde—. Tal vez se rindió demasiado pronto —prosigue—. Era una buena persona. ¡Tendría que haber luchado!

Todos callan.

Úrsula medita.

—¿Cómo hubiéramos podido ayudarlo entonces? —se pregunta mientras por dentro está respondiendo que sí. ¿Úrsula qué te ha ocurrido?

—Su mujer me dijo que tenía cáncer, ¡cáncer de estómago! —Arnold Müller, del departamento jurídico, hace girar su bolígrafo de un lado para otro.

—¿Cáncer? —dice sorprendida.

—Y desde luego lo tenía por culpa de su familia. Ésta debió de arrinconarlo de mala manera —añade Stefan Peters, un ingeniero de producción.

—Sí, algo así puede afectar al estómago —asiente un colega suyo.

Úrsula está a punto de dar por terminada la sesión, cuando Rainer Witzmann añade.

—La pequeña Verena Müller parece tener también muchos problemas de estómago. ¡Ojalá que no se extienda!

En la mente de Úrsula se produce un chasquido.

—El cáncer no es contagioso —dice de forma automática, pero está pensando ya un escalón más arriba—. ¿Cómo se le ocurre eso? —conecta rápido.

—Bueno, por la frecuencia con que falta, por lo delgada que está y por todas las pastillas que se toma, todo eso es típico del estómago. Con todo eso está cada vez más nerviosa. Quizá habría que recomendarle reposo antes de que termine como Gernot —dice Witzmann, pero se corrige rápido—: Me refiero al cáncer, no al suicidio.

Úrsula ordena sus papeles, pone su estilográfica encima.

—Le agradezco su consejo, señor Witzmann. Me ocuparé de la señora Müller —luego se levanta:

—¡Muchas gracias, caballeros!

En su despacho recorre pensativa con el dedo el borde de su escritorio. Verena Müller. La bajita de Contabilidad. Ha tenido que estar ciega. Ella fue quien le envió aquella extraña carta cuando el entierro de su marido. Quería un donativo para alguna estupidez ecologista. Y ella hizo venir a Verena para explicarle con toda claridad lo que pensaba de cartas petitorias de esa especie. Y Verena incluso intentó enredarla en una discusión. Si no tenía corazón con los animales y tonterías parecidas. Úrsula la había amenazado con el despido en caso de que divulgara aquí, en la empresa, ideas radicales. Le dijo a voz en grito que no toleraba fanatismo alguno, fuera del color que fuese, y Verena se fue echándole una mirada rebelde.

Úrsula pide que le traigan la ficha de Verena de la oficina de personal. En efecto, en los últimos tiempos ha faltado con bastante frecuencia. Dolencias estomacales, confirman los certificados. ¿Tomará drogas? Levanta el teléfono. El médico de la inspección de sanidad va a aclarar qué clase de dolencias tiene Verena.

Una llamada llega antes. Mira a la pantalla, línea interna, Regina Lüdnitz.

—Sí, diga —responde.

—Willy Waffel quisiera hablar con usted, señora Winkler. ¿Le viene bien? —a juzgar por su agrio tono de voz lo que más le habría gustado es cortarle la línea.

—Pásemelo, señora Lüdnitz —Úrsula vacila unos instantes—. Y a continuación me puede comunicar con la señora Waffel.

Percibe cómo funciona el cerebro de su secretaria.

—¿Llamada privada? —pregunta luego.

—¡Llamada privada! —confirma Úrsula.

Willy Waffel quiere urgentemente una cita.

—¿Le enseño algunas cosas de mi empresa? —pregunta Úrsula con candidez—. ¿Acabado? ¿Almacenes? ¿Nuestra genial máquina trituradora? ¡Lo hace todo añicos!

Willy Waffel parece pasar por alto el sarcasmo de su voz.

—Mantengo mi oferta de quince millones, señora Winkler. Aunque sea un poco elevada, pero bueno. Usted también tiene que vivir, ¿no es verdad? Sólo que hay que llegar pronto a un acuerdo, tengo otro proyecto entre manos..., como ya le dije, naturalmente tendría que ver los libros también, pero no obstante, ¡soy un hombre de palabra!

Julius Wiedenroth está presionando, piensa Úrsula.

—¿Es pronto el cumpleaños de su mujer? —pregunta con aire de suficiencia. Gira el sillón de su escritorio y mira hacia afuera. Cielo azul, huele a primavera.

—¿De mi mujer... por qué? —Waffel parece no saber de qué se le está hablando.

—Pues porque de repente le corre tanta prisa con la sorpresa para su mujer; el tiempo apremia —ella sonríe.

—Sí, sí, pues, sí. Así es... eh, en efecto, el tiempo apremia. ¿Cuándo le viene bien?

Úrsula medita.

—Hay aún un par de cosas importantes que tengo que preparar, conversaciones con mis abogados, con mis asesores fiscales, con el banco. Usted y yo tenemos que satisfacer algunos requisitos para un cambio de propiedad, ¿no es cierto?

—Mis condiciones las cumplo rápido!

—Eso podría ser posible —Úrsula se gira de nuevo hacia su escritorio—. Sea como fuere, señor Waffel, yo lo llamaré. Si todo va sobre ruedas, ¡hasta mañana!

—¡Confío en ello!

—¡Confíe usted! —su tono de voz suena casi amenazante, y Úrsula cuelga deprisa, antes de que se le caiga la máscara. Tipo asqueroso, piensa y se muerde los labios. Si le salen las cuentas, entonces el cambio de propietario se producirá más rápido de lo que él puede imaginarse. Úrsula se acaricia el cabello. La pone nerviosa pensar en la conversación que se avecina. De ella depende todo. Se levanta, da algunos pasos de un lado para otro. Suena el teléfono. Lo descuelga de pie.

—He localizado a la señora Waffel, señora Winkler, ¿le paso con ella?

—¡Muy bien!

Lena Waffel escucha en silencio lo que Úrsula tiene que decirle. Su parquedad monosilábica pone a Úrsula aún más nerviosa, habla más deprisa, se fuerza luego a una pausa.

Lena Waffel también calla.

—¿Sigue usted ahí? —pregunta Úrsula y se balancea sobre los tacones.

—Es una propuesta... inusual, pero... digna de consideración.

Úrsula cierra los ojos.

—Bien. ¿Cuándo?

—¿De mujer a mujer?

—Estaremos completamente solas.

—Por mi parte lo más rápidamente posible —Lena Waffel medita—. Hoy mismo, por la tarde.

Úrsula aprieta el puño.

—Bien. ¿Y dónde?

—Mi hija tiene clase de hípica. Fuera, en el club. Nos podemos sentar en la Tabernilla de los jinetes. Yo veo a Isabelle y usted me puede contar lo que se propone.

¿Será ése el marco apropiado?, piensa Úrsula con escepticismo, pero acepta y anota la dirección exacta del picadero. Al final cuelga.

Durante unos instantes se queda allí de pie sin más. Úrsula, Úrsula, Úrsula se dice y le entra una alegría furtiva. Entonces llama a Elisabeth y le cuenta a su contestador automático lo de su cita con Lena Waffel. Termina con un saludo para Jill y se le frunce la frente por ello. ¿Ha saludado alguna vez a un niño en un contestador automático? Le encarga a Regina Lüdnitz ocuparse de Verena Müller y del médico de la inspección de sanidad, aun corriendo el riesgo de que ésta tal vez llame primero a la propia Verena. Úrsula coge el abrigo. No soporta estar por más tiempo en la empresa, necesita aire fresco. Y tiene que reflexionar, pues aún no se ha ganado nada. Esta cita exige un gran tacto.

Úrsula va en coche hasta el centro. Luce el sol, le apetece dar vueltas por la ciudad. Echa un vistazo en una boutique de la calle Goethe, pero el altanero desinterés de la vendedora la ahuyenta. En la zapatería de la esquina es diferente. Allí reina una atmósfera agradable, y le divierte hacer que le enseñen algunos modelos. En realidad no lo tenía previsto, pero al final se compra un par de zapatos de tacón azul marino. Con la bolsa en la mano camina lentamente hacia la Freßgasse. La tienda de delicatessen Plöger no se le pasa por alto. Nota a la vez cómo le suenan las tripas. Se detiene ante el congelador con sibaríticos manjares envasados al vacío. ¿Cuándo fue la última vez que cocinó algo fresco? Desde que murió Walter le parece que es un gasto demasiado grande. Llevarse algo ultracongelado no tiene sentido. No volverá a casa hasta por la noche, para entonces se habrá descongelado. No es capaz de decidirse ante el bufé de ensaladas con fuentes repletas de entradas de gambas, variedades de pasta y otras delicias. Ahora tiene ya tanta hambre que se lo llevaría todo. Opta por un pedido variado y encarga que se lo lleven a casa esta tarde-noche. Ciento cincuenta metros más adelante se sienta en una mesa libre junto a la ventana de un restaurante italiano. Pide *spaghetti all'arrabbiata* y espera que se los preparen rápido. Úrsula observa a los viandantes con una copa de vino tinto en la mano. Resulta difícil de creer que la economía vaya mal. La mayoría lleva bolsas en la mano, muchos incluso varias. Úrsula mira el reloj. Le quedan aún dos horas para su encuentro con Lena Waffel.

Treinta minutos después vuelve a estar otra vez en la calle. Irá a pie todavía hasta Zeil y luego se volverá al coche. En la galería Zeil le da por pensar en los padres de la patria alemana y sonríe irónica. En algún momento tropiezan estos caballeros unos con otros. Ya sean Honecker, Schneider o Waffel. Sin poder son pequeñas salchichitas. Como lo que llevan en el cuerpo. Su mirada va a parar de reojo a una tienda al otro lado de la calle en la que no había reparado nunca. Se puede leer «Walt Disney» con grandes letras. Es hora de volver, piensa Úrsula, pero atraída como por algo mágico se dirige hacia la coloreada puerta. Qué es lo que voy a buscar ahí, se resiste aún un poco, pero ya se encuentra dentro. La espera todo aquello que es colorido, inútil y caro. El lugar adecuado para su cinismo mordaz, pero éste no pide la palabra. En lugar de ello compra un tazón infantil de doble plexiglás en el que bailan arriba y abajo pequeños leones, y la cinta de vídeo *La Bella y la Bestia*. Yo soy la Bestia, se dice al hacerlo, y cuando está de nuevo en la calle, se lleva las manos a la cabeza. Úrsula, tú tienes fiebre o no te funciona del todo bien el cerebro. ¡Probablemente las dos cosas!

VICTORIA

A Úrsula los caballos siempre le resultaron sospechosos. Demasiado grandes, demasiado imprevisibles, demasiado vivos.

Esperemos que no se le cruce en el camino ninguno de esos bicharracos. Úrsula se encuentra indecisa ante la puerta batiente de madera tras la cual ya no hay retorno posible. Oye múltiples ruidos, risas, arañazos, chirridos, resoplidos, y nada de ello está pensado para seducirla a traspasar el umbral del picadero. A todo esto se añade el olor a cuero mojado, cuerpos sudorosos y bosta de caballo. Mira a su alrededor. No ve a ninguna persona. Numerosas bicicletas, motos y en la calle los coches de las madres entusiastas de la hípica. Nadie a quien poder preguntar cómo llegar a la Tabernilla de los jinetes rodeando la caballeriza.

Una mirada al reloj. Las tres menos dos minutos. Eso es lo que decide. ¡Puntualidad antes que fobias! Empuja decidida la chirriante puerta y se detiene aterrorizada. Poco antes de las tres los niños conducen sus caballos en una larga fila y pasan ante ella hacia la pista del picadero. En su mayor parte son muchachas que caminan indiferentes junto a sus sobredimensionados cuadrúpedos. Úrsula espera hasta que ve a buena distancia la última cola, luego mira a su alrededor. Un hombre de unos cincuenta años sale de una oficina. Lleva pantalones de montar, probablemente es profesor de equitación. Le pregunta por la Tabernilla de los jinetes, él la observa con atención, luego le indica el camino. Sus ojos azul grisáceo, que se clavan en ella, la desconciertan. Su mirada le provoca un sentimiento extraño. Produce un efecto tan intenso, tan auténtico. Le llevan hasta allí su caballo y Úrsula se apresura a salir de la zona de peligro. Va en la dirección que le ha señalado él. Una escalera sucia y oscura conduce hacia arriba. Huele a serrín, el aire está lleno de denso polvo. No nos hubiéramos podido citar sencillamente en algún café, piensa contrariada, entonces llega arriba. Se encuentra ante una tribuna abierta. Hace frío y resulta poco acogedora. Repara en una delgada puerta que hay a su izquierda. Y ve que la parte estrecha del picadero está acristalada en la primera planta. Mira hacia allí con detenimiento. Los vidrios de las ventanas producen reflejos pero permiten distinguir que detrás hay gente sentada. Úrsula abre la puerta. Un pasillo estrecho y luego la puerta de la taberna. Es evidente que ha conocido mejores tiempos. La oscura madera de las paredes produce la impresión de vejez y fragilidad, el suelo consiste en un simple entablado. La sala huele a moho y hace mucho calor, utensilios de hípica cuelgan de las paredes, un montón de fotos de caballos, lazos y copas. Un lado lo ocupa una barra, en el otro están sentadas algunas mujeres junto a la ventana. Una se ha apartado un poco, Úrsula reconoce a Lena Waffel. Todas se han girado hacia ella. Semejantes actos en público no le placen a Úrsula en absoluto, pero saluda con amabilidad y se dirige luego hacia la señora Waffel, que le responde sonriente.

—Por favor, tome asiento.

A Úrsula la situación le parece en cierto modo absurda. Lena Waffel se comporta con exquisitez, como si estuviera sentada a la mesa del hotel más lujoso. Úrsula le da las gracias cortésmente y se sienta frente a ella.

—En realidad hoy es día de descanso para los caballos. Pero los niños preparan una fiesta de primavera y se entrenan de manera excepcional un lunes, que es sagrado —le explica Lena Waffel. A Úrsula sencillamente le resulta excéntrico. Un día de descanso para caballos le suena como la semana de treinta y seis horas para los trabajadores. ¿Tendrán los caballos un sindicato? ¿Podrán cambiar horas extraordinarias por días de vacaciones?

—Ésa es mi hija. La que va sobre el caballo overo, detrás, con coleta marrón.

Ajá. Para Úrsula todos son overos, ya que no tiene ni idea de lo que es eso, y todas las muchachas llevan más o menos coletas.

El profesor de equitación, que cabalga en estos momentos por su campo de visión, le interesa tanto más. Sobre su caballo el jinete parece estar hecho a medida.

—¿Un buen hombre? —pregunta señalándolo con la cabeza.

—En realidad demasiado bueno para nosotros. Me temo que no podamos retenerlo demasiado tiempo. Aquí tiene muy pocas posibilidades. Tendría que poder desarrollarse más, necesitaría mejores caballos. Un promotor.

—¿¡Promuévalo usted misma!?

—¿¿Yo?? —Lena Waffel la mira sorprendida—. No tengo ninguna posibilidad; no tengo dinero.

—Yo podría ayudarla.

—¿Quiere promoverlo usted? —Lena se escurre del asiento ante la sorpresa. Las miradas se dirigen a ellas, Lena baja la cabeza. A Úrsula se le tuerce el gesto. ¿Por qué iba a promoverlo? ¿Porque tiene los ojos gris azulado y huele a hombre? Una mujer con delantal se acerca a la mesa y pregunta qué le puede traer. A Úrsula le viene bien la interrupción. Pide un café y un bollo.

—Tenemos plumcake de la casa —le informa sin demasiado entusiasmo.

—Muy bien —responde Úrsula. Hubiese comido también bollos de tierra del picadero si la aproximaran más a sus objetivos.

Lena se inclina hacia la ventana, busca a su hija.

Todos cabalgan con el paso cambiado respecto de los otros.

—Cabalgan así para calentar —explica Lena, cosa que a Úrsula no le interesa ahora en absoluto—. ¿Le gustan a usted también los caballos? —reacciona enseguida.

—Sí, claro, sí —Úrsula contempla la arena del picadero con la mirada perdida.

—¿Ha montado usted alguna vez?

—Desgraciadamente nunca... —tengo que recuperar el control de la conversación, piensa Úrsula mientras lo dice.

Lena se dirige a ella con tono consolador.

—Le enseñaré luego a nuestro Fixus. Es un caballo maravilloso, le gustará. ¡Pero mire su paso, con qué orgullo pasea la cabeza, la cola!

Úrsula está sentada rígida cual palo de escoba. ¡Oh, qué idea más espantosa! Donde hay una cola, hay también patas, más exactamente patas traseras, y éstas pueden dar coces. Y donde hay una cabeza, no anda lejos la boca. Ve ante sí dientes de caballo grandes y amarillos. No va a dejar que Fixus se le acerque ni un metro, antes prefiere besar a Willy Waffel.

—¿Quiere usted a su marido? —la pregunta arranca a Lena de la ventana.

—Yo... ¿cómo se le ocurre eso? —Lena calla unos instantes, luego sacude la cabeza—: ¡No!

—Disculpe que le haga una pregunta tan directa, pero queremos tratar aquí algo importante —dice para quitar hierro a su indiscreción.

—Usted ha despertado mi curiosidad por teléfono... —Lena baja la voz, la camarera sirve a Úrsula el café y el bollo.

—¿Me permite que le pregunte por qué no lo quiere?

Lena remueve el café frío que tiene ante ella. Luego mira a través de la ventana mientras habla.

—No fue un matrimonio de amor. Mi padre quería asegurar la empresa, ésta debía garantizarles a él y a mi madre una buena vida durante la vejez, y quería para mí una existencia razonable. Le pareció que Willy era el adecuado —gira lentamente la cabeza hacia Úrsula—. ¿Poco romántico, no?

Tocada, piensa Úrsula y se esfuerza por ocultar su triunfo. ¡Al final Elisabeth tenía razón!

—Y —sigue preguntando— ¿fue el adecuado?

Lena reflexiona, se pasa cuidadosamente la mano por la permanente.

—Para la empresa probablemente sí. Eso no puedo juzgarlo. Desde el principio Willy no quiso que me inmiscuyera. Mi padre también hubiese estado en contra. Una mujer en la empresa trae discordia, decía siempre —mira a Úrsula insegura—. Probablemente fue mejor así. Para los niños...

Úrsula mueve la cabeza.

—¡Los hijos son la coartada de los hombres que quieren quitarse a las mujeres de encima!

Lena calla, su mirada busca a su hija.

—¡Estoy feliz por tenerla. ¡Sin ella, todo habría sido aún más insoportable!

Úrsula reflexiona.

—¿Quién hizo los contratos? ¿Participa su marido en ellos? ¿Mantiene porcentajes? ¿Tiene usted contrato de separación de bienes?

—Mi padre tuvo cuidado de que yo siguiera siendo la propietaria. Con esa intención redactó también el contrato de separación de bienes. Willy está contratado por mí como gerente. ¡Recibe un sueldo!

—¿Y la venta de participaciones en el negocio no está sujeta tampoco, según el contrato de la sociedad, a ninguna condición especial?

—Desde luego que no. ¡En un matrimonio ninguno choca contra los intereses del otro! —una tímida sonrisa se desliza ligera por el rostro de Lena.

Úrsula respira hondo.

—Dios mío, ¿y no lo ha echado usted todavía?

—¡Estoy casada con él! ¡Formamos un familia!

—Por la gracia de Dios —se le escapa a Úrsula.

Lena bebe su café. Vuelve a hacer una mueca.

—Qué iba a hacer. No entiendo de negocios. Cualquiera podría engañarme. Y el cartonaje no resulta hoy tan fácil como hace años. ¡Me siento impotente!

—¡Su marido la engaña! —dice Úrsula con tono neutral.

A Lena se le dibuja en la cara una sonrisa amarga.

—Eso lo hizo desde el primer día. Hasta hoy me sigue humillando siempre que tiene la oportunidad. ¡Preferiblemente delante de la gente! ¡No obstante me sorprende que usted lo sepa!

—Lo sabe todo el mundo —replica Úrsula espontánea con un ademán, luego se inclina hacia ella, la mira inquisidora—: ¡Devuélvale el golpe!

Lena no responde. Tiene la mirada fija en su café.

—¿Qué se lo impide? ¿Qué edad tienen sus hijos?

—Isabelle tiene catorce y Oliver diecinueve. Está acabando el bachillerato y luego quiere estudiar informática. Está día y noche colgado del ordenador.

—¿No ambiciona hacerse cargo de la empresa?

Lena mueve despacio la cabeza.

—En absoluto. Dice que le gustaría no verla nunca más. Con ello incluye a Willy. Nunca se ha entendido bien con su padre. Es un chaval muy introvertido. Willy lo ha insultado siempre llamándole casero, sólo porque no quería salir de juerga como su padre cuando era joven.

—¿E Isabelle?

—Quiere ser veterinaria.

—¿Viven aún sus padres?

Lena niega con la cabeza.

—¿Dónde está entonces el problema?

—Bah —suspira Lena desde lo más profundo de su corazón—. A usted le parece muy fácil. ¿Pero qué voy a hacer yo ahora con la empresa al cuello? Tengo cincuenta años. Ya no puede empezar de nuevo.

Úrsula se retrepa en su asiento, y una sonrisa furtiva le recorre el rostro.

—¡Véndamela a mí! Le haré una oferta justa, justa de verdad. De mujer a mujer. Y usted manda a su Willy al banco del parque, que es donde debe estar, y vive una vida despreocupada. Si le apetece, promueve a nuestro amigo de aquí —hace un gesto con la mano en dirección al picadero—, y si no, le compra usted a su hija un verdadero... supercaballo.

—Un purasangre —la corrige Lena de forma automática.

—Pues un purasangre.

—¿Sabe usted lo que me está proponiendo? —las mejillas de Lena relucen suavemente ruborizadas—. ¡Ésa sería la batalla más dura de mi vida!

—¿No merece la pena luchar por la propia vida? —Úrsula se aproxima a la mesa—. Hable con sus hijos al respecto, informe a su abogado matrimonialista y redactamos un contrato. ¡Y usted toma por fin el marido que le guste!

—¿A los cincuenta?

—¿Quiere esperar a tener ochenta?

—Estoy... no sé. ¡No sé si seré capaz de hacerlo! —se gira de nuevo hacia el picadero—. Ahora está haciendo los *cavalletti*. Es gimnasia para caballos.

Paradójico, piensa Úrsula. Gimnasia para caballos. ¿Ballet caballuno o qué? También ella mira hacia abajo. El profesor de equitación reparte por el picadero, con la ayuda de unos auxiliares, obstáculos de unos treinta centímetros de altura a distancias uniformes. Su caballo lo sujeta una muchacha. La pequeña lo acaricia con devoción. Úrsula hace una mueca y se dirige de nuevo a Lena.

—Le contaré ahora con pelos y señales lo que ha organizado su esposo en los últimos tiempos. ¡Y creo que después cerrará usted gustosa el trato con un apretón de manos! Como los tratantes de caballos, ¿no? —el chistecito no queda muy bien en sus labios, ella misma lo nota.

Pero Lena asiente.

—En realidad no quiero oírlo. Hace poco volví a tener una experiencia sumamente desagradable con él. Pero quizá tenga usted razón. Quizá ha llegado el momento de saberlo todo, de que me tenga que enfrentar a todo. ¡Así que, cuente!

Úrsula no se deja nada. Le explica hasta el último detalle del «gran negocio» que ha planeado con perjuicio para las dos. Cuando llega a Oberlech, Lena la interrumpe excitada.

Isabelle ahora está haciendo el recorrido en la pista. Adelante, muchacha, piensa Úrsula, pero se controla. Ella no es capaz de encontrar nada maravilloso en ello, pero Lena sonríe resplandeciente.

—Es un verdadero pequeño talento —para añadir acto seguido con gesto sombrío—: ¡Y Willy es un verdadero cerdo asqueroso! —entonces Úrsula le cuenta el resto.

Lena ha bajado a la pista para ayudar a su hija, que tiene que terminar el recorrido, a llevar el caballo a los establos, y Úrsula se ha marchado a la oficina. Se promete quedarse ahí hasta que todas esas bestias estén a buen recaudo. Está cerrado. Permanece indecisa ante la puerta, pero es el único teléfono que hay en el picadero, le ha dicho Lena. Para las urgencias hay otro en medio de la calleja que conduce a las caballerizas, pero su urgencia no es tampoco tan grande. Prefiere esperar.

El profesor de equitación aparece por una esquina.

—¿Me está esperando a mí? —pregunta, y a Úrsula se le sobresalta el corazón. Qué significa esto ahora, le dice una voz interior, pero no puede negar que este hombre no la deja indiferente. A pesar del olor a caballo. ¿O tal vez precisamente por ello? ¿Va por el camino más seguro para convertirse en una perversa? Se encuentra justo al lado de ella cuando abre la puerta con la llave. Úrsula puede sentirlo. Emana de él una intensa energía. A la empresa EWW podría venirle también muy bien la labor promotora, piensa Úrsula y observa sus movimientos.

Él empuja la puerta y la invita a entrar con un cordial.

—Por favor —luego le estrecha la mano.

—Soy Michael Fürst —la presión de su mano es cálida y sólida, sus ojos la miran inquisitivos, su rostro es anguloso, un pequeño hoyito adorna la barbilla.

Úrsula responde al apretón de manos y se presenta igualmente.

—¿Qué puedo hacer por usted? —pregunta, y Úrsula contempla su raído chaleco de ante. Normalmente, ante una visión así, tendría que espantarse, pero no se espanta.

—¿Podría llamar por teléfono? —dice cortés.

—Por favor —arrastra hacia ella un teléfono viejo y bastante deteriorado.

—A Frankfurt —precisa Úrsula—. ¿Tiene usted un contador?

Él sonríe irónico.

—Luego contamos juntos.

Ella comienza a discar.

—¿Puedo donar al club un teléfono nuevo? —pregunta de pasada.

—Entonces también puede llamar gratis —asiente él—. Hoy por lo menos.

Michael Fürst se sienta, abre el cajón del escritorio y saca un libro enorme y una caja vieja.

Elisabeth se pone al habla.

—¡Elisabeth quisiera transferirle los ocho mil marcos!

El profesor de equitación aguza los oídos.

—¡No quiero ningún dinero! —la voz de Elisabeth suena resuelta.

—¡Se los transferiré de todas formas!

—¡Es usted testaruda!

—¡Sí, gracias! —Úrsula observa el contenido de la caja abierta. Algunos billetes de veinte, uno de cincuenta, calderilla. El negocio de los caballos no parece ser demasiado lucrativo.

—¡Repito que no! ¡Y si no cede, cuelgo ahora mismo!—oye decir Úrsula—. Por lo demás me alegro de que haya funcionado

—Elisabeth tiene una sonrisilla en la voz.

—¡Pongámonos de acuerdo por su hija! —Úrsula recorre con el índice el disco del teléfono.

—¿Jill? ¿Cómo? ¿Por qué?

—¡Para su fondo educativo!

—¡Jill tiene un seguro educativo!

Cielo santo, mira que es obstinada la mujer.

—Entonces para una segunda educación. O para una segunda carrera. O para un semestre en el extranjero.

Se hace el silencio del otro lado de la línea. Úrsula repara en que, con su vestido oscuro, debe de producir una impresión bastante extraña en la gente del caballo.

—¡De acuerdo!

Breve y contundente.

—¡Me alegro! —Úrsula cuelga—. Bueno, ya está —le dice al profesor de equitación que la observa absorto.

—¿Usted siempre va regalando tan solícita su dinero a los demás? ¿Aquí un teléfono, allí una educación?

A Úrsula casi le entra la risa. Precisamente ella. Ella ha conservado siempre su dinero, inmune a toda tentación. Y ahora se encuentra aquí como la gran benefactora.

—Las apariencias engañan —dice sincera. Detrás de ella llaman a la puerta, los niños de la hora de ejercicios entran atropelladamente, quieren saber cuándo es la próxima cita—. Bueno, es mejor que me vaya —Úrsula le tiende la mano.

—Déjese ver alguna otra vez, con o sin teléfono —él le sonríe, y ella se autocensura. No te vayas a imaginar nada, Úrsula Winkler. Seguro que tiene un montón de chicas fantásticas en la recámara, y en casa probablemente tres criaturas lloronas. A pesar de lo cual se vuelve hacia él al marcharse. En efecto, la está mirando.

Tiene suerte, en estos precisos momentos viene Lena de la pista, sola. Isabelle ha vuelto a montar a Fixus. Se detienen la una junto a la otra.

—Lo dispondré todo de manera que pasado mañana, miércoles, a las dos, estemos en su empresa, señora Waffel, según lo acordado. Al mismo tiempo arrastraré a su marido a mi fábrica. Llevaré conmigo a especialistas que después le podrán decir con total exactitud lo que puede esperar. Pero usted podría investigar también un poco por su cuenta. Por su propia seguridad, quiero decir.

—¿Y eso cómo? —con vehemencia Lena se limpia en los pantalones las manos mojadas de saliva del caballo.

—Pues limítese a preguntar a su marido. Con total inocencia, haciéndose la tonta.

Lena le guiña un ojo.

—¡Sí, eso sé hacerlo!

Úrsula recorre un tramo en dirección a la salida, ve unos caballos que se acercan. Lena va con ella.

—Y piénselo —dice Úrsula en tono cómplice y se detiene ante la puerta batiente—, ¡usted también cuenta!

—¿Contaba usted? —le pregunta Lena a su vez—. Quiero decir, ¿cuando su marido aún vivía?

—¡No! —no hay mejor hombre que el hombre muerto, piensa ella. ¿O lo ha dicho en voz alta?

Ambas mujeres se estrechan las manos como dos conjuradas, luego Úrsula sale a través de la puerta batiente. ¡Victoria, victoria! En realidad, ahora tendría que festejar, chillar de alegría, gritar hurra. Pero no es de esa clase de personas. Esta noche se tomará una copa de champán. No por el hundimiento de Willy Waffel, sino por la nueva vida de Lena Waffel. Úrsula abre el coche. Estás hablando ya como Elisabeth, piensa de repente. Deja de hacerlo en el acto, no te pega. Nunca fuiste una buena samaritana, y no lo serás nunca. ¡Así que te puedes recrear tranquilamente en el hundimiento de Willy Waffel! ¡Con una segunda copa de champán!

Intriga

Hay un mensaje de Ludwig en el contestador automático pidiéndole que lo llame, y entre la correspondencia hay una abultada carta de Lutz Wolff. Ajá, la cuenta. La coloca sobre la mesa de la cocina. Luego pone a calentar agua, mira el reloj. Sólo son las seis, la tarde aún es joven. Abre el frigorífico, llaman a la puerta. De mala gana va a abrir. Las visitas imprevistas le resultan una tortura. Se trata del pedido de delicatessen. Lo había olvidado por completo. Menuda fiesta. El joven lleva bolsa tras bolsa a la cocina, Úrsula paga la cuenta.

Silba el agua de la tetera. Guarda las delicias congeladas y recapacita. ¿A quién va a invitar? Piensa en Ludwig. ¿Qué querrá saber de ella? Se prepara el té y después coge el teléfono. Descuelga a la segunda señal.

—Úrsula, amor mío —se escucha con gran alegría por el auricular.

Úrsula entorna los ojos. ¿Desde cuándo es ella «su amor»?

—Me pedías que te llamara —responde con sobriedad y con la mano libre busca una taza en el armario.

—Pensé que iba siendo hora de que te invitara. Ha pasado ya mucho tiempo desde que cenamos juntos.

En Walldorf, piensa Úrsula y calcula cuándo fue eso. No hace tanto. Y tampoco lo habían acordado, fue pura casualidad. ¿Está mezclando cosas?

—Sí, Ludwig, ¿querías entonces salir esta noche? —pregunta ella y reflexiona al mismo tiempo qué excusa podría poner.

—No, eso no. Pensaba en una velada acogedora en mi casa, como en los viejos tiempos.

En los viejos tiempos, Úrsula enarca burlona las cejas. Walter ha muerto, no hay viejos tiempos que valgan.

—¿Para cuándo lo habías pensado, Ludwig?

—Bueno, ¿tal vez este fin de semana? ¿O el próximo? Tengo aquí deliciosos vinos para degustar.

—¿Qué quieres decir con fin de semana, Ludwig?

—Pues, el domingo. Como toda la vida.

Cierto. El sábado Walter tenía que volver siempre deprisa al barco, a las montañas o a alguna otra parte.

Pero Ludwig tiene buenos vinos. Eso hay que reconocerlo. Y a lo mejor el encuentro también resulta muy agradable...

—Buena idea, Ludwig, voy encantada. Posiblemente este mismo domingo. Nos llamamos.

Después de colgar, abre la carta de Lutz Wolff. También ella hubiera podido invitar tranquilamente a Ludwig. A fin de cuentas hay comida de sobra. Pero no tiene ninguna gana de Ludwig. Dado el caso, mucho mejor invitar a Elisabeth y a la niña. Pero podría ser ya demasiado tarde para las dos. Se acuerda de la bolsa Walt Disney con los regalos. Sonríe irónica. Todavía la tiene en el maletero junto con sus nuevos zapatos. Michael Fürst tiene toda la razón, ha caído en una fiebre consumista y manirrota.

Lutz Wolff ha listado detalladamente sus servicios en doce páginas. Úrsula las pasa deprisa. Sólo le interesa la suma final. Apenas veinticinco mil marcos. Con eso se compra hoy en día un coche, piensa. Lutz Wolff está loco. Se sirve un té y repasa las páginas. Ha incluido hasta los mínimos detalles. Cada llamada y también la visita de ella a su despacho. E incluso el desayuno dominical en su casa. Minuto a minuto.

Alza la vista. ¿Debe enfadarse por ello? ¿Porque ha comprado ella los panecillos? No seas tonta, Úrsula, él es un hombre de negocios. Se ha limitado a hacer lo que tú también hubieras hecho.

Úrsula vacía las bolsas y acto seguido adorna una bandeja con algunas de las deliciosas ensaladas. Le transferirá diecisiete mil y que discuta con ella el resto. Le quita la bonificación en caso de éxito. Ésta va a ser para Jill.

—Qué, estás sorprendido, Walter —dice y se introduce una gamba en la boca—, pero también yo tengo mis cosas. ¡Sólo que tú no las percibiste! —coloca la bandeja sobre la mesa—. ¡Y yo tampoco!

Su primera salida al día siguiente conduce a Úrsula al banco. El director Niemann le ha concedido tiempo suficiente para una entrevista. Le explica todo en detalle, le cuenta por qué solicitó los cuatro millones, que, sin embargo, no han sido necesarios hasta el momento, y analiza las razones para la compra de Embalajes Waffel que pretende. Tanto desde un punto de vista económico como financiero. A Arthur Niemann le gustaría enviar por su cuenta a un entendido en la materia. A Úrsula le parece bien, quedan para el día siguiente, a las dos, en la empresa de Waffel.

En la oficina hace llamar a Manfred Kühnen. Mientras Úrsula lo espera, encarga a Telekom un teléfono con display para el picadero. Cuando Kühnen llama a la puerta, ella está pensando aún cómo podría pagar ese gasto. Saluda a su gerente y mientras piensa que el club deberá certificarle un donativo, por las buenas o por las malas. Prefiere no imaginarse el año de fabricación de la máquina de escribir que presumiblemente sacarán para ello del viejo escritorio.

—Es una situación delicada y usted es mi aliado —comienza gravemente apenas se ha instalado Kühnen en su sillón. El gerente, no acostumbrado a semejante tono proveniente de su jefa, reacciona con cautela. Está sentado impasible y no dice nada al principio.

—¿En qué precio de compra tasa usted Embalajes Waffel?

Kühnen reflexiona.

—Veinte millones como mucho. Más bien menos. En estos momentos tal vez sólo quince.

—Así que diez —dice Úrsula y dibuja en su rostro una aviesa sonrisa. Piensa en Lena Waffel—. O digamos doce.

Luego se incorpora, mira a Kühnen a los ojos.

—¿Cree usted que podría poner de nuevo el cartonaje en primera línea? ¿En colaboración con EWW naturalmente?

—¿Cómo? No entiendo. ¿Tendré que volver con Waffel? Eso no puede ser...

—Como director, señor Kühnen. En caso de que funcione.

Manfred Kühnen se pasa la mano por la americana inarrugable verde claro.

—¡Pretende comprar Embalajes Waffel! —se le hace la luz de repente.

—¿Usted cree que un paso así será una expansión para EWW o más bien una carga?

—Ciertamente necesitamos cartón. Casi todos nuestros envases para queso llevan cartón sobre el plástico. Y otros mercados siguen estando ahí también. ¡Sí, eso sería ideal!

La mira.

—Eso me parece a mí también, señor Kühnen. Para ello mañana tendrá que guiar al señor Waffel, a partir de las dos, en una visita escrupulosa por nuestras naves. No se deje nada, ¿me oye? Atiéndalo de tal modo que tenga la impresión de que usted está a favor de que él se haga cargo de EWW. Difámeme tranquilamente un poco... cuando no los escuche nadie. Eso no debería resultarle difícil —y dele consejos falsos, se entiende—, enséñele todo. Cada escritorio, cada cuenta, cada máquina y, por lo que a mí respecta, cada guapa secretaria. No lo deje salir de aquí bajo ningún concepto antes de las cinco. Aunque tuviera que atarlo sobre el regazo de la señora Lüdnitz. O aún mejor, de Verena Müller. ¡A ésta la conoce ya!

Manfred Kühnen ahora muestra claramente su sorpresa.

—¡No querrá estar conmigo!

—Tiene que hacerlo. ¡Usted es la única oportunidad que él tiene!

Kühnen carraspea.

—¿Y dónde estará usted?

—Con nuestros especialistas y su mujer en su empresa.

Él medita.

—Temo que sigo sin entenderlo del todo. ¿Por qué con su mujer?

—Porque ella es la única propietaria de Embalajes Waffel. ¿No lo sabía usted?

Mueve lentamente la cabeza.

—Eso no lo habría asimilado su ego si alguien lo hubiese sabido.

—Ve usted —sonríe Úrsula—, por eso cambió el nombre de la empresa cuando se convirtió en gerente tras su boda. ¡Pero la fábrica no le ha pertenecido jamás!

Se levanta despacio.

—Me descubro, señora Winkler, me descubro. ¡Puede contar conmigo!

Asalto

Úrsula siente que parecen un comando de asalto cuando recorren, sin haber sido anunciados, las oficinas y naves de Embalajes Waffel. Pero Lena desempeña bien su papel, hace como si semejante inspección fuera lo más natural del mundo. Y como si no hubiera tampoco nada que objetar al hecho de que el jefe, su marido, falte en la primera fila de la delegación. Lena se muestra inofensiva. Le enseña a su amiga, Úrsula Winkler, la empresa. Eso es todo. Pasa por alto a los cinco hombres que lleva a remolque. Pero Úrsula ve, no obstante, cómo crece la incertidumbre y la curiosidad entre los empleados de la fábrica. Ella no es ninguna desconocida en el sector.

Úrsula desempeña bien el papel de amiga, así al menos coincide la imagen externa. A lo largo de todo el recorrido conversa animadamente con Lena, finge una conversación superficial.

—Ayer por la tarde nos visitó Julius Wiedenroth —va diciendo Lena mientras saluda sonriente a derecha e izquierda.

—Ah, interesante. Seguro que quería acordar con su marido la táctica para hoy. La forma óptima para engañarme.

—Intenté pillar alguna cosa, pero tan pronto como me aproximaba, se ponían a hablar con monosílabos.

—Hubiera podido preguntar usted por las chicas que su marido le ha suministrado de manera discreta y fiable a Julius Wiedenroht. Entonces tal vez se les habría ocurrido a ambos alguna cosa al respecto.

Lena guarda breve silencio, luego dice:

—¡Eso es nuevo para mí!

Úrsula se encoge de hombros con indiferencia.

—Pero completa el cuadro —avanza algunos pasos.

—¿Tienen los tíos algo más en la cabeza que lo que les cuelga? —increpa Lena a Úrsula.

—Pregúntele a éste —sonríe irónica Úrsula, pues un trabajador que se encontraba cerca se ha girado hacia ellas.

—¿Ve usted algo cuando recorre así su empresa? —quiere saber Úrsula poco después.

—¿Qué quiere decir con eso?

—Pues que si ha cambiado algo desde la última vez que estuvo usted aquí.

Lena mira a su alrededor.

—Hace ya bastante tiempo.

—¿Y?

—No me llama la atención nada.

—Eso pienso yo también —asiente Úrsula.

Se detienen ante una máquina. Úrsula la examina a fondo.

—Están todas bien conservadas, pero parece que su marido no se ha lucido precisamente en las inversiones —vuelve a mirar hacia Lena—. ¿Le ha preguntado en cuánto tasaría el valor de la empresa?

—Enseguida se puso furioso y me dijo a gritos si ahora pretendía espiarlo por todas partes.

Úrsula tiene claro de lo que se trata.

—¡Hasta donde yo sé *usted* lo ha descubierto a él echando una canita al aire y no al revés!

Lena asiente.

—¿Por eso se atreve él a gritarle a usted?

—Eso tampoco lo sé.

—Bueno, ¡su marido no nos resulta de gran ayuda en ningún caso!

Después de dos horas y media los asesores de Úrsula se han hecho una idea. Los dos ingenieros han examinado las máquinas y la producción; Wolfgang Hagen, el jefe de Contabilidad, y un experto de la banca han revisado los libros y los balances. Úrsula consulta a Werner Karloff, su abogado.

—Hum —exclama ella.

—Eso precisamente quería decir yo también —inclina la cabeza—. Como baratija, diría que estoy de acuerdo. De otra forma, la aventura verdaderamente será demasiado cara.

—¡Escuchemos lo que dicen los demás!

Se dirigen todos al despacho de Willy Waffel, Lena cierra, desde luego, la puerta tras ellos. Úrsula se apoya en el viejo escritorio negro que domina la habitación como un símbolo del tiempo detenido en esta fábrica.

Los va mirando a todos de uno en uno.

—El tiempo apremia, tenemos que tomar rápido una decisión. Sólo que este lugar es inapropiado para largas deliberaciones, en nuestra empresa se encuentra en estos momentos el señor de esta casa, en un restaurante nos molestarían mucho y ¡mañana es demasiado tarde!

Recapacita unos instantes, y luego decide algo que no han hecho los Winkler en treinta años: los invita a todos a su casa para deliberar, incluida Lena Waffel.

—Jugamos con las cartas boca arriba —le dice a ella.

Y como ya está metida en el asunto, en el acto llama también a Elisabeth.

—Podría suceder entonces que Jill se quede dormida en su casa —objeta Elisabeth.

—Tengo una habitación para invitados —replica Úrsula—, lo suficientemente grande para las dos —y jamás utilizada, completa en silencio.

Se ponen de acuerdo para las seis, Úrsula antes quiere pasarse un momento por su empresa. Espera encontrar allí a Willy Waffel.

Llega justo a tiempo. En esos momentos Willy Waffel está abandonando el edificio principal, acompañado por Manfred Kühnen, que le dirige a ella una mirada de alivio.

—¿Pero dónde se había metido usted, querida mía? —la saluda Willy rimbombante. Se detienen los tres en la escalera.

—Negocios urgentes, señor Waffel. Lo siento.

—¿Todavía ahora?—sonríe él mordaz.

—¿Se ha decidido usted entonces? ¿Ha sido usted puesto al corriente de todo?

—El señor Kühnen se ha esforzado mucho —no puede soslayarse el doble sentido.

Úrsula asiente con la cabeza en dirección a Kühnen.

—Me alegro —el gerente hace una ligera mueca con la boca.

—Podemos subir ahora mismo, ¡no tiene usted más que firmar! —amenaza Waffel y golpea explícito su maletín.

Así que para eso estuvo Julius Wiedenroth ayer sentado en su casa. Tras la llamada de ella prepararon el oportuno contrato a toda prisa. ¿Querrán de verdad revender la empresa enseguida? Eso sería el negocio más rápido del siglo. ¿Y a quién? Lástima, eso ya no se puede averiguar tras la destitución de Waffel.

—¿En qué cantidad ha pensado usted? —pregunta ella fríamente.

—¡Con quince estará usted bien pagada!

—Usted sí, pero yo no —su voz es severa.

Willy Waffel parece percibir el cambio.

—No la entiendo.

—Por su empresa quince millones serían demasiados. ¡Por la mía son demasiado poco! ¿No se lo he aclarado ya alguna vez?

La mira con los ojos de par en par. No eches a perder tu bonito juego, contente, se dice Úrsula y pone una expresión amable.

—Lo que quería decirle con ello es que piense en algún milloncito más, señor Waffel —se acerca a la puerta—. Ahora me tengo que ir rápido a mi despacho. Mi abogado arreglará mañana la cuestión con usted, señor Waffel.

Qué abogado ni qué demonios, sonríe para sus adentros. Ese papel me lo reservo para mí misma. Se detiene en el pasillo y espera. Tal como había previsto, Manfred Kühnen la sigue enseguida.

—¿Y cómo fue?

Sonríe agrio.

—Horrible. Toda la empresa piensa que estoy colaborando.

Úrsula sonríe.

—Mañana pondremos todo en su sitio.

Manfred Kühnen hace una mueca con la boca.

—La cosa no me pareció nada graciosa. Pero naturalmente él cayó por completo en la trampa, si bien —la mira a los ojos—, hoy he comprendido con claridad el juego que se trae usted.

—¿Yo? ¿Un juego? —responde Úrsula sorprendida.

—¡Él es el tipo que está detrás de esa maniobra de dumping!

—Me alegro de que se haya dado cuenta, señor Kühnen —responde Úrsula con un ligero tono de sarcasmo en la voz. Ella ya tiene la mano sobre el picaporte para irse a su coche, pero se gira brevemente hacia él y le informa de la cita en su casa. Él mira el reloj y acepta.

Conjura

Úrsula está en casa a las seis menos cuarto. Elisabeth y Jill son las primeras en llegar, lo cual a la dueña de casa le viene de maravilla.

Cuando Elisabeth se entera de qué va la cosa esta tarde, quiere marcharse en el acto.

—Yo no tengo nada que ver con eso. ¡Aquí nosotras no hacemos más que molestar! —decidida vuelve a abrocharle la chaqueta a Jill.

—Pero yo no me quiero ir, mami —se defiende Jill.

—¡Y a mí me parece que Jill tiene razón! —intercede Úrsula—. Gracias a usted ahora todo va sobre ruedas. ¡Sin su información yo no me habría enterado jamás de la clase de payaso desposeído que es nuestro hinchado amigo!

—¡Usted ya ha pagado la información de manera más que suficiente!

—¡Fue también un triunfo suyo!

Las dos intercambian chispeantes miradas y luego comienzan a reírse.

—Bueno, si la puedo ayudar en alguna cosa. Preparar bocadillos o algo así.

—¡No es precisamente para eso para lo que quería que viniera usted aquí!

—¿Tenéis que pelearos? —Jill se ha vuelto a desabrochar la chaqueta y se la entrega a Úrsula. Se queda con la chaqueta en la mano mirando a la pequeña.

—Jill tiene razón —asiente—. ¡Por lo menos un comportamiento racional aquí!

—Bien, ¡entonces ahora me voy a la cocina! —Elisabeth pasa ante ella.

—¿Eres tú también tan cabezona como tu mamá? —Úrsula se inclina hacia Jill.

—No sé —dice Jill y se toca la cabeza.

Suena el timbre. Jill sale corriendo hacia la puerta, Úrsula acciona el portero automático.

—Bueno, ¿pero tú quién eres? —Manfred Kühnen le da la mano a Jill. La niña vacila.

Úrsula le sale al encuentro. Manfred Kühnen se ha cambiado de ropa, lleva un jersey de lana gris oscuro con unos vaqueros negros. Ahora parece un ser humano, piensa Úrsula. Le ofrece pasar, pero él se queda en la entrada en cuclillas junto a Jill.

—¿Qué te imaginas que tengo aquí? —pregunta y le enseña un puño a Jill, que ha ocultado sus manos tras la espalda.

Úrsula los contempla un momento y luego se va a la cocina con Elisabeth. Ésta ha empezado a preparar bandejas con las *delicatessen* restantes de la tienda de comestibles. Úrsula echa un vistazo.

—Mucho no queda ya —abre el congelador y husmea dentro.

—¿Me permite? —Elisabeth está detrás de ella, impaciente, vuelve a sonar el timbre—. ¡A su trabajo! —Elisabeth señala la puerta con la cabeza.

Es su abogado, y también está descendiendo del coche Stefan Peters, su ingeniero. Úrsula se dirige con ambos al salón. Allí se encuentran ya Manfrend Kühnen y Jill tirados en el suelo ante un rompecabezas. Jill ha traído consigo una maleta llena de juguetes, la mayoría están ya en salvaje desorden. Úrsula se acuerda de sus regalos. Más tarde, piensa y se maravilla de Manfred Kühnen. Jamás hubiera supuesto en él a un amante de los niños. En mí tampoco, se dice y retorna a la cocina.

—Faltan aún las bebidas —Úrsula abre la nevera.

—Eso lo arreglo yo —dice su abogado y se dirige a Elisabeth—: Sólo me tiene que decir dónde puedo encontrarlo todo.

Elisabeth sonríe irónica, y vuelve a sonar el timbre. Arnold Müller se encuentra en la puerta. Lleva un ramo de flores, claveles rojos y rosas amarillas. Úrsula se queda desconcertada por completo. Da las gracias cortésmente y busca un jarrón. Llega el experto del banco y con él Wolfgang Hagen y su segundo ingeniero. Ahora ya están todos allí, a excepción de Lena Waffel. El aroma de la cocina se extiende por la casa, y Elisabeth lleva las primeras bandejas.

Jill se gira hacia ella.

—Ésta es mi mamá —le dice en voz alta a su compañero de juego—, ¿no es maravillosa?

Todos ríen, y Manfred Kühnen lo confirma.

—Sí, es cierto. ¡Tienes una mamá maravillosa!

No sólo Úrsula repara en el interés con el que la ha mirado. Elisabeth les sonríe a ambos y retorna a la cocina.

Úrsula mira a su alrededor. Vida. Por vez primera hay vida de verdad en su casa. Casi una fiesta. Se ríe irónica de sí misma.

—Tomen algo —los invita—, seguro que ninguno de ustedes ha comido nada todavía. Esperaremos a la señora Waffel, quiero decir, esto se lo debemos a ella.

Ojalá que Willy Waffel no sepa aún nada de su asalto del mediodía, piensa Úrsula y toma una de las albóndigas calientes que Elisabeth ha preparado como por arte de magia. Que no vaya a hacerle nada a Lena de pura rabia. Poco a poco comienza a impacientarse. También los demás han concluido sus pequeñas charlitas y esperan a ver lo que va a suceder. Úrsula coloca sobre la mesa las copias de las cartas de Waffel a la competencia. Con ello suministra material inflamable para la siguiente media hora. Manfred Kühnen ha examinado las hojas en silencio y luego se ha vuelto a sentar con Jill. Entretanto, llevan esperando ya más de una hora, han terminado los dos el cuarto puzzle, y a Jill ya no le apetece continuar. Kühnen se levanta y se alisa los pantalones.

—Yo también tengo una hija pequeña —dice a la reunión casi en tono de disculpa.

—No sabía que estaba usted casado —Arnold Müller lo mira sorprendido.

—No lo estoy. Y no lo he estado tampoco. ¡Ése es precisamente el dilema!

—No entiendo —se inmiscuye Stefan Peters y deposita su vaso de cerveza sobre la mesa—. ¿Por qué es un dilema? ¡Hoy en día hay muchos solteros que tienen niños!

Manfred Kühnen se encuentra indeciso en medio de la habitación.

—¡Estamos separados y no tengo ningún derecho sobre mi hija!

Todos callan, Jill le tira alegre de la pierna del pantalón.

—Oye, ¡yo tampoco tengo papá! —y como si quisiera consolarlo—: ¡Eso tampoco es tan malo!

Suena el timbre. Todos suspiran.

Lena Waffel llega con su abogado. Pide disculpas por el retraso.

—Ya sé, tendría que haber llamado, pero fue todo tan precipitado...

—¡Teníamos miedo de que su marido ya hubiese sido informado en la fábrica y le hubiera hecho algo!

Sonríe quitándole importancia, pero no suena del todo sincera.

—Ha llegado a casa, se ha cambiado silbando y se ha vuelto a marchar. ¡Supongo que celebrará su triunfo con su amiguita!

Úrsula está sorprendida de su franqueza. Ve que los hombres están pensando lo mismo que ella.

—Quisiera explicarle algunas cosas —comienza Úrsula—, pero primero necesitamos más asientos —si Walter pudiera escuchar esto, se reiría de mí, piensa al decirlo—. Afuera, en la terraza, quedan algunas sillas de jardín bajo un toldo. Creo que tendrían que ser suficientes —mientras los hombres traen las sillas plegables, le dice Úrsula a Elisabeth—: ¡Y usted siéntese ahora también con nosotros!

—¡Jill y yo nos vamos ahora a casa!

—¡La mato!

—¡Eso sería muy propio de su carácter! —pero ambos ingenieros dejan libre el sofá para Elisabeth, en el que Jill se acurruca enseguida junto a su madre, y Úrsula comienza, después de que cada uno de ellos ha encontrado un lugar donde sentarse, a aclarar la campaña de Willy Waffel.

Al final están todos de acuerdo en que doce millones sería una oferta justa. Lena lo consulta con su abogado y acepta luego.

—He de decir con toda sinceridad que deberíamos haber contado con menos —le dice a Úrsula—. No habría esperado más de diez.

Úrsula mira Ralf Liesen, el experto de su banco. Éste vacila. La tentación de sacar provecho de la sinceridad de Lena es grande.

Úrsula medita.

—¿Qué tal una solución intermedia? ¿Once? —mira a Lena—. Entonces usted se encontraría más arriba de lo esperado y yo más abajo de lo temido.

El abogado de Lena frunce el ceño. Claro, piensa Úrsula, su pasta. Lena lo mira brevemente, resulta fácil leer lo que se le está pasando por la cabeza. Un millón regalado con una sola frase. Ella asiente. Ralf Liesen asiente también.

Lena le tiende a Úrsula la mano.

—Tratantes de caballos —dice al hacerlo.

Jill, hace tiempo dormida en brazos de su madre, abre un ojo.

—¿Mamá, dónde hay caballos? —y luego sigue durmiendo.

Úrsula prosigue gustosa. Caballos no van a faltarle más. Luego se levanta y trae dos botellas de champán.

—Mi banco dice sí, mis ingenieros dicen sí, mi contabilidad dice sí y mi gerente va a ser director de Embalajes Waffel, qué estoy diciendo, de Embalajes Walter-Winkler, abreviado EWW. Es decir, tenemos que pensar todavía cómo se va a llamar a la criatura. Pero lo principal es ¡que ya está ahí! —y si todas las puertas se cerraran, sigo teniendo cinco millones contantes y sonantes, piensa Úrsula, que ríe desbordante y hace saltar el primer corcho.

Su abogado se levanta de un salto.

—¿Dónde están las copas?

Elisabeth señala tras ella con un indolente ademán.

—En el *sideboard*, allí en la esquina —y Manfred Kühnen no deja de mirarla.

Úrsula le alcanza a Lena la primera copa y entrega las dos siguientes a Elisabeth y a Manfred.

—Y, por cierto, sin Elisabeth no estaríamos sentados hoy aquí —dice y brinda en su dirección antes de repartir las demás copas.

Es bien entrada medianoche cuando se marchan todos. Los dos abogados han aprovechado el tiempo para preparar un borrador de contrato en un ordenador portátil y hacer copias con una mini-impresora que traían con ellos. Los demás han discutido sobre los primeros pasos para una colaboración efectiva y una fusión de las dos empresas. Elisabeth es la primera en levantarse poco después de las doce y toma con ello la iniciativa.

A Úrsula le hubiera gustado que se quedaran y les vuelve a ofrecer la habitación de invitados, pero Elisabeth ha decidido volver a su casa.

—Mañana resultaría demasiado complicado —explica—. Tengo que ir temprano a trabajar, llevar a Jill al jardín de infancia, ¡desde aquí, sin estar preparadas, no seríamos capaces!

Úrsula lo lamenta y asiente.

—Tendría no obstante que aclarar algunas cosas con usted en privado —dice en voz baja.

—Véngase con nosotras hasta el coche —Elisabeth lleva ya en brazos a su hija dormida—. Así me puede ayudar también a abrirlo.

Úrsula se vuelve hacia sus demás invitados. Están de pie y siguen conversando, Manfred Kühnen recoge los juguetes. Este hombre se le aparece como la mayor maravilla de la velada de hoy. ¿Es de verdad Manfred Kühnen? ¿El gallito multicolor, competitivo, indolente y cachondo?

Cuando Úrsula retorna, los hombres se están poniendo ya sus americanas y abrigos, Kühnen sostiene en la mano la maleta infantil. Sólo Lena Waffel se ha quedado algo dubitativa en segundo plano. Úrsula se despide de todos y se dirige luego a ella.

—¿Nos tomamos otra copita por el futuro?

Lena respira hondo.

—¿O sucede algo?

—Creo... creo que tengo miedo de mi propio coraje —Lena se toca la frente—. ¡No sé lo que va a pasar cuando él lo descubra!

—¿Puede ocurrir ya esta noche?

Lena se encoge de hombros.

—Había ya un montón de llamadas para él en nuestro contestador automático. Gente de la fábrica que querían que él les devolviera la llamada. Las he borrado todas. Y mi hijo está pendiente de borrar también las que vayan llegando. Está por completo de mi lado. Isabelle por cierto también. Sobre todo después de haberle contado nuestro proyecto como promotoras... —sonríe dulcemente.

—¿Cómo se le puede localizar?

—Cuando sale con esa chica, desconecta siempre el teléfono del coche. El portátil también, ésa es mi suerte. Queda todavía el buzón de voz...

—¿Y si se va usted ahora a casa y no le deja entrar más?

Lena la mira insegura.

—Eso no puedo hacerlo, no es mi estilo.

—¿Cómo no? Usted sólo quiere su fortuna; él se puede retirar a vuelta de correo con su gracia. ¡No es eso lo que quería!

Lena medita unos instantes. Se hace el silencio, Úrsula espera.

—¿Cuándo quiere decírselo entonces? —pregunta luego.

—Mañana, cuando tenga los contratos válidos.

—¡Ésos están ya ahí! —Úrsula señala la pequeña mesa en la que se encuentran los precontratos.

—¡Todavía no tienen valor legal!

—Pero ya está claro de lo que se trata. La cantidad está ahí, y ambas podemos firmar. El precio no le atañe en absoluto a su marido. No vaya a cometer el error de que él... —Úrsula la mira a los ojos—. ¿Quiere que esta noche quede por fin atrás? ¿No quiere volver sola a casa?

Lena asiente titubeante.

—Creo que necesito escolta. No soy tan fuerte.

—¡Y yo creo que eso es algo que le debo!

Lena recoge los contratos, Úrsula echa mano a su abrigo.

—Olvide su coche. ¡Tomaremos el mío!

Coge sus llaves, pero las vuelve a dejar enseguida en el cajón y toma las otras, las del Mercedes. Este trofeo vale más que todos los pornochantajes del mundo. Ha vencido ella.

Golpe mortal

Lena la dirige hacia la entrada de un viejo chalé de ladrillo.

—Es la casa de mis padres, aquí me he criado yo —explica Lena casi en tono de disculpa, —la ocupamos tras su muerte.

La entrada es amplia, señorial, propia de un empresario al viejo estilo. A Úrsula todo ello se le antoja una pizca ostentoso, pero no dice nada. Aparca a la derecha, delante del garaje, y desciende del coche con Lena.

La casa parece sombría no sólo desde fuera, también dentro le parece todo demasiado oscuro. Se queda en el salón mientras Lena guarda su abrigo. Pesados muebles de roble, pesadas alfombras, pesados óleos.

—Póngase cómoda —dice cuando vuelve y señala el macizo tresillo. En realidad una aquí no puede ponerse cómoda, piensa Úrsula, y se sienta.

—¿Le apetece un café? —Lena parece inquieta. A lo mejor lo que tiene es simplemente miedo.

Úrsula asiente.

—¿La puedo ayudar?

—¡No, por favor! —Úrsula se levanta a pesar de ello y la sigue a la cocina. En ese preciso instante comienza a descender por las amplias escaleras de madera una figura en camisón blanco. Es Isabelle que se aprieta contra su madre como una sonámbula.

—¿Por qué no te duermes, tesoro mío?

—¿Qué pasa si papá nos abandona? —su rostro, con los cabellos largos y revueltos, parece mucho más infantil que en el picadero.

—Papá, en realidad, ya hace mucho tiempo que nos ha abandonado, mi cielito. Tú misma lo has dicho esta tarde.

El pálido rostro lucha contra las lágrimas.

—Sí, ya lo sé. Pero estoy triste —traga—, si ya no tengo papá —pequeñas gotas brotan de sus lagrimales y se deslizan extraviadas por las mejillas.

Lena la coge en brazos, la besa en la cara y contempla luego los pies desnudos de su hija.

—Ven, corazón mío, al salón. El suelo de piedra es demasiado frío.

—Voy a preparar un café —dice Úrsula y se separa de ellas hacia donde supone que estará la cocina. Rústicas oscuridades también aquí. Encuentra el café, el azúcar y la crema y finalmente algunos vasos, con seguridad no se trata de la vajilla de los domingos, pero valdrán. Espera hasta que se llena la cafetera. Eso da tiempo para que Lena hable con su hija sin que ella esté en medio como instigadora.

Úrsula lo coloca todo sobre una bandeja y vuelve con cuidado al salón. Isabelle está tapada sobre el sofá, con la cabeza en el regazo de su madre. Hasta donde Úrsula llega a comprender, Isabelle está hablando de Fixus. Lena le aparta los cabellos de la frente, sonríe a Úrsula.

—Es el único en todo el establo que relincha cuando llego yo. ¡Imagínate, mamá, lo que se alegra! —mira a su madre—. No, de verdad mamá, ni siquiera Nico lo hace cuando llega Susi, ¡y eso que lo tiene desde hace mucho más tiempo que yo a Fixus!

—¡Eso sí que es bonito!

Úrsula deposita la bandeja, le alcanza una taza a Lena. Fixus parece en último extremo cotizarse más que Willy, piensa; así es de sencillo.

—¿Y qué tal si volvieras ahora a la cama? Es la una pasada, de lo contrario mañana no habrás dormido lo suficiente.

Isabelle protesta, pero se deja subir por su madre. Úrsula sirve el café y espera.

Lena retorna enseguida.

—Ya está dormida —dice y se sienta—. Es una suerte no haber tenido que vérmelas con Willy. Esa escenita desearía de veras ahorrármela —echa nerviosa abundante azúcar en su café.

—A lo mejor hubiera debido tomar antes ejemplo del caballo —señala Úrsula.

—¿A qué se refiere con eso?

—A lo que su hija acaba de decir. Su caballo se alegra cuando ella llega.

Lena asiente con amargura.

—Jamás la ha tomado en consideración. A ninguno de nosotros. Fue un matrimonio de conveniencia, eso no me lo ha perdonado hasta hoy.

—Otros se alegran cuando alcanzan prestigio y riqueza de este modo inmerecido.

—Él no. Él lo vivió como un lastre a su propia capacidad.

—Eso es indicio de un complejo de inferioridad.

Lena se queda inmóvil.

—Nunca lo había visto así...

—Y, por cierto, ¿era tan capaz? —Úrsula frunce la frente—. La empresa no habla precisamente a su favor. Creo que él le concede mayor importancia a una cierta especie de astucia pedestre que al trabajo duro de verdad.

A lo largo de dos horas intentan mantener en pie una conversación. Lena abre su corazón, Úrsula escucha a ratos y se queda suspendida a veces de sus propios pensamientos. Luego mira la hora. Tres de la mañana, y Willy sigue sin aparecer. Lena reprime un bostezo, ambas están cansadas, tampoco el café puede hacer ya nada en contra.

—A estas horas está siempre en casa —disculpa Lena el retraso de su marido.

—Quizá no vuelva esta noche; no tiene ya motivo alguno. A partir de mañana será un hombre de fortuna, dependerá de sí mismo. ¡Piensa él! —Úrsula se levanta para distenderse un poco con el movimiento. Lena había colocado las piernas sobre el sofá, ahora vuelve a sentarse y mira a Úrsula—. No podemos pasarnos la noche entera esperándolo —Úrsula se dirige a la ventana.

—¿Desea usted tal vez acostarse un poco? Tenemos una habitación de invitados —propone Lena.

—En camisón apenas le impresionaría, no, tenemos que pensar en otra cosa —Úrsula retorna a la mesa—. Prepárele su cama aquí, en el sofá, enciérrese usted arriba. Y desconecte teléfono, fax y contestador automático, así irá mañana a su empresa desprevenido y allí lo estaré esperando yo. En su sillón.

—Tiene usted valor —bosteza Lena.

—Pienso que es al menos más sensato que pasarnos aquí la noche en vela —Úrsula se dirige otra vez a la ventana. Allí se gira hacia Lena—. Y le voy a dar un consejo más. Tire todo esto de aquí —con un amplio movimiento de brazo abarca la habitación—. ¿O es de su gusto?

Lena mira a su alrededor, luego mueve la cabeza.

—Nunca me lo he preguntado. Esto es... una parte la heredé incluso de mis padres. Y de mis abuelos. Lo demás lo seleccionó Willy.

—Deshágase de ello. Oprime, le quita a una el aire. ¿No lo nota? Lo mejor es que se desprenda de la casa entera. Es demasiado sombría, demasiado oscura. O renuévela usted de raíz, haga obras. ¡Tiene que matar también el espíritu que hay dentro!

Lena no responde nada.

—Matar el espíritu —repite en voz baja transcurrido un tiempo. Está sentada allí como un despojo miserable.

Úrsula la contempla. La gente débil siempre le ha parecido espantosa. Espera que remita esa sensación de rechazo que conoce demasiado bien. Pero no experimenta nada. Su modo de ver sigue siendo sobrio y objetivo. Lena Waffel ha regalado su vida a un fracasado.

El destello de unos focos se proyecta sobre la pared del salón, se acerca un coche.

—¡Viene! —Lena salta del asiento como electrizada.

—Bueno, por fin —dice Úrsula—. Sentémonos.

Escuchan el portón eléctrico del garaje y poco después una puerta que se cierra.

—¿Visitas todavía a estas horas? —truena una voz inarticulada a lo largo del pasillo, y luego aparece Willy Waffel, tambaleándose un poco, en el vano de la puerta. Lleva la camisa en parte desabrochada, la americana abierta y arrugada sobre el abultado vientre, la corbata sencillamente por encima del hombro. La feliz expresión de su cara se convierte en simple desconcierto cuando reconoce a Úrsula—. ¿Señora Winkler? —dice con torpeza, pero se mantiene en la puerta—. ¿Cómo es esto? —y luego como en un relámpago mental.

—¿Me está esperando? ¿Quería firmar hoy mismo? —da dos pasos hacia ella.

—Buenos días, señor Waffel —dice Úrsula con frialdad—, ya he firmado.

—Ohh, eso sí que... dónde consiguió usted... ¿dónde está el contrato? —tres pasos más.

Úrsula no se mueve ni un centímetro de su sillón. Toma el contrato de la mesa y lo extiende en dirección a Willy Waffel.

—Se trata de un precontrato —añade. Ahora llega él hasta la mesa, alarga la mano hacia el contrato—. Su despido lo recibirá mañana.

Al principio él parece no entender el sentido de sus palabras, tampoco lo que está leyendo. Luego cambia de repente la expresión de su rostro.

—¿Qué clase de guarrada es ésta? —grita, enrojece de furia y golpea el contrato contra la mesa—. Esto no voy a tolerarlo. ¡De usted menos aún! —señala con el índice a Úrsula—. ¡Y de ti tres veces menos! —mira fijamente a su mujer lleno de odio—. No tenéis ninguna posibilidad contra mí. ¡Con semejante papelucho! ¡Ridículo! —Willy crispa los puños y se apoya con ellos en la mesa. De este modo se inclina hasta colocarse a la altura de su mujer—. No vas a conseguir echarme. Y además te voy a liquidar, liquidar, liquidar, a ti, coño viejo, pero mírate bien. Si no eres ya más que una máquina de ordeñar...

—Esto a lo mejor podría interesarle también —Úrsula coloca tranquilamente sobre la mesa las copias de sus ofertas dumping—. Los juzgados adoran semejantes jueguecitos, buena carnaza también para la prensa.

Willy levanta de golpe las hojas, las desgarra lleno de espumajeante furia.

—¿De verdad has vendido? —le grita a su mujer—. ¿A ésa?; tenía todos los ases en la manga, maldita sea. ¡Yo! ¡Yo! ¡Yo! ¡Tú me lo has echado todo a perder! Me las pagarás; ¡tú y tu gentuza! Eres tan mema, tan...

—Pensamos que así tendría usted más tiempo para Bianca —lo interrumpe Úrsula sin pestañear—. Es decir, si aún encuentra deseable a un fabricante en paro...

Willy se abalanza sobre ella.

—¡Fuera, fuera, o seré capaz de emplear las manos! La casa tiene cinco salidas, puede elegir una. Desaparezca en el acto, ¡de lo contrario me pierdo! —salpica con su saliva a Úrsula, ésta huele su desagradable aliento a alcohol. Pero lo mira impasible.

—Ésta es mi casa, Willy —toma la palabra Lena de un modo sorprendentemente sereno—. *Tú* eres quien te puedes ir, no la señora Winkler. Hoy he solicitado la separación. ¡El resto puedes hablarlo con mi abogado!

Fuera de sí de rabia, Willy agarra el objeto más próximo y lo arroja con todo su genio contra su mujer, se trata de la jarra del café. Lena esquiva a tiempo el duro proyectil, que se estrella contra el respaldo; café y trozos de vidrio se desparraman por el sofá, Lena se protege el rostro con el antebrazo. Aparte del café, que ya estaba frío no la ha alcanzado nada. Se observa el vestido manchado, la piel salpicada de líquido marrón y señala con la mano la enorme mancha oscura del cojín.

—De todas formas quería comprar uno nuevo —dice con frialdad.

Willy la mira fijamente, luego se precipita hacia la puerta.

—Y por favor devuelve mañana el Jeep —grita Lena tras él—, es un coche de la empresa. ¡Ahora le pertenece a la señora Winkler!

Escuchan abrirse el portón del garaje, rugir el motor, luego ruedas chirriantes y poco después un golpe crujiente, estruendoso. Furiosos accionamientos de la caja de cambios, transmisión estridente y un nuevo golpe, y otro más y otro más.

—¡Está embistiendo el Mercedes! —Lena se lleva una mano a la boca aterrorizada.

—¡Chatarra! —responde Úrsula lacónica—. ¡No sabía de todas formas qué iba a hacer con él!

Lena la mira insegura, pero Úrsula sonríe irónica encogiéndose de hombros. Durante unos segundos sonríe Lena también, pero enseguida su sonrisa se transforma en un sollozo desconsolado. Sepulta su rostro entre las manos sacudida por las convulsiones del llanto. Al final golpea con el puño contra el sofá.

—¡Dios mío, me tiemblan las rodillas! —se limpia los ojos con las palmas de las manos mientras Úrsula espera sentada en su sillón—. Qué va a pensar usted de mí, disculpe, por favor.

—Espero que hayan sido las últimas lágrimas en los próximos cincuenta años —replica Úrsula—, y ahora, pídame un taxi, por favor.

Toma de posesión

A pesar de haber dormido poco, Úrsula se encuentra completamente en forma al día siguiente. Se cita con su abogado y se dirige puntual a su nueva empresa para que por fin reine la claridad. El Jeep se encuentra delante de la entrada. Úrsula lo rodea. El parachoques cromado que protege el radiador está muy abollado y tiene incrustadas manchas de pintura oscura, por lo demás el coche no delata el suceso nocturno. Así cambian los tiempos, le dice en silencio, en el Arlberg me dejaste tirada con desprecio, y ahora me perteneces. El que la hace la paga. Observa la matrícula. F-W-666. Vaya número estúpido. Apropiado para un Willy Waffel. Su abogado se detiene delante.

—Bueno llegamos —le dice, y ella sabe que él supone que dentro debe de haber un lío de mil demonios.

—Valor —le replica ella y se adelanta. En efecto, nadie parece estar trabajando, por doquier hay grupos de personas que discuten acaloradamente y que se vuelven hacia ella cuando hace acto de presencia. Úrsula saluda, pero el tumulto esperado no estalla. Los dos suben hacia la oficina del jefe. La secretaria la mira con ojos incrédulos, está de espaldas, apoyada en su escritorio, en la antesala, no dice ni palabra. En el despacho de Willy Waffel hay un intenso barullo, una voz maldice sin parar.

Úrsula saluda amable con la cabeza a la secretaria completamente aterrorizada, luego empuja la puerta entornada.

—¿Qué, señor Waffel, está usted satisfecho con el negocio de su vida?

Se vuelve como un resorte. No presenta mucho mejor aspecto que por la noche. Se ha abrochado la camisa, pero está sin afeitar. No lleva corbata. La contempla fijamente con torva mirada.

—No da usted precisamente la sensación de que Bianca lo haya consolado, lo siento mucho. Tómese usted el tiempo que necesite, puede vaciar su escritorio con toda tranquilidad.

—Aún nada es firme legalmente, nada firme legalmente —dice echando espumarajos—. Usted no puede venir así y... ¡mi gente no va a seguirle el juego!

—Usted suponía que mi gente le seguiría el suyo, ¿o no? ¿No quería *usted* arruinarme? ¿No era ésa su idea originaria? ¡Me he limitado a girar la lanza, así de sencillo!

Arroja con violencia sobre el escritorio los papeles que sostiene en las manos, de manera que se esparcen a derecha e izquierda y caen desordenadamente al suelo.

Úrsula mueve la cabeza en señal de desaprobación, Willy pasa precipitadamente junto a ella.

—¿Me quiere usted matar? —le grita al pasar y empuja al abogado apartándolo a un lado. Werner Kalthoff arruga la frente.

—¿Y eso para qué ahora? —pregunta ella.

Úrsula habla con el comité de empresa. Se disculpa por el procedimiento poco convencional y precipitado, explica sucintamente los motivos, asegura que ningún puesto de trabajo está en peligro, y propone para la tarde una asamblea general con el nuevo director, Manfred Kühnen. Se entera de que nadie se entristecerá con el cambio, pues todos se habían temido ya la ruina de la empresa bajo el mando de Willy Waffel. El comité de empresa tampoco tiene nada en contra de Manfred Kühnen, al contrario, conoce la fábrica, el sector, y entiende su oficio; a excepción, claro está, del suceso de antaño, la traición. Pero eso resulta, considerado desde el punto de vista actual, más bien ventajoso.

El Jeep Mercedes ha desaparecido cuando Úrsula vuelve a pisar el patio. Le encantaría saber lo que va a organizar ahora. Lástima que no pueda preguntarle a Lutz Wolff si Bianca lleva luto. O se pone ya el visón del siguiente.

Alza la vista. El cielo azul se deja ver tras jirones de nubes grises. A eso del mediodía podría lucir el sol. Éste es mi día, se dice Úrsula e inspira el aire profundamente. Lo que ha estado anhelando desde hace tiempo, ha llegado por fin. Úrsula se dirige en coche al centro de la ciudad. Un aparcamiento para clientes queda libre justo delante de su banco. Lanza una mirada breve, de comprobación, en el espejo, luego se apea.

Roger Nordlohne sigue sin tener tiempo para ella. Su secretaria la mira con gesto compungido.

—Lo siento de veras, señora Winkler, pero el señor Nordlohne está en una reunión. Tendría usted que haber pedido hora.

—¿No es extraño que antes nunca tuviéramos que pedir hora mientras vivía mi marido? Entonces el señor Nordlohne encontraba siempre unos cuantos minutos.

La joven se halla visiblemente incómoda. Hace un desvalido gesto con la mano en dirección al teléfono.

—Si vuelvo a preguntar, no servirá de nada. Lo más que conseguiré será enfadarlo.

—Ya, ya, el señor Nordlohne se enfada —sonríe Úrsula. Eso es lo que ella deseaba—. Yo se lo hubiera entregado gustosa personalmente, porque sigue siendo un regalo de mi marido para él, pero de este modo me fío de que usted se lo entregue en el lugar oportuno.

Saca la foto de Roger Nordlohne y Elisabeth de su bolso.

—Le puede decir también que en los próximos días cancelaré mis cuentas aquí, pues con un hombre así no se puede trabajar, ¿no le parece a usted también? —coloca la ampliación en medio del escritorio de diseño.

—Sí, gracias —dice la secretaria y echa un vistazo. Luego vuelve a mirar y se ruboriza—. Pero esto es, esto es... —tartamudea y no se atreve a tocar la foto.

—Una guarrada, ¿no es verdad? —la ayuda Úrsula y le guiña un ojo.

—¡Salude usted al señor Nordlohne muy cordialmente de mi parte!

En el banco de Julius Wiedenroth no se esfuerza siquiera por llegar a la dirección. Pincha la foto, entre consejos para el ahorro y cursos de la bolsa, en el tablero de anuncios del muy frecuentado vestíbulo. Ya encontrará su camino hasta el señor director.

Luego llama desde la cabina más próxima al señor Niemann y le explica que en los próximos días va a trasladar a su banco todos sus asuntos monetarios. Éste se alegra por la confianza depositada en ellos, pero Úrsula piensa que un monopolio también podría resultar negativo. Quizá sería mejor que buscara un segundo banco.

Úrsula marca el número de Elisabeth.

—Está hecho —le dice al contestador automático—. Gracias por colaborar, ¡este día me resarce de muchos años!

Apenas ha colgado, vuelve a marcar el mismo número.

—Me gustaría invitarlas a las dos. A cenar o al cine, o a las dos cosas. ¿Me informará, por favor, al respecto? —qué tonterías estás diciendo, se reprende, mientras cuelga. La lengua ha vuelto a ser más rápida que el cerebro. Cómo se me ocurre lo del cine. Del mismo modo hubiera podido decir el circo, o, aún peor, el picadero.

Retorna a su empresa. Allí tendrá que convocar también lo más rápidamente posible una asamblea general. En la antesala los teléfonos se encuentran ya al rojo vivo, Regina Lüdnitz le entrega una lista de las personas que han llamado. Úrsula la sobrevuela con la vista, sus ojos quedan prendidos en Michael Fürst.

—Por cierto, señora Lüdnitz, no hemos vendido, sino comprado. Se lo digo para su tranquilidad —deja caer Úrsula camino de su despacho. Se detiene brevemente en la puerta—. Por favor, llámeme al señor Kühnen, y a continuación vaya realizando las llamadas de respuesta —se vuelve a girar—. Es decir, salvo una. De Michael Fürst me encargo yo personalmente.

Marca el número del picadero. Tarda un rato, y está a punto de colgar cuando responde una voz masculina.

—Ya pensaba que no estaba usted en la oficina —dice Úrsula.

—Y no lo estoy —replica Fürst—, tenemos también un teléfono en la pista. Estoy montado en mi caballo.

A Úrsula le resulta difícil de imaginar, pero no se entretiene con ello.

—¿Quería usted hablar conmigo?

—Esta mañana tenía entre el correo la confirmación de un encargo de Telekom, lo que naturalmente me alegra mucho y quiero agradecerle también cordialmente en nombre de nuestro club. A pesar de lo cual me ha decepcionado un poco... —el resto de su frase queda suspendido en el aire—. ¿Decepcionado? —pregunta Úrsula—. ¿Es un modelo equivocado?

—Pensaba que vendría usted en persona.

—¡Es que yo no soy Santa Claus!

Él sonríe, al fondo se escucha un agudo relincho. El caballo lo tirará acto seguido.

—No, seguro que no, ¡para eso es usted demasiado guapa!

Guapa. ¿Ha dicho guapa? En toda su vida nadie le ha dicho todavía algo así. Era fuerte, de hierro, estaba ahí, ¿pero guapa?

—Gracias —dice Úrsula, porque por mucho que se esfuerza no se le ocurre nada.

—¿Vendrá por lo menos a nuestra fiesta de primavera?

Oh espanto, piensa Úrsula.

—Veremos, a lo mejor. Depende... —de si hay caballos, concluye la frase en silencio.

—Me alegraría mucho.

—Bien, lo intentaré —cuelga el teléfono pensativa. ¿Tiene esto algún significado? Ve ante ella sus ojos azul grisáceo, su hoyito en la barbilla, los cortos rizos naturales del color de la miel. También ella lo volvería a ver encantada. ¿Pero al precio de toda una manada de caballos?

Llaman a la puerta. Abre Manfred Kühnen, exultante de felicidad.

—Hoy es su gran día —lo saluda Úrsula.

—La verdad es que sí —reconoce alegre y le tiende la mano. No lo había hecho nunca hasta ahora. En cierto modo parece que todo ha cambiado.

El día resulta estresante, pero todo marcha mejor de lo que se preveía. Todos ven la fusión como capitalización, y Úrsula llega a casa por la noche destrozada pero satisfecha. Las huellas de la reunión de ayer han desaparecido, la señora Paul se habrá asombrado sobremanera. Todo está en orden y resplandece. Úrsula escucha el contestador automático. Elisabeth ha dejado un mensaje. Esta tarde ya estaban las dos comprometidas para una excursión, y para el fin de semana le habían prometido una visita a su madre. Pero tienen una enorme sorpresa para Úrsula. Que no desvelan. Úrsula se siente invadida por una sensación de vacío. Se va a la cocina y pone a calentar agua para el té. Luego se encuentra en medio del salón. ¿Qué va a hacer? El mantenimiento de su casa se resuelve por sí solo, para salir a comprar es demasiado tarde, y en realidad quería festejar con alguien. A fin de cuentas es su día. Llama a Lena Waffel. Suena muy alegre. Va con su hija camino del picadero. Hoy se ejercita la cuadrilla. Sí, le va maravillosamente. Muchas gracias por todo. Úrsula deambula a través del salón. Todos tienen en alguna parte una madre, un caballo u otra cosa. Si esto continúa así, se hará con un perro. Terrible idea. Úrsula se sienta, se vuelve a levantar, la tetera está silbando. Se prepara un té de menta y contempla la ordenada cocina. No hay nada por medio, parece aséptica como un hospital. Ni rastro de vida. Le vienen a la cabeza los regalos de Jill. Lástima, le habría gustado dárselos esta noche a la pequeña. Retorna al salón con su taza de té. Se detiene ante la ventana. ¿Y si coge el coche y va deprisa hacia allí? No es necesario que haya escuchado todavía los mensajes de su contestador. ¿A lo mejor Elisabeth ha cambiado de planes?

Úrsula mira hacia el jardín oscuro. Querida mía, te vas a volver neurótica. Descuelga el teléfono, llama a Ludwig y se compromete para el próximo domingo. Luego sube para prepararse un baño.

Al cruzar el dormitorio le dedica una mirada a Walter en su marco de plata:

—¡Y tú también hace mucho tiempo que no dices nada!

Sentido del negocio

El teléfono empieza a sonar a la mañana siguiente cuando ella está a punto de salir de casa. Vuelve corriendo y responde antes de que salte el contestador automático. Es Elisabeth. Quiere despedirse para este fin de semana. Nada más salir del jardín de infancia quieren partir para Hannover.

—No sabía que era usted de Hannover —dice Úrsula sin saber por qué.

—La verdad es que no sabemos demasiado la una de la otra —responde Elisabeth.

—Jill necesitaría un jardín —afirma Úrsula de forma totalmente inconexa.

—Sí, ya lo sé —suspira Elisabeth—. Pero tenerlo todo no es fácil precisamente.

—Podría instalar un columpio en mi jardín, ¿le gustaría? —columpio, columpio, ¿qué le recuerda esto? ¿No se ha pronunciado ya alguna vez sobre un columpio? Algo en su cabeza enciende la señal de peligro.

—No debe gastar dinero por nosotras.

—Me gustaría, no obstante —piensa en su cuenta de Luxemburgo. Qué importancia tiene un columpio—. ¿Se lo pasaron bien ayer por la tarde? —¿Por qué quiere saberlo?

Elisabeth sonríe.

—Para Jill fue excitante. Manfred Kühnen nos invitó al circo. Y pudo montarse en un pony, ¡naturalmente eso le pareció fantástico! —circo y caballos, se lo había imaginado. Y ahora además Kühnen. ¿Llevaría una de sus americanas de portero de discoteca? ¿Qué le parecerá a Elisabeth?

—¡Bien, me alegro! ¿Le gusta a usted?

Elisabeth vacila.

—Bueno, es muy simpático, y naturalmente Jill está encantada de que se ocupe tanto de ella.

La madre a través de la hija, piensa Úrsula.

—Pero yo, bueno, yo soy cauta con algo así —añade Elisabeth.

—¿Con *algo así* se refiere usted a los hombres? Sí, eso puedo entenderlo.

Elisabeth vuelve a sonreír.

—Con usted planeamos algo completamente diferente. ¡Me intriga lo que dirá!

El semblante de Úrsula se distiende.

—¡Estoy en ascuas!

—Puede estarlo; bueno, ahora tenemos que marcharnos, ¡si no al final llegaré tarde!

Cuando Úrsula cuelga el auricular, se siente mejor. Aún no ha llegado a la puerta, cuando vuelve a sonar el teléfono.

—*Sorry*, pero Jill se ha quejado de que no la haya saludado de su parte. Eso fue desde luego un grave fallo... —dice Elisabeth totalmente en serio.

—Muchísimas gracias, hágale saber a Jill que yo también tengo aquí una pequeña sorpresa para ella. Y le deseo que se divierta mucho con la abuelita.

Que se divierta mucho con la abuelita. Su propia frase le resuena en los oídos cuando se sube al Golf. Habría preferido que pasaran con ella el fin de semana.

Manfred Kühnen la está esperando ya con un montón de periódicos bajo el brazo. Para todos fue digno de una noticia, para los periódicos locales incluso de unos titulares. En algunas informaciones aparece citada la propia Úrsula con sus argumentos y previsiones de futuro, al mismo tiempo lee también que no fue posible obtener declaración alguna de Willy Waffel.

—Bueno, pues manos a la obra —le dice a Kühnen y recorre con la mirada su americana azul celeste—. ¿Se lo pasó bien ayer tarde con Jill y Elisabeth? —Úrsula no puede reprimir la pregunta.

Él está radiante. Seguro que esta cita fue el motivo de su gran alegría de ayer, y no su toma de posesión como director, según había supuesto ella con espíritu superficial.

—¡Es un encanto! —sonríe satisfecho y deja abierto lo que quiere decir con ello.

—Sssí —asiente Úrsula—, eso lo trataremos durante el día de hoy.

Cuando Kühnen, transcurrida una hora, va a marcharse a la nueva empresa, Úrsula lo retiene.

—Y, por cierto, debería elegir un nuevo mobiliario, supongo que el escritorio negro de Willy Waffel a duras penas lo animará a hacer horas extraordinarias.

Kühnen da las gracias y presiona el picaporte.

—¡Pero no se salga del presupuesto! —grita Úrsula tras él.

Se da la vuelta y sonríe irónico. Como un colegial.

—Y con los porcentajes que negocie cómprese un traje nuevo. Lo discreto es lo que está de moda. ¡Supongo que así le gustará usted también más a Elisabeth!

Su irónica sonrisa se vuelve una pizca más desvergonzada.

—¡Y luego llame enseguida a las empresas Auerbach y Distel y felicítelas por su decisión de trabajar con nosotros!

Él ríe.

—¡No van a dar crédito a sus oídos!

—¡Ojalá que les duelan! —ella mueve la cabeza en señal de aprobación, Kühnen cierra la puerta tras de sí con alegre estruendo. Úrsula pide a su secretaria que llame a Verena Müller. Con ello el caso Waffel quedará definitivamente resuelto.

Insignificante y delgada Verena se encuentra poco después ante su escritorio. Úrsula le ofrece asiento, luego comienza.

—Sé que el trabajo en contabilidad conduce a cometer algunos errores. A las sectas y los espías les gusta anidar ahí, ¿pero usted? Pienso que no es preciso que me cuente ahora grandes historias, explíqueme sencillamente por qué.

Y Verena comienza a hablar. Su compromiso como protectora de animales. Sus campañas para salvar animales trayéndolos a Alemania desde el extranjero, sus intentos por impedir el tráfico de cachorros de perro, sus manifestaciones contra el transporte brutal de animales, su compromiso personal en su casa, donde intenta permanentemente crear un nuevo hogar para gatos y perros abandonados o maltratados.

—Casi mi sueldo entero se me va en ello —concluye.

—¿Y por eso aceptó dinero del señor Waffel?

—Fueron diez mil marcos. Con ellos apoyo la protesta en contra de la matanza de focas que ahora vuelve a estar permitida. Y financio el cuidado en una dehesa de tres caballos que antaño fueron de alta competición. De lo contrario habrían acabado en el matadero, tras su última carrera.

—¿Y entretanto no come usted nada?
Verena Müller baja la vista y se contempla a sí misma.
—Bueno, eh, tengo problemas de estómago. Tampoco sé por qué.
—¿Supongo que sabe que ha cometido un delito que es punible?
Una terca mirada desde unos ojos castaños.
—Cargué con las consecuencias después del sermón que me echó usted aquí. Willy Waffel me prometió diez mil marcos más para que la campaña tuviera éxito. Nuestro asilo para animales hay que renovarlo de manera urgente. Por eso me he arriesgado.
Úrsula respira hondo. Verena Müller espera su despido.
—Usted es un corderito —dice Úrsula entonces.
—¿Cómo? —el belicoso gesto de Verena se transforma en expresión de incredulidad.
—¡Se vendió usted demasiado barato! ¡Veinte mil marcos! Por esta empresa. Willy Waffel la hubiese revendido en el acto y habría ganado diez millones con ello. ¡Diez millones, niñita mía! Usted está sentada en Contabilidad y tiene tan poco sentido del negocio. ¡Eso es lamentable!
Verena Müller se queda sin habla.
—Pero —replica transcurridos algunos segundos—, ¡yo he traicionado a su empresa!
—Sí —responde Úrsula—. Ya lo ha entendido correctamente. Sus actividades clandestinas me han costado once millones de marcos —hace una pausa y gira su sillón hacia la ventana. Reina el silencio. Verena sigue sentada inmóvil en su silla—. Pero he obtenido a cambio una empresa. EWW se expande por iniciativa suya, lo cual no quiere decir que sea mérito de usted, ¿me entiende bien? —Úrsula da un pequeño impulso a su sillón giratorio. Mira a Verena a los ojos. Verena le devuelve la mirada.
—No pensé en un cambio así. Me daba igual lo que pasara con su empresa.
—¡Su amor a la verdad es desde luego insuperable!
Verena no dice nada. Úrsula se inclina ligeramente sobre el escritorio.
—¿Qué debo hacer ahora con usted? Hágame alguna propuesta —espera.
—Me despedirá; y tal vez me denuncie.

—¿Quiere que haga eso?

Verena alza la vista.

—¡No, naturalmente que no!

—¿Por qué me lo propone entonces?

—Yo —gira un delgado anillo de su mano izquierda—, tampoco lo sé. Hay demasiado mal en el mundo. Eso es todo lo que sé.

—Sí, y eso tampoco nos hace avanzar ahora.

Se vuelve hacer el silencio durante un rato. Hay que ponerle fin, tengo otras cosas que hacer, piensa Úrsula.

—No tengo nada en contra de su compromiso privado como protectora de animales. Sí estoy en contra, en cambio, de que por ello quisiera destrozar mi empresa y de que usted, de pasada, quiera destrozarse a sí misma. Por lo primero podría despedirla ahora. Con lo cual quedaría usted a cargo de los fondos del Estado, por tanto también de los míos, sus animales pasarían hambre y yo me vería sin contable. La podría condenar como castigo a un servicio social, pero como usted lo realiza ya de manera voluntaria, eso se escapa a toda lógica. Así que doy por finalizada esta charla con una recomendación para la señora Waffel. Esta mujer parece tener también un corazón para los animales y además dispone de grandes recursos financieros. Tal vez esté buscando una tarea con sentido. Así que póngase en contacto con ella y vuélvale a contar toda la historia. En lo que se refiere a lo segundo, a su castigado estómago, quisiera que fuera sin falta a un especialista. Y esta conversación queda, por lo demás, entre nosotras.

Nunca hasta ahora le había parecido tan largo un fin de semana. Su asistenta hace un repaso rápido el sábado, le trae la ropa limpia y recorre deprisa el salón con el paño de quitar el polvo.

—Con tanto plexiglás —dice a modo de reproche.

—No hay en ninguna parte ni una mota de polvo —justifica Úrsula su mobiliario.

—Pero se ven todas las marcas de los dedos.

—Vamos, señora Paul, qué marcas de dedos. Ninguna persona toca aquí nada.

—Tampoco es que quiera quejarme... —es aproximadamente de la edad de Úrsula, pero más pequeña y oronda y lleva siempre una blusa blanca son su falda de tablas gris oscuro. Ahora apoya sus manos en las balanceantes caderas y se gira una vez más sobre sí misma para controlar el orden de todo. Luego se dispone a marcharse.

—Se le han olvidado las flores, señora Paul —grita Úrsula tras ella. Emma Paul, no acostumbrada a la crítica en tanto que asistenta diplomada, la mira con muestras de desaprobación. Úrsula amortigua algo el tono —pensaba que ya que sale podía tal vez llevarse las flores al basurero ecológico.

—¿Las flores? —Emma Paul se dirige hacia el ramo de flores de Arnold Müller—. ¿Pero por qué si aún están bien?

—¿Bien? —Úrsula las señala con el dedo—. ¡Las rosas están dobladas ya!

—Pero aún hay vida dentro. Y mientras no estén secas, ¡las flores no se tiran!

Úrsula la mira con gesto de no entender nada:

—¡Éstas ya están muertas! —dice—. ¡Las han cortado!

Emma Paul calla y comprueba con el dedo el nivel del agua del jarrón. Luego suspira.

—¡En ello se ve lo engañosa que es la vida!

Las flores siguen sobre la mesa, Emma Paul se ha marchado, pero la frase no quiere írsele a Úrsula de la cabeza. Ahí se ve lo engañosa que es la vida. Están cortadas y consagradas a la muerte, y a pesar de ello despliegan aún su esplendor. Qué paradójico.

Úrsula abre la puerta de la terraza. Huele a primavera, el sol comienza a calentar ya. Coge su cazadora y se pone zapatos de suela gruesa. El aire fresco le sentará bien. Por la noche ve una película por televisión, y el domingo por la tarde despacha su correspondencia privada. Está contenta de que anochezca por fin y pueda prepararse para la invitación de Ludwig.

Se pone un vestido con hechuras de abrigo color salmón, medias y zapatos a juego y se coloca un pañuelo de seda por los hombros. Escudriña su rostro ante el espejo y encuentra que ha cambiado un poco en realidad. ¿De verdad está más guapa? ¿Con más de cincuenta? Bueno, parte de la comisura de la boca cuelga un poco, pero su piel ha mejorado. Con dos dedos recorre suavemente sus ojeras. No, siguen ahí. Más bien se trata de la expresión, de lo que irradia. Da un paso hacia atrás. En efecto. Úrsula se sonríe a sí misma, luego se aplica un ligero maquillaje y vuelve a contemplarse finalmente en el espejo grande. La figura tampoco está mal. No es hiperdelgada, pero está bien proporcionada, su talle es relativamente delgado. Los sobresaltos de los últimos tiempos se han llevado dos kilos largos. ¿Podría gustarle así de verdad a Michael Fürst? ¿O se trata sólo de un charlatán que pretende sacar algún beneficio? ¿Necesitará tal vez un segundo teléfono? ¿Para la pista?

GRAND CRU CLASSÉ

Según lo acordado, a eso de las ocho llama al timbre de la casa de Ludwig. Se ha puesto un traje oscuro y una corbata con motivos amarillos y grises así como un chal, constata Úrsula divertida.

—No te he oído llegar —la recibe él y le da dos besos, a izquierda y derecha, en las mejillas—, si no te habría recibido directamente en la puerta de entrada con una copita de champán. Así que la botella está aún cerrada.

—No te preocupes, ya conseguiremos abrirla —sonríe Úrsula y le entrega como detalle de invitada una lata de caviar—. He aparcado a la vuelta de la esquina porque la calle está repleta de coches.

—¡Mis nuevos vecinos! —sacude enfadado la cabeza y se hace cargo del abrigo de Úrsula—. Esos idiotas herederos von Fröhlichs, que no pudieron ponerse de acuerdo y derribaron la vieja mansión señorial. ¿Has visto? Ahora se levanta allí una horrible casa plurifamiliar. ¡Desde entonces no se puede pegar aquí ojo!

—Sí, la humanidad es algo terrible. Mejor iría sin ella.

—¿Hum? —Ludwig le lanza una mirada de soslayo. Luego le ofrece su brazo—. Ven, queridísima mía, déjate sorprender.

Ha engalanado la mesa de su comedor, el champán se encuentra en la cubitera, en un candelabro de plata arden seis velas rojas.

—Rayos y centellas —Úrsula se detiene—. Has puesto aquí todo el empeño del mundo.

—Aún me parece demasiado poco cuando te contemplo. Estás maravillosa. ¿Antes eras también así? —Ludwig dispone una silla para que Úrsula se siente—. ¿O tiene que ver con el viejo chiste que dice que las mujeres no empiezan a vivir hasta que enviudan?

—Eso no lo averiguarás nunca, Ludwig.

Él toma la botella de champán y una servilleta de tela blanca.

—¿Y por qué no?

—¡Porque no estás casado! —Úrsula sonríe.

Plopp, con un estallido sordo se escapa el corcho, el champán burbujea en las copas.

—Veuve Cliquot, ¿te gusta?

—¿Adecuado para una viuda?

—Más bien para Wilhelm Busch: «Qué amorosa y ligera sube la burbujilla de la viuda Klicko en la vajilla».

Úrsula ríe y brinda con Ludwig.

—Bueno, salud, y gracias por la invitación.

—¡Las gracias tengo que darlas yo!

El champán le sienta bien, y Úrsula se encuentra a gusto. Ludwig sirve el primer plato, un cóctel de quisquillas.

—Oh, maravilloso. ¿Lo has hecho tú? —pregunta ella.

—¡Lo he traído yo! —responde él.

—¿Del mar Báltico?

Ludwig sonríe irónico, pero no le sigue el juego.

—Esto es sólo el acompañamiento para mi primera perla —coloca delante de ella una botella de vino blanco con un movimiento casi tierno—. *Voilà,* un Château d'Yquem del 67. Se trata propiamente de la estrella de toda degustación y un Pinot Grigio serviría también de arranque, pero pensé ¡que era mejor comenzar directamente con la orquesta entera!

Ludwig descorcha la botella con devoción, olfatea el corcho y cata.

—Mhhh —lo alaba y llena con cuidado hasta la mitad las dos copas de fino cristal y tallo largo.

—A tu salud —Úrsula brinda con él. También ella, aunque no se calificaría de gran experta en vinos, reconoce la categoría especial del que está bebiendo. Alaba el caldo y bromea.

—Pero éste no es aún de Christie's, no?

—Pero está cerca —Ludwig toma gozoso otro trago, luego vuelve a sentarse.

—Sé que los invitados no deberían preguntar algo así, pero me interesa de todas formas. ¿Cuánto cuesta un vino como éste? ¿Más de trescientos marcos?

Él balancea la cabeza.

—La señora Winkler no puede dejar el dinero.

—¿Mucho más de trescientos marcos?

Ludwig suspira.

—La perseverancia fue siempre tu fuerte. Casi el doble. A propósito de dinero, he leído que has ampliado tu empresa, que has liquidado al viejo Waffel. ¡Admirable! También a Walter lo incordiaba, pero no consiguió hacerlo.

A saber hasta qué punto está al tanto de las prácticas «comerciales» de Walter, se pregunta Úrsula. ¿Participaría en ellas ocasionalmente? Ha olvidado preguntarle a Elisabeth. Por otra parte, estar siempre removiendo viejas historias...

—¿Y ahora quieres que te cuente cómo me las he arreglado, no es eso?

Ludwig asiente con la cabeza.

—Pero eso lleva su tiempo —replica ella.

—Tenemos tiempo —dice él sonriente, y hay algo en sus ojos que no le gusta a Úrsula—. El Yquem es sólo el comienzo. Después te serviré mi muy premiado Burdeos. Un festival para los sentidos, querida mía, prepárate —él eleva su copa para brindar con ella—. La noche acaba de empezar.

Úrsula tiene que admitir que Ludwig se ha tomado un gran trabajo. Ha decantado los vinos tintos, esperan en ordenada fila y en garrafas de cristal a hacer acto de presencia. Mientras él está ocupado en la cocina, ella se levanta y se acerca a la fina mesa de té en la que su anfitrión ha ordenado sus vinos Burdeos. Un mantel blanco subraya la solemnidad, una vela en un candelabro de plata demuestra que Ludwig ha tenido en cuenta, como un especialista, los sedimentos. Las correspondientes botellas se encuentran tras los recipientes como soldados de plomo. Úrsula lee. «Château Ducru Beaucaillou Deuxième Cru Classé, cosecha 1982», «Château Figeac, Premier Grand Cru Classé, cosecha 1985» y «Château L'Eglise Clinet, cosecha 1990».

Ludwig entra, deposita sobre la mesa del comedor una gran bandeja con lomos de cordero, judías verdes y patatas al vapor.

—¿Has visto también la botella que se encuentra apartada a la derecha del todo? Un pequeño Château del Pomerol, Le Pin, un 1982. La adquirí por suscripción a ochenta marcos la botella, ¡hoy no se consigue ya por menos de dos mil quinientos! —el orgullo que esto le produce lo lleva escrito en el rostro.

—Todo mi respeto —dice Úrsula en señal de reconocimiento—, tienes un verdadero tesoro en tu bodega.

Ludwig se acerca a ella y toma una de las garrafas.

—Empezamos con esto —llena con cuidado dos panzudas copas, Úrsula se sienta a la mesa y observa su plato.

—No sé cómo lo haces. ¿Tienes escondida una cocinera en la cocina?

Ludwig sonríe halagado y le alcanza una copa.

—Huele —luego brindan—. Algo de trampa sí que he hecho, lo admito, pero deja que guarde mi pequeño secreto —de nuevo ella vuelve a toparse con esa mirada extraña—. A las mujeres les encantan los secretos.

Ella está tentada a preguntarle desde cuándo sabe él de mujeres, pero prefiere desviar la conversación hacia un tema inofensivo.

—¿Qué me dices de todos los éxitos de los investigadores genéticos? ¿No es muy aventurado?

Ludwig le alcanza a Úrsula una tacita con menta fresca y aromática.

—Que aproveche —le desea y atraviesa un trozo de cordero con el tenedor—. Sssí, apasionante. La idea de que el ADN de seres muertos hace mucho tiempo pudiera traerse de nuevo a la vida en óvulos humanos es desde luego fascinante. Me encantaría un experimento con mamuts. A fin de cuentas se encuentran congelados. ¡Tendría que funcionar!

Úrsula despliega la servilleta sobre su regazo.

—¿Podría intervenir una mujer?

—¡Por dinero todo el mundo hace todo! —él le sonríe—. De este modo podríamos recuperar incluso a tu Walter. No por completo, naturalmente, pero al menos como proyecto genético.

—Grandiosa idea —ironiza Úrsula y se lleva a la boca un trozo de carne—, la pensaré.

Los vinos son fantásticos, pero ella pronto tiene que enfrentarse a su condición. En reuniones toma con gusto de vez en cuando una buena copita, pero normalmente se limita al té. Y en estas cantidades el alcohol la desarma, ya sea barato o un Premier Grand Cru Classé. Ludwig, en cambio, parece derretirse con cada copa. Tras la comida, conduce a Úrsula al salón, lleva el carrito de degustación rodando tras él. Ha adornado la mesa baja junto al sofá con varias copas, en el centro hay un rebosante plato de quesos, protegido por un fanal, y en la chimenea Ludwig ha preparado algunos trozos de leña que ahora enciende. Luego va llenando las copas con los diferentes vinos.

—Te tienes que meter en los vinos con el pensamiento, así los puedes entender —le aconseja a Úrsula, se sienta junto a ella en el sofá y se sumerge en una de sus copas.

Ella contempla todas las copas que tiene delante e intenta no pensar cómo se sentirá cuando se las haya bebido todas.

—¿Los puedes distinguir? —pregunta Ludwig que ya está echando mano del siguiente.

—Por desgracia no tengo una nariz tan enóloga como la tuya —concede y bebe juiciosa.

—Las mujeres no la tienen en ningún caso —dice desde la profundidad de su copa.

Para Úrsula eso es un ataque directo, y está meditando cómo podría devolverle el golpe, cuando él prosigue:

—Y en un auténtica cata de vinos tampoco podrías llevar perfume. Los profesionales te expulsarían de ella.

Úrsula no se deja expulsar. Ni por un Willy Waffel ni por nadie, y mucho menos por semejante porosa nariz etílica. Bebe otro profundo trago y escudriña el perfil de Ludwig. Su nariz es de hecho romana clásica y está llena de grandes poros. Probablemente inhale el vino a través de sus poros y al final no necesite tener que beberlo.

—¿Qué me dices del Pomerol?

Úrsula deposita sobre la mesa su copa medio vacía y coge otra.

—Ése no es, tesorito, ¡tenías el correcto precisamente en las manos!

Úrsula lo mira desafiante. Que se atreva a corregirla está ya sobradamente mal, ¿pero *tesorito*?

—¿Tienes algo en contra de que las mujeres beban vino? —pregunta ella rozando la grosería.

—¡Sólo cuando no tienen ni idea!

Úrsula está tentada a estamparle en el cráneo su copa de vidrio soplado de forma artesanal. ¿Se refiere a ella? ¿Por qué la ha invitado entonces?

—¿Sabes que estás mucho más guapa que antes, Ursu?

Como por azar la mano de él aterriza en su muslo.

—¿Te has hecho algo? ¿Pasaste por el cirujano plástico?

Úrsula aparta su mano.

—No me llamo Ursu —dice y toma un potente trago de la copa que le ha entregado él—. ¿No es éste otra vez el Pomerol? —pregunta ella totalmente desconcertada.

—Saboréalo —dice él en voz baja, y ella lo hace de manera automática. Eso la tranquiliza, aunque sólo en parte. ¿Qué ha dicho? ¿Cirujano plástico? Se siente tan aturdida.

Ludwig toma otra copa de su selección, se la entrega a ella.

—Con éste tienes que brindar ahora conmigo. Es el L'Eglise Clinet. Noble hasta la mismísima sangre.

Bebe con él. En efecto, sabe como a sangre. Ve ante ella escenas de matadero, hombres con delantales manchados de sangre y grandes cuchillos en las manos, animales colgados de ganchos. Úrsula deposita la copa sobre la mesa.

—Walter fue mi único amigo. Y a pesar de ello me engañó. Los amigos de verdad lo comparten todo. ¡Todo!

¿Qué tonterías está diciendo? Ella ya no lo puede seguir bien del todo, pero siente una mano en su pecho. La aparta. Se incorpora, se sienta derecha como una vela, ve el rostro de Ludwig venir hacia ella. La nariz se divide, se convierte en dos narices que lentamente vuelven a unirse para volver a dividirse. Los enormes poros ahora son negros, los puntos recorren como cometas la superficie de la piel para desaparecer en otro cráter. Todos giran y dan vueltas a una velocidad portentosa.

Ella nota cómo él le quita la copa y le pone otra en la mano.

—Y ahora la diferencia con el Ducru Beaucaillou, muérdelo, deja que se te deshaga en la lengua, que se deslice por el paladar —percibe de manera confusa como las manos de él van desabrochando el vestido a la altura de sus muslos—, deja que te llene, siente su aliento, su pasión —ella presiona con su brazo izquierdo la mano de él que, a pesar de su resistencia, avanza palpando certera hasta la entrepierna—, siéntelo dentro de ti, muy adentro, hasta que te deje sin sentido —vuelca su copa con la derecha, percibe débilmente las humedades de su piel—, y ahoga toda resistencia hasta que te sometas a él, te rindas, te entregues —Úrsula se desliza de costado, todo se desvanece, nota el cálido aliento de él y algo dentro de ella—, hasta que te llena por completo.

Luego ya no siente nada más.

VENGANZA

Cuando despierta, al principio es incapaz de reconocer nada. Su cabeza retumba, está oscuro y ella cubierta por una manta. No sabe dónde está. Muy lentamente va recuperando su memoria. Estaba con Ludwig. Y está tumbada. ¿Por qué? Pasa su mano por la manta, se trata de una manta de lana. Luego va palpando poco a poco su cuerpo. Está vestida, tiene el vestido completamente abrochado, ¿qué es lo que soñó? Levanta la cabeza. El fuego se ha consumido. Distingue una figura sentada al otro lado del sofá. Es Ludwig. La observa. Ahora se levanta.

—Ah, gracias a Dios, me has dado un buen susto —enciende la lámpara de pie, baja la intensidad con el regulador—. Había traído ya mi maletín médico por si acaso necesitaba ayuda —señala la mesa del sofá.

Úrsula se incorpora. Las copas han desaparecido, allí hay ampollas y una jeringuilla.

—No, gracias, me encuentro bien —dice ella con dificultad, tiene la lengua pesada y no le responde del todo.

—¿Te ocurre con frecuencia? Deberías hacerte un chequeo a fondo —Ludwig se ha quedado ante ella y balancea pensativo la cabeza—. Ha sido una verdadera disfunción circulatoria, no habíamos bebido tanto. Pero es claro que para ti fue demasiado.

Úrsula asiente aún ligeramente mareada y se mira luego hacia abajo. Una gran mancha de vino se ha extendido por el vestido.

—La copa se te cayó de las manos —dice Ludwig en tono de reproche—. ¡Lástima de buen vino!

Vuelve a guardar los medicamentos en el maletín y se los lleva al pequeño laboratorio que tiene montado junto al salón. Úrsula lo observa. Qué extraño que el vino la haya puesto así. Busca sus zapatos. ¿Tendrá el vino bueno más grados que los demás? Todavía no puede formarse ideas claras, por eso renuncia a pensar. Sólo esos sueños, esos sueños desfigurados.

Ludwig retorna a la mesa. A pesar de su estado neblinoso, Úrsula percibe con claridad que a él ahora le gustaría que ella se fuera. Permanece a la espera, junto a la mesa.

—Te has cambiado de ropa —apunta Úrsula despacio.

—Sí, no quería pasar la noche entera con un Armani en el sillón. No les sienta demasiado bien.

¿Qué disparates está diciendo? ¿Con Armani en el sillón? Úrsula apoya los codos sobre las rodillas y sepulta su rostro entre las manos. Cierra los ojos y espera que pronto se le aclaren las ideas.

¿Tal vez le ayudaría una aspirina? Se la pide a Ludwig. Éste mira el reloj de modo ostensible, luego va a la cocina, lo escucha a través del comedor, trastear nervioso en un armario. Úrsula intenta levantarse, pero vuelve a caer torpemente sobre el duro y acolchado borde del sofá. Se sobresalta, su parte más femenina le duele. Durante unos segundos queda como petrificada, luego se desabrocha rápido un botón y se palpa. Los labios de la vulva están claramente hinchados, la piel reacciona irritada al roce, y todo ello se encuentra pegajoso.

En su cabeza estalla una bomba. Escucha retornar a Ludwig. Se abrocha deprisa y coloca ambas manos sobre el sofá.

Ludwig deposita el vaso con brusquedad sobre la mesa.

—Aquí lo tienes —suena como «y ahora a ver si te vas yendo».

Lo contempla tal como lo tiene delante. Con jersey y pantalón, con las manos metidas en los bolsillos. Conserva sus cabellos aún oscuros, pero se encuentran ya en amenazante retirada. Como remedio los lleva algo más largos, al estilo de los artistas. En ese preciso instante se está apartando impaciente un mechón que se le ha caído sobre la frente. Su nariz de veras es desproporcionadamente grande. Nunca había reparado en ello antes. Y tiene los ojos hundidos.

—Pareces cansado —le dice, mientras coge el vaso de agua—, ¿nos tomamos un café juntos? Luego me voy.

Se encuentra indeciso ante ella. Pero la perspectiva de librarse después definitivamente de su invitada vence.

—Bueno, prepararé un exprés. De despedida —añade amenazante y va a la cocina.

Úrsula se quita los zapatos, se levanta deprisa, pero tiene que apoyarse una vez más en la mesa y, después de recuperar el equilibrio, sale corriendo sin hacer ruido hacia el laboratorio. Se detiene un momento en la puerta y escucha con atención. Los ruidos procedentes de la cocina son claramente perceptibles, está llenando la cafetera. Úrsula abre poco a poco la puerta, se desliza dentro, cierra con suavidad y busca un interruptor. En tres pasos se encuentra ante una caja fuerte de acero que hay en la pared. Le tiemblan las manos cuando introduce la combinación numérica.

13.11 y el mismo año de nacimiento de Walter. Cruje. La caja se abre despacio. Gracias a Dios Ludwig no la ha cambiado desde que enseñó a Walter su *cofre sagrado*. Dentro hay numerosos documentos, y justo en medio una pequeña botellita. La coge, se apresura hacia la puerta, apaga la luz y se desliza fuera. En ese preciso instante escucha volver a Ludwig. Ella esconde rápidamente la botellita de cristal en su manga izquierda y sujeta el borde con la misma mano. Luego se encamina hacia él justo cuando aparece con la bandeja del café.

La mira con desconfianza:

—¿Adónde ibas?

—En realidad al baño —dice Úrsula.

—No puede esperar eso, ¡no querías un café!

—Pensé que te llevaría más tiempo.

—No, no lo lleva —dice y se adelanta hacia el sofá.

Úrsula vuelve a sentarse en su sitio.

Ludwig echa un montón de azúcar en su café.

Úrsula lo mira.

—¿Qué pasa ahora?

Ella coge su taza con la mano derecha.

—¿No has traído leche? —pregunta inocente.

—¡Ninguna persona de buen gusto bebe exprés con leche! ¡Aquí está el azúcar!

—Pero no lo puedo tomar sin leche, ¡lo siento! —lo mira con cara de pedir disculpas—. ¡Nunca pude!

Ludwig vacila, luego se levanta.

—Es condenadamente tarde —gruñe.

—Pronto podrás dormir —le asegura Úrsula—. ¡Me voy enseguida!

—Hum —Ludwig se dirige a la cocina. Rápida como el viento Úrsula abre la botella, vierte un cuarto del contenido en el café de Ludwig, echa dos cucharas de azúcar más y lo mueve a fondo. Luego mete la botella de cristal por debajo del sofá, se arrellana. Ludwig se aproxima con pasos de gigante. Coloca ante ella un recipiente con crema con impulso descontrolado.

—¿Está ahora bien?

Ella asiente y blanquea su café mientras él se sienta ante el suyo.

Luego se lleva la taza a la altura de la boca.

—Gracias por tu esfuerzo, Ludwig, seguro que enseguida me siento mejor.

Ella bebe, él la mira. Ella deposita la taza, él frunce la frente. Ella brinda en dirección a él, él asiente impaciente. Luego ella se toma todo el café y deposita su taza sobre la mesa. Eso es lo único que estaba esperando Ludwig, en ese mismo instante se pone de pie. Úrsula se calza lentamente los zapatos y se levanta. Él resoplando, hace ademán de salir, pero se inclina una vez más de manera sorprendente hacia la mesa, se bebe de un trago la taza entera, la deposita bruscamente sobre la mesa y se adelanta a Úrsula en dirección al guardarropa. Úrsula se da tiempo, alisa su vestido, se coloca de nuevo el pañuelo sobre los hombros y se gira finalmente hacia su abrigo que le está tendiendo Ludwig. Lo mira inquisitiva. Él devuelve la mirada, luego sus ojos se sobresaltan de repente, se le cae la barbilla y se le desploman las manos. Úrsula coge el abrigo. Él se encuentra de pie y se lleva la mano al corazón, al cuello, tira con fuerza de su jersey.

—Tú no bebes café —dice babeando y cae de rodillas.

—¡No, nunca! —responde Úrsula.

Ludwig intenta agarrarse a sus piernas, pero ella lo esquiva, entonces cae bocabajo. Se contrae convulsivamente y se retuerce y a duras penas puede respirar.

Úrsula lo observa.

—Todos los científicos de verdad han realizado experimentos con ellos mismos. Incluso el inventor de la aspirina —dice con sobriedad. Y cuando sus hombros se hunden—: ¡Espero que por lo menos fuera divertido!

En el maletín de Ludwig Úrsula encuentra guantes desechables que se pone, luego saca los documentos científicos de la caja fuerte y los mete en una bolsa de plástico junto con la botella de cristal y la taza de él. Su taza la lava a fondo, y también limpia la cafetera exprés. Mira a su alrededor. Durante su letargo él ha lavado la vajilla. Las copas están en el armario, el lavavajillas vuelve a estar vacío, todo en su sitio. En un pequeño cubo de basura ecológica encuentra los restos de la comida, Úrsula intercambia las bolsas de plástico. Mejor que no queden indicios de fiesta alguna. La lata de caviar también la vuelve a colocar dentro. Luego limpia todos los picaportes de las puertas, las mesas, los sillones y el sofá, revisa con cuidado los cojines en busca de cabellos sueltos. Para finalizar da otra vuelta. No, no ha olvidado nada. Todo está limpio. Emma Paul estaría orgullosa de ella.

Úrsula se pone su abrigo, coge las dos bolsas de plástico y contempla la espalda de Ludwig.

—Esto no hubiera sido necesario —le dice, pasa por encima de su cuerpo sin vida y apaga la luz interior. Sin hacer ruido abre la puerta de la casa y se desliza fuera.

Para algunos el día de trabajo ha comenzado ya, en el cielo aparecen los primeros destellos de claridad. En la casa plurifamiliar de enfrente se encienden algunas luces. Úrsula se detiene en la entrada del jardín, mira calle arriba y calle abajo. No se mueve nada. Camina muy pegada al seto en dirección a la calle lateral. Un papel claro la saluda desde el parabrisas de su Golf. ¡Una multa! El pánico se apodera de su cuerpo. La notificación oficial, ¡dónde estaba usted a esa hora! Pero se trata sólo de la publicidad de un gimnasio. Esto yo no lo necesito, se dice y respira, he entrenado mi cuerpo suficientemente por hoy.

ASESINATO

Úrsula se despierta como de costumbre alrededor de las siete, pero se vuelve a girar, se concede dos horas más de pereza. Piensa en el tiempo loco desde que Walter la abandonó. Uwe Schwarzenberg, que desafió algo en ella que aún no sabe bien lo que fue; Rainhard Ehler, con el que en realidad hubiera podido ser bonito, pero que prefirió saltar por la borda; Gernot Schaudt, que no quiso enfrentarse a ella y se quitó de en medio de puro miedo y Willy Waffel, al que tuvo que castrar para darle jaque mate. Sonríe irónica. ¿Habrá quedado impotente de la impresión?

Luego empieza su día lenta y cómodamente dentro de su bata. Telefonea a Regina Lüdnitz, Manfed Kühnen debe dirigir la reunión de este lunes, ella llegará tarde al despacho. Luego en la cocina, pone agua a calentar, enciende el horno e introduce los cruasanes congelados en el microondas. Bosteza con ganas y se despereza. Menudo idiota este Ludwig. Cuando quiere acostarse con un hombre, es ella quien lo decide. Ante Úrsula relampaguean los ojos azul grisáceo de Michael Fürst. A lo mejor los caballos no son algo tan malo como ella ha creído siempre. Probablemente se trata de intentarlo. Se pasa ambas manos por el cabello y sonríe irónica. Está libre y sin compromiso, y jugar con las posibilidades de la vida produce una sensación maravillosa.

Suena el timbre de la puerta. Úrsula mira el reloj. Las nueve y media, ¿quién puede ser? Se dirige al vestíbulo y se echa un vistazo en el espejo. No ofrece una imagen precisamente arrebatadora. Sin duchar, sin peinar, en bata. Vuelven a llamar. Un sonido largo y exigente. Úrsula levanta el telefonillo del portero automático.

—¡Correo! ¡Una carta urgente para usted!

Al correo no le interesa su aspecto, pero a ella sí le interesa la carta urgente. Pulsa el botón para abrir la puerta. Una mujer joven le entrega un sobre marrón, dice:

—Ya temía que no hubiera nadie —y se marcha.

Úrsula entra lentamente y observa el matasellos. Frankfurt. ¿Quién le envía desde Frankfurt un sobre en formato DIN-A-5? ¿El abogado de Lutz Wolff? Voltea la carta. «Los dos ratones» se lee escrito a mano. En la cocina silba la tetera. Úrsula deja la carta, echa hojas de menta en la taza y las cubre muy despacio con un chorro de agua caliente. Luego introduce los cruasanes en el horno, prepara la mesa y coloca encima miel y mantequilla. Bueno, ahora su curiosidad se ha despertado del todo. Abre el sobre con un cuchillo afilado e introduce dos dedos dentro. Palpa tres delgados y largos cuadernillos y los extrae. Tres billetes de avión. Úrsula se deja caer sobre la silla más próxima. Destino: Faro, en El Algarve, Portugal. Viaje de ida el sábado, dentro de una semana, vuelo de vuelta ocho días más tarde. Expedidos a nombre de Jill y Elisabeth Stein y Úrsula Winkler. A Úrsula se le pone la piel de gallina. En su billete va pegada una nota amarilla: «¡¡¡La Geografía forma parte también del programa educativo para Jill!!!» con triple admiración. Nada más. Portugal, Úrsula cierra los ojos. Su sueño de felicidad. Vuelve a sonar el timbre. Serán ellas, las dos ratoncillas. Úrsula coge los tres billetes y se levanta de un salto. Camino de la puerta piensa que ha de preguntar sin falta por la venta del Swan. Tal vez pronto pueda emplear mejor el dinero. ¡En su casa en El Algarve! ¡Una idea indescriptible! Ríe feliz y abre la puerta impulsiva. Dos señores aparecen ante ella. Uno alto y delgado con abrigo, el otro un pícnico con cazadora de cuero marrón. A ninguno de los dos los ha visto Úrsula jamás. Sectas o vendedores, analiza su gran cerebro y ordena a su mano «¡Cierra la puerta!». Úrsula va a ejecutar la orden cuando uno de los hombres le enseña una placa.

—Policía, ¿es usted la señora Winkler?

Úrsula deja la puerta abierta. Mira la placa sin leerla y asiente:

—Sí, soy yo —luego mira al alto a los ojos—. ¿Qué puedo hacer por usted?

—¿Podemos pasar?

—¡Desde luego! —ella se adelanta, sus pensamientos se precipitan de un lado para otro. En la cocina Úrsula se detiene, coloca despacio sobre la mesa los billetes de avión.

Los funcionarios se presentan con sus nombres, luego uno de ellos pregunta sin mediación alguna:

—¿Va a salir usted de viaje? —mira con atención los billetes. Se le lee en la mirada que le habría gustado ver los nombres.

—Me han invitado, sí, una amiga —amiga, repite sorprendida en silencio. ¡Qué palabra tan importante y única!

—Pero en principio probablemente no resultará nada.

—¡Ah! ¿Y por qué no, si se puede saber? —Úrsula se apoya en el frigorífico, se cruza de brazos. Ahora viene, piensa. ¿Pero qué viene?—. ¿No se quieren sentar? —añade.

Ambos sacuden sincrónicamente la cabeza, el pícnico contempla diligente el afilado cuchillo que hay sobre la mesa con el que Úrsula acaba de abrir la carta de Elisabeth. Luego alza la vista:

—Tenemos que pedirle que nos acompañe.

—¡Qué significa eso! —ella frunce la frente—. ¿Pero de qué se trata?

El funcionario del abrigo carraspea.

—Se ha presentado una denuncia contra usted. Se encuentra bajo sospecha de asesinato.

Úrsula calla. Luego repite:

—¿Sospecha de asesinato? —mueve la cabeza—. ¿Qué estupidez es esa? ¿A quién voy a haber matado yo? ¿Y quién me ha denunciado?

El funcionario olisquea.

—¡En su horno se está quemando algo!

—¡Oh, Dios! —Úrsula coge dos manoplas y saca los cruasanes. Están ligeramente negros, pero son aún comestibles—. ¿Les apetece? —Úrsula echa mano a unos platos que hay tras ella.

—¡No, gracias! —ambos sacuden la cabeza.

—La denuncia procede de un médico, el doctor Ludwig Fehr.

—¡Ludwig!

—Es una autoridad en el campo de la investigación de venenos aún desconocidos en la medicina animal, se trata de la saliva de los devoradores de insectos, y por el momento parece ser el único científico en el mundo entero capaz de llevar a cabo la demostración médica de que un ser humano ha muerto debido a uno de esos venenos animales.

Úrsula se defiende.

—Ya sé que Ludwig está experimentando con algunos venenos. ¿Pero qué tiene eso que ver conmigo? ¡Sigo sin entender ni palabra!

—El doctor Fehr afirma que su marido no murió de muerte natural. Por tanto no del paro cardíaco que indica el certificado de defunción. El señor Fehr cree poder demostrar que su marido fue asesinado con uno de esos extraños venenos animales. ¡Por usted!

Úrsula calla. Ludwig Fehr, mira éste. ¡Falso cincuentón, estiércol insidioso! ¡Cochino!

—¡Me siento ultrajada! —dice finalmente y se apoya con ambas manos sobre uno de los muebles de cocina.

—Su marido, Walter Winkler, será exhumado mañana y acto seguido se le practicará la autopsia para que el señor Fehr pueda tomar las correspondientes muestras de tejidos. Y usted debe estar presente. Aquí está la orden de arresto —la coloca junto a los billetes de avión.

—¿¿Orden de arresto?? ¿De veras? —a Úrsula le entra la risa—. ¡Esta sí que es una historia enrevesada! ¿Y eso se lo ha contado a ustedes Ludwig? ¡No debería beber tanto, después ve demasiados fantasmas!

—¡La cuestión nos parece seria! —el funcionario delgado percute cuidadoso con un dedo sobre el documento.

—¡Estoy preparada! —sonríe irónica Úrsula—. Espero que Ludwig lo esté también.

—¿Qué quiere decir eso?

—Bueno, es un tipo poco fiable, y —toma la tetera—, por cierto, según su opinión ¿cómo maté a mi marido? Con una inyección: querido, pon el culito aquí, ¿o cómo?

El más alto de los dos frunce sus velludas cejas, observa cómo Úrsula vierte el té de menta lenta y solemnemente en su taza de porcelana.

—Muy sencillo. En un líquido. Zumo, vino, café, o —hace una pausa meditada hasta que Úrsula, con la tetera en mano, mira hacia él—, ¡también té!

—Ya ya —dice Úrsula y le sonríe— ¿le apetece una taza?

Índice

Defunción 5
Despliegue 8
La voz del piano de cola 12
Juego mental 16
El juramento del cazador 20
La jefa 34
El rival 41
Rendez-vous 46
Competencia 52
Preludio 62
Navidades 67
El arma 77
En la nieve 81
Presentimiento 90
Sospecha 94
El plan 101

La oferta 105
Encuentro 112
Un cadáver en el sillón 117
El descenso 121
La carta 125
Orgasmo 129
El maletín 135
Los expedientes 139
La desconocida 145
En contacto 148
La llamada telefónica 154
El entierro 159
Ruptura 161
Crucecitas 166
Intercambio 170
Visita 174
Confianza 182
Victoria 187
Intriga 196
Asalto 200
Conjura 204
Golpe mortal 210
Toma de posesión 216
Sentido del negocio 221
Grand cru classé 227
Venganza 233
Asesinato 237